Les Héritiers du monde

Joseph Conrad

Les Héritiers du monde

Une histoire extravagante

ROMAN

Traduit de l'anglais et présenté
par Paul Decottignies

Arfuyen
« Le Rouge & le Noir »

Avant-propos

C'est en septembre 1898, dans la maison de son éditeur Edward Garnett, à Crockham Hill dans le Kent, que Joseph Conrad rencontre Ford Madox Ford pour la première fois.

Né à Berdytchiv, en Ukraine, l'auteur de *La Folie Almayer* (1895) et d'*Un paria des îles* (1896), âgé de 41 ans, est déjà un auteur reconnu, mais ses livres se vendent mal et sa situation financière reste précaire.

Quant au second, qui se fait encore appeler Ford Madox Hueffer, il n'a publié encore, à 24 ans, que des livres mineurs. S'il tient son patronyme germanique d'un père né en Prusse et devenu critique musical du *Times*, il est né à Wimbledon, près de Londres, et se pique d'avoir pour grand-père maternel un éminent peintre préraphaélite, Ford Madox Brown.

Entre les deux écrivains, le courant de sympathie est immédiat. Ford et sa femme Elsie ont quitté quelques mois auparavant leur maison de Pent Farm, à Postling, dans le Kent, pour s'installer à Limpsfield, dans le Surrey, non loin de leurs amis Garnett. Ford propose immédiatement à Conrad de lui louer la maison de Pent Farm à des conditions très avantageuses et, dès le mois suivant, Joseph et sa femme Jessie prennent possession des lieux. Bien que lui-même peu fortuné, Ford poussera la générosité jusqu'à lui faire plusieurs fois remise du loyer et lui prêter de l'argent.

Dans une lettre à son cousin polonais, Conrad décrit son nouveau cadre de vie : « Derrière la maison, les collines descendent en zigzag vers la mer, comme les remparts d'une grande forteresse [...] Trois petits villages y sont cachés, dont on ne voit que les clochers des églises. Le paysage offre des teintes de brun et de jaune pâle et, au loin, les prairies sont d'un vert d'émeraude. »

La maison contient de nombreuses reliques préraphaélites : des peintures de Ford Madox Brown et de Dante Gabriel Rossetti, ainsi que le bureau de Christina Rossetti. Conrad et sa famille y vivront dix ans. C'est là que l'écrivain polonais écrira quelques-uns de ses meilleurs livres ; c'est là aussi que se nouera une collaboration littéraire exemplaire entre deux des plus grands écrivains du XXe siècle.

La collaboration avec Ford Madox Ford

Peu de temps après son emménagement à Pent Farm, Conrad écrit à son ami William Ernest Henley : « En parlant avec Hueffer, ma première pensée a été qu'il avait de bons projets et qu'en y travaillant ensemble, mon nom permettrait certainement de convaincre un éditeur. D'autre part, je me dis que travailler avec lui m'aiderait à maîtriser ce diable qui gâche mon travail à mesure que je l'accomplis (raison pour laquelle je travaille si lentement et ne tiens pas parole à mes éditeurs). Comme le matériau est du genre à stimuler mon imagination et que l'homme est un artisan de talent, nous pourrions produire quelque chose d'acceptable. »

Henley encourage Conrad à se lancer dans cette collaboration, de même que Garnett – qui en est d'ailleurs probablement à l'origine. Consulté lui aussi, H. G. Wells y est défavorable, mais il sera plus tard l'un des premiers à en reconnaître les fruits : « Je pense, écrira-t-il, que Conrad doit beaucoup à cette précoce association. Hueffer l'a grandement aidé à "angliciser" sa personne et sa langue. »

Un des atouts majeurs de cette collaboration est l'excellente entente qui règne entre ces deux hommes aux caractères pourtant difficilement compatibles. En réalité, beaucoup de choses les rapprochent. Si le père de Ford a su rapidement s'intégrer au monde culturel britannique, le jeune homme reste comme Conrad profondément marqué par l'esprit continental. Leurs références sont les mêmes : Flaubert, Maupassant, Tourgueniev. Tous deux communient dans un même culte de l'art narratif et du « mot juste ». Dans cette perspective, Conrad a une grande confiance dans le potentiel littéraire de Ford et éprouve le plus grand plaisir à parler sans fin littérature avec lui. Il aime également à partager avec lui ses loisirs, comme le font leurs enfants, Christina et Borys, qui avaient presque le même âge.

Ford a la plus grande admiration pour son aîné : « Tout ce que je sais de la littérature, déclarera-t-il un jour, je l'ai appris de Conrad. » Lui qui est d'un naturel plutôt hautain fait preuve à son égard de la plus grande déférence : « Ford adorait Conrad, témoigne Violet Hunt – qui fut la maîtresse de Ford. Je ne l'ai jamais entendu parler de Conrad autrement qu'avec l'affection la plus respectueuse [...] S'il se contentait face à Henry James de jouer "le jeune homme modeste", sa morgue naturelle semblait disparaître complètement lorsque Conrad était dans la pièce. »

Grâce à ce soutien indéfectible du jeune homme, Conrad acquiert peu à peu dans le domaine littéraire cette confiance en soi qui lui manquait au point de le paralyser et de le mener souvent au bord de la dépression. Ford est vis-à-vis de son aîné d'un dévouement et d'une patience exemplaires : il note les textes sous sa dictée, il l'écoute lire, il critique ses manuscrits et corrige ses épreuves. Mais son apport va plus loin encore : c'est lui qui suggère à Conrad l'idée de la nouvelle *Pour demain* (1902) et l'aide à reconstituer *Au bout du rouleau* (1903), dont le manuscrit a subi un accident ; c'est lui qui rédige plusieurs pages de *Nostromo* (1904) lorsque Conrad n'arrive plus à suivre le rythme de publication en feuilleton ; lui encore qui, grâce à sa connaissance des milieux anarchistes, lui fournit l'intrigue du roman *L'Agent secret* (1907).

Les Héritiers du monde

Conrad et Ford ont collaboré sur deux romans : *Les Héritiers du monde* (*The Inheritors*), dédié à leurs enfants respectifs Borys et Christina, et *L'Aventure (Romance)*, dédié à leurs épouses Elsie et Jessie.

Publié en 1901, *The Inheritors* est sans nul doute le plus original des deux et pour cette même raison aussi le plus méconnu. Il combine des éléments de science-fiction, une sorte de fable politique aux accents prophétiques et un roman à clefs.

Lorsque Conrad s'est installé à Pent Farm en 1898, il est devenu le voisin de H. G. Wells, son cadet de neuf ans. Une critique très positive de Wells sur un de ses livres les a déjà fait entrer en contact épistolaire, mais c'est à la faveur de cette coïncidence géographique et grâce à l'intermédiaire de Ford qu'ils se rencontrent pour la première fois. Wells a déjà acquis une grande notoriété par les trois romans très novateurs qu'il vient de publier : *La Machine à explorer le temps* (1895), *L'Homme invisible* (1897) et *La Guerre des mondes* (1898).

Conrad admire l'œuvre de Wells qu'il considère comme « un réaliste du fantastique ». Écrivant à son cousin polonais, il souligne chez lui « un jugement très individualiste et une imagination étonnante ». À mesure que Conrad développera une vision plus pessimiste du monde, il mesurera pourtant ce qui le sépare de Wells : « Vous ne vous souciez pas de l'humanité, lui écrira-t-il, mais vous pensez qu'elle peut être améliorée. Moi, j'aime l'humanité, mais je sais qu'elle en est incapable ! » Lorsque Conrad publiera en 1907 son roman politique le plus sombre, *L'Agent secret*, c'est bien pourtant à Wells qu'il sera dédié.

D'évidence, *Les Héritiers du monde* porte la marque de la rencontre avec l'auteur de *La Guerre des mondes* : « Par-delà le gouffre de l'espace, écrivait Wells, des esprits qui sont à nos esprits ce que les nôtres sont à ceux des bêtes qui périssent, des intellects vastes, calmes et impitoyables, considéraient cette terre avec des yeux envieux, dressaient lentement et sûrement leurs plans pour la conquête de notre monde. » L'argument des *Héritiers du monde* n'est de prime abord guère différent. Qui est, dès le premier chapitre, cette femme mystérieuse qui affirme venir de la « Quatrième Dimension » ? À quel peuple venu d'une autre galaxie appartient-elle ? Quelles sont ses exactes visées pour prendre possession de notre monde ?

Bien davantage pourtant que la dimension fantastique inspirée de Wells, c'est la dimension politique qui fait l'intérêt de ce roman à nul autre pareil. Bien plus qu'un simple roman de science-fiction, ce livre, qui paraît dans la toute première année du XXe siècle, est une impitoyable description des modes de pensée et d'action qui deviendront dans les démocraties les ressorts de la vie politique pour les temps à venir.

Les Héritiers du monde montre à l'œuvre une vaste entreprise de désinformation et de manipulation qui vise à subvertir les autorités en place pour y substituer, avec l'acclamation de ceux-là mêmes qui en seront les principales victimes, le pouvoir d'une minorité sans pitié et sans scrupule. Il ne s'agit de rien de moins pour les protagonistes de ce récit que de remettre en cause l'idée même de vérité pour y substituer des vérités alternatives, de vider de tout contenu les jugements moraux pour y substituer de simples considérations d'efficacité, de nier l'idée même de liberté individuelle pour y substituer le caractère inexorable d'une certaine vision de l'histoire. *Les Héritiers du monde* annoncent tous les mouvements totalitaires du XXe siècle, mais davantage encore, par le pur cynisme et la savante « disruption » psychologique qui s'y déploient, les populismes les plus pervers de notre début de XXIe siècle, fondés sur les formes les plus sophistiquées de manipulation et d'asservissement.

Le roman met en scène les manœuvres d'un aventurier, dont on s'aperçoit progressivement qu'il est lui-même manipulé et que ses manipulateurs sont à leur tour les jouets d'une machination. Cette histoire qui risquerait de ne donner qu'un polar aussi noir qu'incompréhensible est ici menée avec une précision horlogère et une clarté éblouissante. Le plus étonnant dans ce livre, et ce qui le rend apparemment si concret et si fluide, c'est que son argument – qui ressemble à un avatar de *La Guerre des mondes* et préfigure les cyberdictatures – se fonde en réalité sur des situations et des personnages qui ont vraiment existé. En permanence, le récit réussit à tenir ensemble les trois dimensions du fantastique, de l'anticipation et de la caricature, et c'est grâce à cette dernière que l'ensemble garde toujours son inquiétante force de vraisemblance, comme aussi sa brillante ironie.

L'apport de Joseph Conrad

Si Conrad, après l'échec commercial d'un roman aussi original, a eu tendance à minimiser l'apport qui avait été le sien dans sa conception et sa rédaction, il est pourtant bien clair que lui seul pouvait concevoir l'intrigue et les personnages qui l'ont engendré.

On sait qu'en 1890, recommandé auprès du capitaine Albert Thys, administrateur de la Compagnie du commerce et de l'industrie du Congo, Conrad avait été embauché comme capitaine de steamer pour la Société du Haut-Congo. C'est ce séjour sur le continent noir qui lui a inspiré son roman *Au cœur des ténèbres*, publié quelques mois après la rencontre avec Ford, en 1899.

Découvrant l'État indépendant du Congo et encore peu au fait des affaires africaines, Conrad avait d'abord fait confiance à la propagande bien-pensante qui donnait à croire que le but de la colonisation était d'apporter aux peuples locaux les lumières bienfaisantes de la civilisation. Il ne lui avait pas fallu longtemps pour comprendre que la brutale exploitation des ressources et des hommes qui y était à l'œuvre constituait en réalité « la plus vile course au butin qui ait jamais défiguré l'histoire des sciences de l'homme et de l'exploration géographique ».

L'État indépendant du Congo n'appartenait pas, en effet, à l'État belge, mais était totalement livré à l'arbitraire du roi des Belges, dont il était la propriété privée. Du fait des meurtres, des famines, des maladies et de l'effondrement de la natalité, les historiens estiment que la population de cet « État indépendant du Congo », durant ses 23 ans d'existence, aurait connu un déclin qu'on peut chiffrer de 2 à 10 millions de personnes. Grâce aux nombreux témoignages établissant les exactions commises sur la population indigène et aux pressions exercées par des diplomates britanniques comme Roger Casement, consul à Boma, une Commission d'enquête internationale fut mise en place en 1904 et le roi fut contraint par le Parlement belge, en 1908, d'en céder la propriété à l'État.

Le personnage central des *Héritiers du monde*, le duc de Mersch, est directement inspiré du roi Léopold II de Belgique (1835-1909) qui, avant son accession au trône en 1865, avait porté lui-même le titre de duc de Brabant et nourri des ambitions colonisatrices en Asie et en Afrique. Ce n'est qu'en 1885, à l'issue de la conférence de Berlin, que le deuxième roi des Belges avait obtenu des grandes puissances européennes la reconnaissance de ses droits sur le Congo et s'était arrogé le titre de « Souverain de l'État indépendant du Congo ».

À travers De Mersch, Conrad en brosse un portrait d'une cinglante ironie : « C'était une sorte de philanthrope mégalomane. Pour une raison internationale quelconque, il avait été autorisé à posséder l'agréable terre du Groenland [le Congo]. Il s'y trouvait de l'or, du pétrole et d'autres choses très rémunératrices. » Exploiter les richesses du Groenland en jouant de la rivalité des grandes puissances, voilà un sujet parfait pour un feuilleton politique à succès : est-ce un hasard si la quatrième saison de la fameuse série *Borgen* l'a pris pour thème ? De fait, *Les Héritiers du monde* n'ont rien à envier à la série danoise. Et comme on a voulu trouver dans les personnages de cette dernière des ressemblances avec des figures de la vie réelle, bien des protagonistes du roman semblent eux aussi directement inspirés de personnalités publiques : Roger Casement, Edward Garnett, Thomas Unwin ou Henry James [1].

1. Pour plus de précisions, voir la « Note sur le présent ouvrage », p. 283-284.

Une collaboration amicale et fructueuse

Après avoir achevé *Les Héritiers du monde*, Conrad et Ford concentreront leurs forces, en 1901-1902, sur un second projet. L'idée en revient cette fois à Ford qui l'avait dans ses cartons sous le titre de *Seraphina*. Le livre paraîtra en 1903 sous un nouveau titre, *Romance*.

Ford était parti d'une histoire vraie, celle d'un jeune Anglais innocent qui avait été jugé pour piraterie aux Antilles vers 1820 et avait de justesse échappé à la potence. Mais Ford ne connaissait rien des Antilles ni des choses de la mer, alors que Conrad, marin au long cours, y avait navigué. Le projet lui convenait donc fort bien. En outre, même s'il déclarait ne pas aimer Stevenson, il n'était pas fâché de pouvoir compter sur les ressorts du récit d'aventures pour se donner cette fois les meilleures chances de capter les faveurs du public.

Pour mener à bien ce long chantier, les deux écrivains prirent l'habitude de travailler la nuit : « Des heures après mon coucher, témoigne l'épouse de Conrad, leurs voix me parvenaient à travers le plancher [...] Pour rendre justice à Ford Madox Hueffer, il était le moins irascible des deux, et sa voix traînante faisait un contraste frappant avec les paroles expéditives et "non-anglaises" de son collègue. »

À la fin du travail sur leur second livre commun, Conrad écrivit à son ami une lettre touchante : « Notre collaboration me manque terriblement. J'espère que vous n'avez pas l'intention de me laisser tomber. » Mais, cette fois encore, le succès commercial ne fut pas au rendez-vous et les deux écrivains renoncèrent à se lancer dans un troisième roman.

Il n'empêche : leur collaboration inaugurée en 1898 se poursuivit sous d'autres formes. Au contact de Ford, Conrad avait réussi à acquérir une plus grande aisance dans l'écriture, dont témoignent le nombre et la qualité des œuvres publiées durant les années où il travailla à Pent Farm : *Au cœur des ténèbres* (1899), *Lord Jim* (1900), *Typhon* (1903), *Nostromo* (1904) et *L'Agent Secret* (1907).

À partir de 1904, Ford recueillera lui aussi les fruits de cet intense travail en commun, avec notamment la grande trilogie de *La Cinquième Reine* (1906-1908) dont le premier volume sera tout naturellement dédié à son ami Joseph Conrad.

Paul Decottignies

Les Héritiers du monde

Sardanapale a construit sept cités en un seul jour.
Mangeons, buvons et dormons, car demain nous mourrons.

À Borys et Christina

1

« Des idées, a-t-elle dit. Ah, pour ce qui est des idées…

– Eh bien ? ai-je hasardé, pour ce qui est des idées… ? »

Nous avons franchi l'antique portail et j'ai jeté un coup d'œil par-dessus mon épaule. Le soleil de midi brillait sur la structure de pierre, sur les petites statues de saints, sur les dais finement sculptés et sur la saleté et les traînées blanches des déjections d'oiseaux.

« Regardez, lui ai-je dit en désignant le portail, cela ne vous suggère pas quelque chose ? »

Elle a esquissé un mouvement de la tête – mi-négatif, mi-dédaigneux.

« Mais, ai-je bégayé, les associations… les idées… les idées historiques… »

Elle n'a rien répondu.

« Vous les Américains… », ai-je commencé, mais son sourire m'a stoppé. C'était comme si elle s'amusait des déplorations d'une vieille dame choquée par les habitudes des filles d'aujourd'hui. C'était le sourire d'une personne convaincue de sa congénitale supériorité.

Dans les conversations d'une certaine durée, il est courant que l'une des parties prenne une position de supériorité –

qu'elle soit hiérarchique, intellectuelle ou sociale. Dans cette conversation, si la jeune femme n'imposait pas une supériorité de caractère tacitement reconnue, elle semblait du moins la revendiquer et n'avoir aucun doute de l'obtenir. Je n'étais pas habitué à cela. J'étais un interlocuteur solide, et plutôt fier de ses qualités dans l'art de la conversation.

Je l'avais déjà regardée ; à présent, je l'examinais d'un regard oblique et critique. Je passais outre à ma mauvaise humeur pour me demander de quel genre elle était. Elle avait de beaux cheveux, de beaux yeux et un certain charme. Oui. Et quelque chose de plus… un quelque chose. Un quelque chose qui n'était pas lié à sa beauté. Le modelé de son visage était si parfait et si délicat qu'il donnait l'impression d'être diaphane, sans suggérer cependant de fragilité ; son regard laissait apparaître une force vitale hors du commun. Ses cheveux étaient blonds et brillants, ses joues colorées comme si une lumière chaude les éclairait de quelque part. Elle vous semblait familière jusqu'au moment où vous réalisiez ce qu'elle avait d'étrange.

« Dans quelle direction allez-vous ? m'a-t-elle demandé.

– Je vais marcher jusqu'à Douvres, ai-je répondu.

– Puis-je vous accompagner ? »

Je l'ai regardée, en m'efforçant de la percer à jour en un rapide coup d'œil. Ce n'était évidemment pas possible. « Cela me laissera le temps de l'analyser », me suis-je dit.

« Les routes sont pour tout le monde, ai-je repris. N'êtes-vous pas américaine ? »

Elle a fait signe que non. Elle n'était pas non plus australienne, elle ne venait d'aucune colonie britannique.

« Vous n'êtes pas anglaise, ai-je constaté. Vous parlez trop bien. » J'étais pris de curiosité. Elle n'a pas répondu. Elle a souri à nouveau et je me suis senti agacé.

Dans la cathédrale, elle avait souri aux éloges qu'avait décernés le sacristain à ces restaurations particulièrement abominables, et ce sourire m'avait attiré vers elle et incité à formuler quelques remarques aussi polies que réprobatrices sur ces moulages en plâtre. Vous savez comment on peut attirer l'attention d'une jeune femme qui est visiblement très capable de se débrouiller toute seule. C'est ainsi que je l'avais rencontrée. Elle avait souri au bavardage du guide de la cathédrale qui montrait à notre petite troupe de passionnés – qui s'était dispersée en plusieurs groupes – le lieu du martyre du bienheureux Thomas Becket, et son sourire avait eu justement cette qualité de mépris de celui qui se sent supérieur. Sur le moment, cela m'avait plu ; mais, maintenant qu'elle souriait ainsi devant moi – car ce n'était pas vraiment à moi – dans les vieilles rues tortueuses de la ville, j'étais irrité. Après tout, j'étais quelqu'un ; je n'étais pas le sacristain de la cathédrale. J'avais à cette époque une certaine idée de moi-même, idée que la solitude et la rumination avaient cristallisée en une forme de caractère. J'étais un écrivain aux idéaux élevés – extrêmement élevés. Je m'étais retiré du monde, je vivais isolé, muré à la campagne comme font les ermites, dans l'espoir de créer un jour quelque chose… de faire passer de la grandeur sur le papier. Elle a soudain deviné mes pensées : « Vous écrivez », a-t-elle lancé. Je lui ai demandé comment elle le savait, ce qu'elle avait pu lire de moi – il y avait si peu de choses…

« Vous êtes un auteur connu ? a-t-elle demandé.

– Hélas non ! ai-je répondu. Vous devriez le savoir.

– Vous voudriez l'être ?

– Nous aimerions tous, ai-je ironisé ; même s'il est vrai que certains d'entre nous revendiquent d'avoir des buts un peu plus nobles.

– Je vois », a-t-elle dit d'un ton songeur. J'avais le pressentiment qu'elle était sur le point de prendre une décision. Ayant une aversion instinctive pour toute démarche de ce genre me concernant, j'ai tenté de couper court à ses pensées inconnues.

« En fait… ai-je observé, je suis un sujet de conversation tout à fait banal. Parlons plutôt de vous. D'où venez-vous ? »

Il m'est à nouveau venu à l'esprit que je ne connaissais absolument pas ce genre de femmes.

Elle avait toujours le même sourire… autant que je pouvais voir, c'était exactement le même sourire.

Il y a dans les sourires de fines nuances, comme dans les rires ou les tons de la voix. Je semblais incapable de tenir ma langue.

« D'où venez-vous ? ai-je demandé. Vous devez être d'une de ces nouvelles nations. Vous êtes étrangère, j'en jurerais, vous avez pour nous un si superbe mépris. Vous m'irritez tellement que vous pourriez presque venir de Prusse. Mais il est évident que vous venez d'une de ces nouvelles nations qui commencent seulement à se découvrir elles-mêmes.

– Oh, nous sommes les héritiers du monde, si c'est ce que vous voulez indiquer, a-t-elle dit.

– Le terme est vague », ai-je observé. J'étais bien décidé à ne pas céder. « De quel endroit du monde venez-vous ? » ai-je repris.

La question aurait dû être suffisante, j'en étais bien conscient, mais dans l'espoir, je suppose, d'établir ma supériorité intellectuelle, j'ai continué :

« Vous savez, la franchise est un joyau. Eh bien, en ce qui me concerne, je suis tout à fait prêt à vous donner toutes les informations. Je vous ai déjà dit l'essentiel, c'est à vous maintenant de me dire des choses. Ce serait seulement un peu de franchise.

– Pourquoi faudrait-il de la franchise ? a-t-elle demandé.

– Qu'avez-vous contre ? ai-je protesté. Cela ne fait pas partie des traits de caractère de votre pays ?

– Vous souhaitez vraiment savoir d'où je viens ? »

J'ai exprimé mon assentiment d'un air ravi.

« Écoutez », a-t-elle dit. Elle a émis quelques sons et j'ai ressenti une sorte d'émotion maléfique. C'est arrivé comme une soudaine rafale de vent, puissante et aussitôt étouffée, au cours d'une journée suffocante.

« Qu'y a-t-il… qu'y a-t-il ? me suis-je écrié.

– Je vous disais que j'habite la Quatrième Dimension. »

J'ai retrouvé ma sérénité à la pensée que j'avais été atteint par quelque phénomène physique de nature obscure et sans importance.

« Je pense que nous avons dû monter la colline trop vite pour moi, ai-je dit. Subitement je ne me suis pas senti bien. J'ai manqué ce que vous avez dit. »

J'étais certainement à bout de souffle.

« Je vous disais que j'habite la Quatrième Dimension », a-t-elle répété avec une admirable gravité.

– Oh, arrêtez, ai-je protesté, c'est vraiment jouer un coup bas. Vous poussez un convalescent à bout de souffle et ensuite vous lui posez des devinettes. »

J'ai retrouvé mon souffle et, avec lui, ma tendance à m'épancher. Plutôt que de m'y laisser aller, je l'ai regardée.

Je commençais à comprendre. Il était assez évident que c'était une étrangère et qu'elle se trouvait dans une contrée étrange, où ses caractéristiques nationales ressortaient d'autant plus. Je ne sais de quelle origine elle pouvait être, sémitique ou peut-être slave – d'une origine incompréhensible. Je n'avais jamais vu de Circassienne, et il y avait une tradition selon laquelle les femmes circassiennes étaient belles, avaient la peau claire, etc. Ce qui était rebutant en elle venait d'une différence de point de vue due à la nationalité. Après tout, on n'est pas tellement différent des chevaux : ce qu'on ne comprend pas, on en a peur... on le trouve menaçant, c'est un fait. Et elle me donnait tout à coup l'impression d'être inquiétante.

« Vous ne me direz pas qui vous êtes ? ai-je insisté.

– Je l'ai fait, a-t-elle répondu.

– Si vous voulez me faire croire que vous habitez une aberration mathématique, vous vous trompez. Vous vous trompez vraiment. »

Elle s'est retournée et a montré la ville.

« Regardez ! » a-t-elle dit.

Nous avions gravi la colline qui est à l'ouest de la cité. À nos pieds, sous un ciel dont le vent avait balayé tous les nuages, se trouvait la vallée ; une cuvette large et peu profonde, pleine de couronnes de fumées violacées. Au-dessus de la masse des toits rouges surgissaient les pierres dorées de la tour de la cathédrale. C'était comme une vision. Le message ultime d'un art magnifique. Je l'ai regardée. J'étais ému et je savais que cette splendeur avait dû l'émouvoir.

Elle a souri. « Regardez ! » a-t-elle répété. J'ai regardé.

Il y avait le violet et le rouge, la tour dorée, la vision. Le message ultime. Elle a dit quelque chose, émis un son.

Que s'est-il passé ? Je ne sais pas. Voici que tout cela paraissait méprisable. On semblait voir quelque chose au-delà, quelque chose de plus vaste... plus vaste que les cathédrales, plus vaste que cette idée des dieux vers laquelle les cathédrales s'étaient élevées. La tour s'est écartée de la perpendiculaire. À présent, on voyait au-delà : il n'y avait plus de toits ni de fumées ni de collines, mais une infinité d'espace non réalisée, non réalisable.

Cela n'a duré qu'un instant. La tour a repris sa place et j'ai regardé cette femme.

« Nom de Dieu, me suis-je écrié avec violence, pourquoi me jouez-vous des tours comme cela ?

– Vous voyez, a-t-elle répondu, les rudiments de l'explication sont là.

– Il faut m'excuser si je ne comprends pas bien, ai-je dit en m'accrochant aux bribes d'une dignité perdue. Je suis sujet à des crises de vertige. » J'éprouvais le besoin de protéger une espèce de nudité. « Excusez-moi pour le juron, ai-je ajouté. » Preuve d'une sérénité retrouvée.

Nous avons repris la route en silence. J'étais physiquement et mentalement secoué ; et j'essayais de me cacher ce qui en était la cause. Au bout d'un moment, j'ai repris :

« Vous insistez donc pour préserver votre... votre incognito.

– Oh, je n'ai rien à cacher, a-t-elle répondu.

– Vous m'avez dit que vous veniez de la Quatrième Dimension, ai-je remarqué sur un ton d'ironie.

– Mais je viens de la Quatrième Dimension », a-t-elle répété calmement. Elle avait l'air d'une personne affrontée à un malentendu – consciente de l'obstacle et bien décidée à le surmonter. Elle ressentait la lassitude d'une personne instruite qui se trouve devoir expliquer, encore et encore, à des enfants stupides un point rudimentaire de la table de multiplication.

Elle semblait deviner mes pensées, avoir conscience de la formulation même qu'elles allaient revêtir. « Oui », a-t-elle dit en commençant sa phrase suivante.

« Oui. C'est comme si j'essayais d'expliquer les idées nouvelles d'une certaine époque à une personne qui n'y est pas encore arrivée. » Elle a fait une pause, cherchant une illustration concrète qui pourrait me toucher. « Comme si j'expliquais au Dr. Johnson les principes et le succès de l'école de poésie cockney.

– Je comprends, ai-je observé, vous souhaitez que je me considère par rapport à vous au même niveau qu'un Indien Chacta. Mais ce que je ne comprends pas, c'est quel rapport cela a-t-il avec… avec la Quatrième Dimension, comme vous l'avez dit ?

– Je vais vous expliquer, a-t-elle répondu.

– Mais il faut que vous m'expliquiez comme vous le feriez à un Indien Chacta, lui ai-je glissé aimablement, il faut être concise et convaincante.

– Je vais le faire », a-t-elle répondu.

Cela a pris la forme d'un long discours. Je résume. Je ne me rappelle pas ses paroles exactes, il y en avait tellement. Elle parlait comme un livre. Il y avait quelque chose de délicieusement piquant dans le choix de ses mots, dans sa voix sans modulation. J'avais l'impression d'écouter un phonographe débitant une explication technique. Il y avait là quelque chose d'incongru, d'insensé qui me séduisait. Ici, ce banal paysage de vallonnements, cette route droite, blanche, ondulante qu'on voit, du haut des collines, courir sur des kilomètres et des kilomètres, toujours droite, et si blanche. Filtré à travers l'immensité bleue du ciel on entendait le froissement d'innombrables alouettes. Et, en même temps, j'écoutais cette parodie d'ouvrage scientifique que me débitait un phonographe.

Je l'ai entendue parler de la nature de la Quatrième Dimension. Dire qu'il s'agissait d'un plan habité, invisible à nos yeux, mais omniprésent. Que je l'avais vu lorsque Bell Harry avait chancelé sous mes yeux. Je l'ai entendue décrire les Dimensionnistes : une race lucide, éminemment pratique, incroyable ; sans idéaux, préjugés ni remords ; sans sentiment pour l'art ni respect pour la vie ; libres de toute tradition éthique ; insensibles à la douleur, à la faiblesse, à la souffrance et à la mort, comme s'ils étaient invulnérables et immortels. Elle n'a cependant pas dit qu'ils étaient immortels. « Vous nous détesterez... vous nous détesterez », a-t-elle conclu. Et c'est seulement alors qu'il m'a semblé que je revenais à moi-même. La puissance de sa faculté d'évocation était si grande que je m'étais cru face à face avec la vérité même. J'ai supposé qu'elle avait voulu s'amuser. L'idée qu'elle ait tenté de m'effrayer était inadmissible.

Je ne prétends pas que j'étais tout à fait à mon aise, mais j'ai observé sur un ton aimable :

« Vous avez vraiment réussi à me rendre ces êtres-là odieux.

– Je n'ai rien fait », a-t-elle répondu avec un léger sourire, et elle a continué de s'amuser. Elle allait maintenant se mettre en devoir de m'expliquer les origines.

« Vos ancêtres – elle a utilisé ce mot, je suppose, pour désigner les habitants de notre pays ou les populations de la terre – vos ancêtres étaient les miens, mais il y a bien longtemps vous avez été chassés de la Quatrième Dimension comme nous le sommes nous-mêmes aujourd'hui. Vous avez envahi la terre comme nous le ferons demain. Mais vous avez contracté des maladies, comme nous les contracterons nous aussi : croyances, traditions, peurs ; des idées de pitié... d'amour. Vous vous êtes complus dans le culte de vos idéaux et vous êtes devenus tristes. Vous vous êtes consolés par les dogmes, les arts... vous avez oublié !

Elle parlait avec une calme conviction, avec une assurance écrasante et détachée. Elle énonçait des faits, elle ne professait pas de foi. Nous sommes arrivés près d'une petite auberge au bord de la route. Sur un banc devant la porte, un homme vêtu de brun grisâtre dormait, la tête sur la table.

« Mettez vos doigts dans vos oreilles », a ordonné ma compagne de route.

Je lui ai fait plaisir.

J'ai vu ses lèvres bouger. Le paysan a sursauté, frémi et, d'un mouvement maladroit et convulsif de ses bras, a renversé son verre. Il s'est frotté les yeux. Avant qu'il n'ait pu exprimer sa réaction, nous étions partis.

« J'ai vu un marchand de chevaux en faire autant avec un étalon, ai-je commenté. Je sais qu'il y a des mots qui font un certain effet. Mais vous ne devriez pas faire ce genre de farces comme le diable de boulevard qu'on voit dans *Faust*.

– Ce n'est pas bien élevé, je suppose ? a-t-elle ricané.

– C'est une question de sensibilité, ai-je protesté avec chaleur, le pauvre gars a perdu sa bière.

– Qu'est-ce que cela peut me faire ? a-t-elle observé avec l'air de quelqu'un qui donne une leçon.

– Pour lui cela fait beaucoup, ai-je répondu.

– Mais pour moi ? »

Je n'ai rien dit. Elle a terminé son exposé sur ces mots, adoptant le silence aussi subitement qu'elle était partie dans ses explications. C'était un peu comme si elle avait appris un discours par cœur et en était arrivée au bout. J'étais incapable de saisir où elle voulait en venir. Il y avait en elle un caractère de nouveauté, d'étrangeté. Elle me paraissait tantôt folle, tantôt effroyablement saine d'esprit. Nous avons déjeuné quelque part – ce qui a interrompu le flot de ses paroles –, puis, tard dans l'après-midi, nous avons pris un chemin secondaire qui nous a menés dans des vallées perdues. J'avais été malade : troubles nerveux, idées noires, sentiment d'échec et de monotonie de la vie. J'avais une mission dans ce coin du monde et je ne l'avais pas saisie à bras-le-corps, j'avais cherché la facilité en restant à l'abri dans mon trou et en essayant de m'en tenir à ce que j'étais. Je ne voulais pas penser à la façon dont il me faudrait passer l'année à venir, aux mille petites choses qu'il fallait faire. Je me suis mis alors à parler et elle... elle m'a écouté, avec beaucoup d'attention.

Mais les sujets s'épuisent et, à la fin, j'ai moi-même fait revenir la conversation sur la Quatrième Dimension. Nous flânions au long de la vallée oubliée qui s'allonge entre Hardves et Stelling Minnis ; nous sommes restés silencieux plusieurs minutes. Pour moi au moins, ce silence était lourd de ces émotions indéfinissables qui circulent parfois entre un homme et une femme. Le soleil commençait de descendre et il faisait déjà sombre dans ces replis cachés. J'ai ri en pensant à quelque chose, je ne sais plus quoi, et je me suis mis ensuite à la harceler de questions. J'ai essayé d'explorer toutes les possibilités de l'idée dimensionniste, j'ai fait les suggestions les plus grotesques : « Et quand un grand nombre d'entre vous, lui ai-je dit, auront été chassés de la Dimension et envahiront la terre, vous ferez ceci et cela… » Quelque chose d'absurde, d'ironique. Elle a froidement manifesté son désaccord, et mon ironie m'est aussitôt apparue aussi grossière qu'une plaisanterie de voyageur de commerce. Elle indiquait parfois : « Oui, c'est bien ce que nous ferons », et c'était sans parler, peut-être par un geste, je ne sais comment. Il y avait quelque chose d'impressionnant – de presque royal – dans sa manière de faire ; c'était une sensation un peu effrayante dans des lieux aussi solitaires et oubliés, aussi gris et refermés, que ceux-ci. Dans ces bois suspendus au-dessus de nos têtes, avec ces légers voiles de brume immobile, il y avait quelque chose du monde d'autrefois, comme si dans ces profonds sillons du vaste monde, le temps n'existait pas. On était absolument seul ; tout aurait pu arriver. J'ai soudain été fatigué d'entendre le son de ma voix. Mais lorsque j'ai voulu m'arrêter, j'ai découvert que cette femme avait sur moi l'effet d'un incroyable stimulant.

Nous sommes arrivés au fond de la vallée, là où la route commence à gravir la colline sud avant de déboucher en plein ciel. J'ai réussi à garder un silence très inconfortable. De la succession de ses inquiétantes et tellement flegmatiques déclarations, j'étais parvenu à une idée claire, et même presque visuelle, de son incroyable théorie – qu'on lui donne le nom d'allégorie, de folie ou de tout autre chose. Elle s'interdisait certainement de la faire connaître. Les Dimensionnistes allaient venir par essaims, se matérialiser, dévorer tout comme des sauterelles, d'autant plus irrésistibles qu'impossibles à reconnaître. Ils allaient arriver comme la neige durant la nuit : le matin, on regarde dehors et on voit que le monde est tout blanc. Ils allaient venir comme viennent les cheveux blancs, pour nous saper le moral comme les années sapent la force des muscles. Quant aux méthodes, nous serions traités de la même façon que nous traitons les races inférieures. Il n'y aurait ni combats ni meurtres ; nous tous et tout notre système social, nous allions nous effondrer en un éclair parce que nous étions vermoulus d'altruisme et d'éthique. Dans le pire des cas, nous avions tous certaines limites et, à un certain stade, nous mettions les pouces : « Non, cela ne se fait pas » parce que nous avions des scrupules qui agissaient sur nous comme des lests pour nous entraver. Elle n'a prononcé, je pense, que deux phrases associant plusieurs mots : « Nous ferons la course avec vous et aucune charge ne nous ralentira » et « Nous vous ferons simplement tomber plus bas sous votre propre poids ».

Tout le reste s'est résumé ainsi :

« Mais alors, ai-je dû lui dire, nous ne pourrons plus faire confiance à personne. N'importe qui pourra être l'un d'entre vous…

– N'importe qui », a-t-elle répondu.

Elle a prophétisé pour nous un règne de terreur. En croisant son voisin dans la rue, on lui jetterait soudain des regards inquisiteurs.

J'étais silencieux. Les oiseaux chantaient le coucher du soleil. Il faisait très sombre sous les branches et, à chaque instant, les couleurs du monde devenaient plus obscures et plus profondes.

« Mais… lui ai-je demandé, envahi par un sentiment d'inquiétude, pourquoi donc me racontez-vous tout cela ? Pensez-vous que je vais m'enrôler à vos côtés ?

– Vous le ferez forcément au bout du compte, a-t-elle dit, et je n'ai pas envie de gaspiller mes forces. Si vous deviez agir de mauvaise grâce, vous auriez à résister, résister et résister encore, et il me faudrait gaspiller mon pouvoir sur vous. Mais dans la réalité, vous ne pourrez résister qu'au début, puis rapidement vous commencerez à comprendre. Vous verrez comment nous faisons tomber un homme… un homme, notez bien, qui porte un grand nom, l'incarnation même de la probité et de l'honneur. Vous verrez les filets se resserrer de plus en plus et vous commencerez alors à comprendre. Et vous cesserez de résister, voilà tout. »

J'étais silencieux. Un rossignol de juin s'est mis à chanter, d'une voix un peu rauque. On aurait dit que nous attendions un signal. Les choses de la nuit allaient et venaient, bruissant dans l'herbe, bruissant à travers les feuillages. À la fin, je ne parvenais même plus à discerner la pâle lueur de son visage…

J'ai tendu ma main, qui a touché la sienne. Je l'ai saisie sans une seconde d'hésitation. « Comment pourrais-je vous résister ? » lui ai-je demandé, et j'ai été étonné d'entendre de l'émotion dans ma voix. J'ai levé sa main vers mon visage. Elle était glacée et ne manifestait aucun signe de résistance ; mais avant qu'elle n'atteignît mes lèvres, par un instinct de prudence, quelque chose comme une panique m'a envahi. Je ne savais pas à quoi cela pourrait mener… et je me rendais compte que j'ignorais même qui était cette femme. Dès le début, elle m'avait semblé inquiétante et maintenant, dans l'obscurité, son silence et sa froideur m'apparaissaient comme une sorte de menace latente d'une complexité inconnue. J'ai lâché sa main.

« Nous avons du chemin à faire », ai-je rappelé.

La route avançait sous une voûte de branchages. Il y avait comme une lumière translucide qui m'aurait permis de voir son visage, mais je gardais les yeux fixés sur le sol. Je me sentais contrarié. Maintenant qu'il était passé, l'épisode m'apparaissait comme une occasion manquée. Nous allions nous séparer dans un instant et ses rares dons mentaux et son étrange mais très vive beauté me rendaient l'idée de cette séparation intensément désagréable. Elle m'avait empli d'une curiosité qu'elle n'avait rien fait pour satisfaire et d'une fascination très voisine de la peur. Nous avons gravi la colline et sommes arrivés à une grande étendue de pelouse assez meuble. Le bruit de nos pas a cessé et le monde est devenu plus silencieux que jamais. Il y avait de petits champs clos tout autour de nous. La lune jetait une lumière blafarde et une brume étincelante flottait à travers les haies irrégulières. De larges avenues s'enfuyaient doucement de tous côtés dans l'espace.

« Et maintenant… lui ai-je demandé enfin, est-ce que nous nous reverrons ? » Ma voix était rauque, comme si je n'avais pas parlé depuis de longues années.

– Oh, très souvent, a-t-elle répondu.

– Très souvent ? » ai-je répété. Je n'aurais su dire si j'étais content ou fâché. À travers l'ouverture d'une haie, j'ai aperçu la façade d'une maison blanche. Elle semblait appartenir à un autre monde. À un autre ordre de choses.

« Ah… c'est la maison de Callan, ai-je dit. C'est ici que j'allais…

– Je sais, a-t-elle répondu. Nous nous séparons ici.

– Pour nous revoir un jour ? ai-je demandé.

– Ah, bien sûr… pour nous revoir. Oui, pour nous revoir. »

2

Sa silhouette s'est évanouie dans l'obscurité comme des choses pâles se dissolvent doucement dans l'eau profonde et, dès qu'elle a disparu, mon sens de l'humour est revenu. L'épisode m'est apparu, avec une soudaine évidence, comme une sorte de flirt avec une compagne de voyage mystérieuse, mais décidément charmante. Cette fille était une énigme et une énigme percée à jour n'est rien de plus qu'une chose triviale. Elle aussi ne serait plus qu'une personne très ordinaire une fois que j'aurais trouvé une solution. Il m'est venu à l'esprit qu'elle avait peut-être voulu que je la considère comme un symbole du futur – une personnification de ceux qui, effectivement, seront les héritiers du monde. Avec son insolente modernité, elle s'était moquée de moi. Elle avait voulu me faire comprendre que j'avais des idées dépassées ; que l'état d'esprit dont nous étions nous-mêmes les héritiers, mes amis et moi, était révolu. Il fallait inévitablement qu'on nous mette au rencart et que nous demeurions en retrait en tant qu'antiquités. Il était évident que, face à la rapidité de la vie, elle était mieux équipée que nous. Elle avait quelque chose… non pas seulement la vivacité d'esprit et l'impitoyable détermination, non, un quelque chose de tout à fait différent, d'indéfinissable et de beaucoup plus impressionnant. Peut-être n'était-ce que la confiance de celui qui se croit supérieur, la qualité essentielle qui fait l'empire de l'Occident. Mais je n'étais pas un Noir, ni même un Indien. Moi, il ne fallait pas s'y tromper, j'étais quelqu'un.

En tant qu'auteur, j'avais si régulièrement collectionné les échecs, je demeurais si absolument privé de toute reconnaissance, que j'en étais arrivé à me considérer comme en avance sur mon temps et œuvrant exclusivement pour la postérité. C'était une habitude d'esprit... la seule revanche que je pouvais prendre contre l'ingratitude du Destin. Et cette fille était venue pour me renvoyer au vulgaire troupeau : elle prétendait représenter cette postérité même pour laquelle je travaillais...

Elle faisait probablement partie d'une clique qui se faisait appeler les Dimensionnistes, de la même façon qu'il y a eu naguère les Préraphaélites. C'était une sorte de grossière allégorie. J'ai commencé à me demander comment il se faisait que je n'en ai jamais entendu parler. Et comment diable en étaient-ils venus à entendre parler de moi ?

« Elle a dû lire quelque chose de moi, me suis-je pris à songer : l'*Histoire de Jenkins* peut-être. Oui, ce devait être mon *Histoire de Jenkins* ; ils lui ont donné une bonne place dans leur magazine pourri. Elle a dû voir que c'était le seul bon texte, et... » Quand on est auteur, vous savez, c'est ainsi qu'on voit les choses.

À cet instant-là, j'étais sur le point de frapper à la porte du grand Callan. J'avais l'impression d'être brusquement introduit dans le quotidien de la vie familiale d'un grand... oui, d'un infiniment grand romancier. On m'a conduit dans un salon bien éclairé, la femme du grand homme m'a souhaité la bienvenue et on m'a gentiment propulsé dans une chambre. J'ai fait un brin de toilette, je suis redescendu et, avant même que mes yeux n'aient pu s'habituer à la lumière de la lampe, j'ai été introduit dans le sanctuaire. Callan était assis sur son canapé, entouré d'une foule admirative de personnalités très locales. J'ai oublié à quoi ils ressemblaient. Je pense qu'il y avait là un homme dont la barbe roussâtre n'allait pas avec le visage et un autre, au contraire, dont le visage aurait pu être amélioré par l'adjonction d'une barbe roussâtre. Il y avait aussi un homme noir extrêmement triste et je me souviens vaguement aussi d'une personne qui zézayait.

Ils ne parlaient pas beaucoup ; en fait, il y avait très peu de conversation. Rien d'autre que ce que proférait Callan. Il... parlait... très... lentement... avec... beaucoup... d'autorité... comme un grand acteur dont le but est de tenir la scène le plus longtemps possible. Le soulèvement de ses lourdes paupières lorsque la porte s'ouvrait donnait l'impression d'une sombre lassitude mentale, et semblait en quelque sorte conférer une longueur supplémentaire à la pâleur de son nez. Sa barbe courte et brune grisonnait déjà beaucoup, ai-je pensé. J'étais bien sûr déjà familier de son front haut et de son sourire supérieur, bien sûr prophétique. On pouvait les voir, en effet, sur des affiches dans la rue. Les notables locaux ne voulaient pas parler, ils voulaient être envoûtés... et ils l'étaient. Callan était assis là dans l'attitude appropriée – celle dans laquelle on le photographiait toujours. Une main soutenait sa tête, l'autre jouait avec sa chaîne de montre. Son visage était uniformément solennel, mais ses yeux étaient d'une déconcertante sournoiserie. Il m'a interrogé sur mon itinéraire depuis Cantorbéry ; il a déclaré que la cathédrale était « un... magnifique... monument... gothique... » et m'a donné des explications sur la configuration des routes. Il a paru satisfait de constater que j'avais très peu de souvenirs de ce que j'aurais dû remarquer en chemin. Cela lui a fourni l'occasion de faire montre de son érudition locale.

« Une… femme remarquable… vivait… dans… le… cottage… à côté… du… moulin… à… Stelling, a-t-il déclaré. Elle a été le modèle de mon personnage de Kate Wingfield.

– Dans votre *Boldero* ? » a murmuré le chœur en écho.

Le souvenir de la commune de Stelling – les faces pâles et étincelantes des sombres cottages – m'était comme une bouffée froide de brume. J'ai oublié de dire « En effet ! »

« C'était… une… femme très… remarquable… Elle… »

Je me suis demandé ce qui était réel : l'espace du dehors avec ses haies brumeuses et sa lune floue ; ou bien cette pièce avec ses rangées de livres uniformément reliés et le buste du grand homme qui, de son piédestal derrière la lampe, projetait vers le plafond une ombre pompeuse.

Avant que je n'aie pu complètement reprendre mes esprits, les notables étaient déjà partis pour prendre le dernier train. Je suis resté seul avec Callan.

Il n'a pas fait l'effort de reprendre pour moi sa pose, et lorsqu'il a parlé, a commencé à s'exprimer plus vite.

« Homme intéressant, Mr. Jinks ? a-t-il noté. Vous l'avez reconnu ?

– Non, ai-je répondu. Je ne crois pas l'avoir jamais rencontré. »

Callan avait l'air contrarié.

« Je pensais avoir assez bien attrapé la ressemblance. C'est Hector Steele. Dans mon *Blanfield*, a-t-il ajouté.

– Bien sûr ! ai-je renchéri (je n'avais jamais pu lire *Blanfield)*. En effet, ah, oui… bien sûr. »

Il y a eu une pause gênante.

« Le whisky sera là dans une minute, a-t-il dit soudain. Je ne le garde pas dans la pièce quand Whatnot est là. C'est le recteur, vous savez. Un homme de grande sobriété. Quand nous aurons pris un… un modeste réconfortant…, nous nous mettrons au travail.

– Oh, ai-je dit, vos lettres signifiaient vraiment…

– Bien sûr, a-t-il répondu. Ah, voilà le whisky. Eh bien, Fox était ici l'autre soir. Vous connaissez Fox, bien sûr ?

– N'est-il pas à l'origine de ce torchon intitulé… ?

– Oui, c'est cela, a vite répondu Callan, il a beaucoup de succès dans les journaux qu'il a lancés. Il s'est mis en tête d'en créer maintenant un nouveau. Il a beaucoup de bailleurs de fonds, de grands noms, vous savez. Il va publier mon prochain ouvrage en feuilleton. Cette… cette publication devrait être d'un ton un peu plus sérieux que ce qu'il a fait jusqu'à présent. Vous comprenez ?

– Bien sûr, oui, ai-je approuvé, mais je ne vois pas où j'interviens. »

Callan a bu une gorgée de whisky assez méditative, a ajouté un peu d'eau, un peu de whisky et a trouvé le mélange à son goût.

« Voyez-vous, a-t-il expliqué, Fox a reçu ici une lettre lui annonçant que Wilkinson venait subitement de mourir… un problème cardiaque. Wilkinson devait écrire une suite d'articles personnels sur des personnalités éminentes. Bien sûr, Fox était embêté et j'ai glissé un mot pour vous.

– Je suis sûr que je suis très… ai-je commencé.

– Pas du tout, pas du tout, m'a interrompu Callan d'un ton mielleux. Je vous connais et vous me connaissez depuis bien des années. »

Une image a soudain clignoté devant mes yeux – le portrait du Callan d'autrefois – le personnage servile et louche, aux vêtements miteux, aux yeux sournois et aux manières obséquieuses.

« Bien sûr, oui, ai-je approuvé, mais je ne vois pas que cela me donne aucun droit. »

Callan s'est éclairci la gorge.

« Le passage du temps, a-t-il renchéri dans son style grandiloquent, rend indissolubles ce qu'on pourrait appeler les liens de l'association. »

Il s'est arrêté pour inscrire cette phrase sur les tablettes de sa mémoire. Il la glisserait dans sa nouvelle série – pour y introduire une touche de pourpre.

« Vous voyez, a-t-il poursuivi, j'ai écrit beaucoup de choses autobiographiques et ce serait presque de l'autopromotion que d'en faire davantage. Vous savez à quel point cela me déplaît. J'ai donc montré à Fox votre texte paru dans le *Kensington.*

– L'*Histoire de Jenkins* ? ai-je dit. Comment avez-vous pu la voir ?

– On m'a envoyé le *Kensington* », a-t-il répondu.

Il y avait une touche d'aigreur dans sa voix, et je me souvenais que le *Kensington* que j'avais vu avait été lesté de 7 bonnes pages de Callan lui-même – 7 pages serrées de feuilleton, illisibles.

« Comme je le disais, a repris Callan, vous devez très bien me connaître, et je suppose que vous êtes familier de mes livres. Pour le reste, je vous donnerai tout le matériel dont vous aurez besoin.

– Mais, mon cher Callan, ai-je dit, je ne me suis jamais essayé à ce genre de choses. »

Callan m'a fait taire d'un geste de la main.

« Nous avons été frappés, Fox et moi, de constater que votre… votre *Jenkins* était exactement ce qu'il nous fallait, a-t-il dit. Bien sûr, c'est le portrait d'une sorte de peintre en panne. Mais c'est bien fait. »

J'ai baissé la tête. Il était plus convenable de savourer les éloges de Callan en silence.

« Vous voyez, ce que nous voulons, ou plutôt ce que veut Fox, a-t-il expliqué, c'est une sorte de suite de portraits sur les hommes célèbres *chez eux**. Bien entendu, ils ne sont pas en panne. Mais si vous pouvez les traiter comme vous avez traité Jenkins… les montrer à leur travail… entourés de ce qui tient lieu pour eux de moulages cassés et de rideaux de serge délavés… ce sera exactement ce qu'il faut. Ce sera une nouvelle manière, ou plutôt… ce qui est beaucoup mieux, notez bien…une manière ancienne traitée sous un angle légèrement, très légèrement différent. C'est cela que veut le public.

– Ah, oui, ai-je dit, c'est cela que veut le public. Mais tout de même, cela a été fait depuis des lustres. Tenez, j'ai déjà vu des photographies de vous et votre fauteuil, vous et votre buvard, etc. au moins une demi-douzaine de fois dans des magazines à 6 pence. »

À nouveau, Callan a marqué d'un geste de la main sa bienveillante supériorité.

« Vous vous sous-estimez, a-t-il dit.

– Merci, ai-je murmuré.

– Il ne s'agit pas simplement ici… de satisfaire une curiosité… mais de tenter de pénétrer l'intérieur des choses…

* Les mots suivis d'un astérisque sont cités en français dans le texte original.

d'en capter, pour ainsi dire, *l'atmosphère*. Pas seulement de dresser un inventaire des meubles. »

Il a cité des extraits du prospectus du nouveau journal, puis s'est éclairci la gorge pour exprimer une immense vérité.

« La photographie… n'est pas… de l'Art », a-t-il affirmé.

Le caractère invraisemblable de notre conversation commençait à me frapper.

« Après tout, ai-je pensé, pourquoi cette fille n'aurait-elle pas joué à être l'habitante d'une autre sphère ? Elle l'a fait bien mieux que Callan. Elle l'a trop bien fait, je suppose. »

« La rémunération est très correcte, est intervenu Callan. Je ne sais pas combien pour 1000… mais… »

Je me suis retrouvé à faire des comptes pour ainsi dire malgré moi.

« Vous êtes prêt à l'écrire, je suppose ? » a-t-il demandé.

J'ai pensé à mes dettes…

« Eh bien, je crois que oui, ai-je répondu. Mais qui sont les autres dont je dois prendre l'atmosphère ? »

Callan a haussé les épaules.

« Oh, toutes sortes de gens importants… des militaires, des hommes d'État, Mr. Churchill, le ministre des Affaires étrangères, des artistes, des prédicateurs… toutes sortes de gens.

– Toutes sortes de gloires ! me suis-je pris à répondre.

– Le journal prendra en charge vos frais jusqu'à un montant raisonnable, m'a rassuré Callan.

– Ce sera une bonne occupation pour un moment, ai-je dit. Je vous suis infiniment reconnaissant. »

Il a repoussé mes remerciements des deux mains.

« Je vais juste envoyer un télégramme à Fox pour lui dire que vous acceptez », a-t-il déclaré en se levant. Il s'est assis à son bureau dans l'attitude appropriée. Il avait une attitude appropriée pour chaque situation de la vie. Il les avait prises devant tant de monde que, même aux premières heures du jour, il était prêt à affronter le porteur de Kodak. Il avait auprès de lui toutes les formes de gadgets d'homme de lettres, tous les genres de bibelots littéraires. Il y avait des porte-livres qui basculaient dans des positions adaptées à ses attitudes appropriées ; il y avait des tas de petites boîtes vertes marquées de grandes majuscules rouges et de grandes boîtes rouges portant de petites lettres noires. Il y avait une lampe d'écriture qui jetait une lueur du plus bel effet sur une autre de ses attitudes appropriées – et il y avait une machine à écrire avec du papier à lettres dessus, et une autre avec un manuscrit déjà en place.

« Mon Dieu ! ai-je pensé : *"À de telles hauteurs s'élève la Muse"*. »

Tandis que je regardais les colonnes brillantes des machines à écrire [2], l'image de mon propre bureau m'est apparue : ébréché, taché d'encre, glorieusement poussiéreux. J'ai pensé à ce que je verrais lorsque je rallumerais ma vieille lampe en fer blanc : des cendres, des bouts d'allumettes, un pot à tabac, un vieux porte-plume rongé, des morceaux de buvard rose, des boîtes d'allumettes, de vieilles lettres et de la poussière partout. Et j'ai compris que, lorsque j'y serais assis, mon attitude serait inappropriée.

Callan était en train de taper le télégramme sur sa machine. « Cela partira demain matin dès 8 h », a-t-il dit.

2. Les anciennes machines à écrire du type de la Salter Standard n° 6, fabriquée par la George Salter Company de 1900 à 1907, étaient surmontées de colonnes en demi-cercle présentant une certaine ressemblance avec un temple grec.

3

Pour m'encourager, je suppose, Callan m'a donné à lire au lit les épreuves de son prochain livre. La chose était si mauvaise que cela m'a presque dégoûté de lui et de son travail. J'ai essayé de lire sa marchandise. De la lire conscien-cieusement, attentivement, pour m'endormir dessus. J'avais des obligations envers le vieux Cal et je voulais lui rendre justice, mais c'était impossible. J'ai perçu une sorte d'intrigue. Il s'agissait d'un fratricide avec une touche d'adultère ; une « Grande Cause Morale » se profilait à l'arrière-plan. Sans cela, le roman aurait été ennuyeux à lire ; en l'état, il était insupportable. Il était incroyable que Cal lui-même puisse publier de tels trucs. Qu'il puisse en avoir l'aplomb. Ce n'était pas un imbécile, absolument pas. Je trouvais cela passablement révoltant.

Je suis arrivé à cette conclusion par un cheminement de réflexion différent. Peut-être n'étais-je pas capable d'écrire à cette époque… peut-être l'étais-je ; mais j'en savais assez pour reconnaître ce qui était évidemment mauvais, honteu-sement mauvais, et, au fond de mon âme, l'idée que moi aussi, si je devais un jour vendre des dizaines de milliers d'exemplaires, je devrais cyniquement offrir ce genre de marchandise, cette idée-là me renvoyait presque directement à ma solitude. Callan avait commencé à peu près comme moi à présent ; il avait même eu dans sa jeunesse, je crois, de nobles idéaux et avait un peu crevé la faim. Il était assez pénible de penser que je n'étais peut-être, en réalité, rien de plus qu'un autre Callan, et que, lorsque je reviendrais enfin sur ma vie, je devrais probablement me pencher sur un palmarès analogue. Cela m'a un peu dégoûté, et quand j'ai éteint la lumière, ces mêmes horreurs ont pris possession de moi.

Je me suis réveillé dans un état d'esprit fébrile, honteux d'avoir à croiser le regard de Callan. Il me semblait qu'il serait forcément au courant de mes pensées de la nuit, qu'il me considérerait comme un idiot qui trouvait à redire à sa soupe. Il n'a laissé paraître aucun signe d'une telle connaissance : il était digne, cordial ; il discutait avec enthousiasme de son petit-déjeuner, ouvrait ses lettres, etc. Un secrétaire anémique prenait des notes pour rédiger les réponses appropriées. Comment aurais-je pu lui dire que je ne voulais pas faire le travail, que j'étais trop fier, et tout le reste ? Il m'aurait pris pour un imbécile, il se serait raidi dans l'hostilité, j'aurais perdu ma dernière chance. À la lumière du jour, je répugnais à le faire.

Il s'est mis à parler de choses indifférentes ; nous nous sommes laissés aller au fil d'une conversation médiocre. Le moment psychologique, s'il y en avait eu un, était passé.

Quelqu'un qui portait mon nom avait écrit à Callan pour exprimer son intention de venir cet après-midi-là lui témoigner de son admiration personnelle. Cette perspective semblait plaire au grand Cal. Il était habitué à ce genre de sollicitations ; il les trouvait justifiées, je suppose. Nous avons commencé à discuter de manière décousue de la possibilité que cette personne me soit apparentée ; j'ai émis un doute. Je n'avais à ma connaissance aucune famille ; il y avait bien une extraordinaire vieille tante qui avait hérité des hectares et de la respectabilité des Etchingham Granger, mais elle n'était pas le genre de personne à révérer un romancier. Moi, le petit dernier de la famille, je m'en étais trouvé exclu justement parce que j'étais romancier. J'ai expliqué ces choses à Callan et il les a commentées, marquant à quel point il trouvait étrange que le monde soit si petit ou si grand, j'ai oublié lequel des deux. Depuis sa propre apothéose, des foules de Callan avaient revendiqué un lien de famille avec lui.

J'ai pris mon petit-déjeuner, puis nous avons commencé à pondre cet article… aujourd'hui encore ce simple souvenir me rend malade. Vous le trouverez dans le volume avec les autres. Vous verrez comment j'ai traîné dans le monde de Callan : son bureau, sa salle à manger, la tonnelle romantique dans laquelle il se plaisait à écrire les scènes d'amour, les arbres taillés en forme de paons et les arbres taillés en forme d'ours, et tout le reste du contexte autour des attitudes appropriées. Il était content de tout arrangement de mots qui puisse suggérer de la part de l'auteur de l'article une discrète crainte révérencielle.

« Oui, oui, a-t-il dit une ou deux fois, c'est la note juste, très juste… très bien. Mais ne pensez-vous pas… » Nous avons déjeuné au bout d'un certain temps.

J'étais si heureux. D'un bonheur si pathétique. Cela m'était venu si facilement. J'avais douté de ma capacité à faire ce genre de textes ; mais cela s'était écrit tout seul, aussi vite que l'argent file entre les doigts, et c'est comme cela que j'allais gagner de l'argent. Tout mon passé me semblait une erreur – un enfantillage. Je m'étais tenu à l'écart de ce genre de choses parce que je pensais que c'était en dessous de moi ; je m'en étais tenu à l'écart, et j'avais affamé mon corps et perverti mon esprit. Peut-être avais-je même, par cet isolement, porté préjudice à mon travail. Pour comprendre la vie, il faut vivre… et je n'avais rien fait d'autre que ruminer. Mais, sacrebleu, désormais j'allais essayer de vivre.

Callan s'était retiré pour sa sieste habituelle et je fumais pipe après pipe sur un roman français incroyablement mauvais que j'avais trouvé dans les étagères. J'ai dû somnoler. Une voix dans mon dos a annoncé :

« Miss Etchingham Granger ! » et a ajouté : « Mr. Callan descend tout de suite. » J'ai posé ma pipe, en me demandant si j'avais bien fait de fumer alors que Cal attendait des visiteurs et je me suis levé.

« Vous ! » me suis-je exclamé brusquement.

– Comme vous voyez », a-t-elle répondu.

Elle souriait. Elle avait tellement habité mes pensées que je n'étais guère surpris… La chose avait même un certain air d'agréable fatalité.

« Vous devez être une cousine, ai-je dit, le nom…

– Oh, appelez cela une sœur, a-t-elle répondu. »

J'avais volontiers le goût de la plaisanterie lorsque le hasard la mettait sur mon chemin. Voyez-vous, j'allais enfin vivre, et pour moi vivre impliquait un sentiment d'irresponsabilité.

« Ah ! ai-je dit avec ironie, vous allez être une sœur pour moi, comme on dit. » Elle avait été capable de me surprendre la nuit dernière au clair de lune, mais à présent… Et puis il y avait là une pointe de danger, juste une pointe cachée quelque part. Au reste, cette femme était belle et bien habillée, et je ne voyais pas ce qui pourrait m'arriver. Même si c'était le cas, même si j'étais dans le pétrin, je n'avais aucun parent, pas même un ami, pour s'inquiéter de moi. J'étais assez seul et je n'appréciais qu'à moitié l'idée de me retrouver dans le pétrin… mais bon, cela aussi faisait partie de la vie. J'allais avoir un peu d'argent ; quant à elle, elle aiguisait ma curiosité. J'avais hâte de savoir ce qu'elle faisait là vraiment.

« Et pourrait-on vous demander, ai-je dit, ce que vous faites dans… dans cette… » Je ne trouvais pas de mot pour décrire la pièce… cette suffisance qui se donnait des airs de bohème professionnelle.

« Oh, je m'occupe de mes affaires, a-t-elle répondu, je vous l'ai dit hier soir, vous avez oublié ?

– Hier soir, vous étiez une "héritière du monde", lui ai-je rappelé. On ne commence pas une telle carrière dans un endroit comme celui-ci. Moi, je serais allé… eh bien… je serais allé voir un homme politique… un ministre… disons, Gurnard. C'est l'homme qui monte, n'est-ce pas ?

– Certainement, oui, a-t-elle répondu, c'est l'homme qui monte. »

Vous vous souviendrez qu'à cette époque, Gurnard n'était que l'outsider du gouvernement. Je connaissais assez peu ces choses, je méprisais les hommes politiques en général. Ils ne m'intéressaient tout simplement pas. Je détestais Gurnard de façon toute platonique ; peut-être seulement parce que son visage était un peu énigmatique… un peu repoussant. Le pays se trouvait alors dans une situation où il n'y avait pas d'opposition, mais seulement un gouvernement composé de deux courants bien distincts – Churchill et Gurnard – et Gurnard était l'outsider.

« Oh, vous devriez rejoindre vos appartements, ai-je dit aimablement. Si Callan est l'homme qui monte, en quoi intervenez-vous ?… À moins qu'il ne soit lui aussi Dimensionniste.

– Oh, les deux… les deux », a-t-elle répondu.

J'admirais la tranquillité avec laquelle elle avait fait de mes arguments les siens. Et j'en étais heureux – cela me donnait l'impression d'une sorte de plaisante comédie …

« Je suppose que vous me ferez savoir un jour qui vous êtes ? ai-je dit.

– Je vous l'ai dit plusieurs fois, a-t-elle répondu.

– Oh, vous ne me ferez pas peur aujourd'hui, ai-je affirmé, pas ici, vous savez, et de toute façon, pourquoi le voudriez-vous ?

– Je vous l'ai dit, a-t-elle répété.

– Vous m'avez dit que vous étiez ma sœur, ai-je dit. Mais ma sœur est décédée il y a bien des années. Cependant si cela vous convient, si vous voulez être la sœur de quelqu'un…

– Cela me convient, a-t-elle répondu. J'ai besoin d'être introduite, voyez-vous. »

Je savais que mon nom était assez bon pour introduire n'importe qui. Nous étions les Granger d'Etchingham depuis… oh, depuis le Déluge. Et si cette fille voulait être ma sœur et une Granger, pourquoi diable ne le ferait-elle pas, du moment qu'elle me laissait continuer sur cette lancée ? Je n'avais pas parlé à une femme, une femme bien de sa personne, depuis des lustres. C'était comme si j'étais revenu d'un de ces endroits où les fils cadets doivent s'exiler et, d'après ce que je savais, ce pouvait être une bonne chose de nos jours pour des jeunes filles de se choisir des frères dans un milieu ou dans un autre.

« Oh, dites-m'en davantage, ai-je demandé, on aime toujours en savoir plus sur sa sœur. Vous êtes donc Dimensionnistes, vous et le très honorable Charles Gurnard, et quels sont les autres de votre groupement ?

– Il n'y en a qu'un », a-t-elle répondu.

Le croiriez-vous, à ce qu'il semblait, c'était précisément Fox, le rédacteur en chef de mon nouveau journal.

« Vous sélectionnez vos personnages avec une charmante absence de discernement, lui ai-je dit. Ce Fox, tout "renard" qu'il se nomme, n'est qu'une sorte de crapaud, vous savez... Il n'ira pas loin.

– Oh, si, il ira loin, a-t-elle répondu, mais pas jusqu'où il croit. Fox se bat contre nous.

– Oh, alors vous ne croyez pas en l'amitié ? ai-je dit. Vous vous battez chacun pour vous.

– Nous nous battons chacun pour notre compte, a-t-elle répondu, je me débarrasserai de Gurnard quand il aura tiré les marrons du feu. »

Je commençais à être un peu fatigué de tout cela. Vous voyez, la scène était pour moi une sorte de flirt et je voulais aller de l'avant. Mais il me fallait entre-temps écouter ses inventions fantastiques. Il s'agissait d'un duel entre Fox, le fondateur du journal, et Gurnard, le chancelier de l'Échiquier. Avec le ministre des Affaires étrangères, Churchill, et avec ses partisans, Fox soutenait ce qu'il appelait le parti de « l'Ordre Moral » contre Gurnard, qui passait pour un politicien cynique et sans moralité.

J'ai commencé à m'impatienter. Je voulais franchir cette étape pour passer à quelque chose de plus personnel. J'ai pensé qu'elle n'avait inventé ce genre d'histoire que pour m'empêcher d'en venir à sa mission chez Callan. Mais je n'avais rien à faire de connaître sa mission ; je voulais lui faire la cour. Quant à Fox, Gurnard et Churchill, le ministre des Affaires étrangères – qui représentait la probité politique et était vraiment un personnage sympathique –, elle pouvait bien m'exprimer ses vérités sous forme allégorique, tout cela ne m'intéressait pas. Je voulais passer à un autre sujet qui nous permettrait de nous éloigner de cette guignolade des Dimensionnistes.

« Ma chère sœur », ai-je commencé...

Callan se déplaçait toujours comme un parfait espion : il portait des pantoufles en feutre et marchait en rasant les murs. Je pense que c'est grâce à cela qu'il m'a entendu :

« Alors, c'est votre sœur ? s'est-il exclamé soudain derrière moi. C'est étrange que vous n'ayez pas reconnu son écriture...

– Oh, nous ne nous écrivons pas, lui ai-je répondu d'un ton détaché, nous sommes si différents. » Je voulais échapper à l'animal rampant qu'il était. Il s'est tourné vers elle avec une voix mielleuse.

« Vous devez être la petite fille dont je me souviens », a-t-il dit.

Il avait connu mes parents il y a fort longtemps. C'est comme cela, en réalité, que je l'avais rencontré. Je ne l'aurais pas de moi-même choisi pour ami.

« Je pensais que Granger m'avait dit que vous étiez morte... mais on s'y perd...

– Oh, nous nous voyons très peu, a-t-elle répondu. Il se peut qu'Arthur vous ait dit que j'étais morte... Il est capable de tout, vous savez. »

Elle avait une manière tout à fait frappante d'affecter l'indifférence fraternelle. J'ai commencé à penser qu'elle devait être une actrice de génie, elle le faisait si bien. Elle était la sœur restée dans le cercle familial et moi le vaurien de frère dont les caprices mettaient tous les siens à l'épreuve. C'est la note qu'elle avait jouée, et elle la maintenait. Je ne savais pas où diable elle voulait en venir, et je n'en avais rien à faire. Mais ces scènes colorées d'un brin de folie me séduisaient. J'allais commencer de vivre, et il y avait là, semble-t-il, une femme à portée de main. De plus, elle se moquait de Callan, et cela me ravissait. Les manières condescendantes du grand homme m'avaient irrité.

Je les ai écoutés assez silencieusement. Ils ont commencé à parler de leurs connaissances communes, comme on a l'habitude de le faire. Ils semblaient tous les deux connaître tout le monde. Elle se donnait l'air d'être très introduite partout ; elle prétendait être intime avec des personnes tout à fait impossibles, avec ma pompeuse tante, avec des ministres… ce genre de personnalités. Tous deux parlaient de ces gens importants… elle, comme si elle vivait à leur contact, et lui comme s'il essayait de toutes ses forces de sembler à leur niveau.

Elle affectait beaucoup de déférence pour la personne de Callan, et multipliait à son égard les compliments, qu'il gobait avidement… avec une terrible voracité. Cela me faisait un peu frissonner ; il était tragique de voir ce petit grand homme confronté à cette femme. Cela me choquait de penser qu'en réalité, je devais beaucoup lui ressembler… La veille, j'avais dû ressembler à cela. Il était un peu mal à l'aise, observais-je, il faisait de petites confidences comme malgré lui – de petites confidences sur *The Hour*, le nouveau journal par lequel j'étais engagé. Il semblait être dirigé par une petite bande ayant pas mal d'intérêts en jeu. Il y avait un financier étranger – une personne haut placée qu'elle connaissait (« une noble personne au meilleur sens du terme », a dit Callan). Il y avait un homme politique (elle le connaissait aussi, et il était, selon Callan, tout aussi excellent). Il y avait Mr. Churchill lui-même, un artiste ou deux, un acteur ou deux – et Callan. Tous avaient besoin, semble-t-il, d'un peu de soutien. Callan, bien sûr, exprimait cela d'une autre manière. La « Grande... Cause... Morale... » est venue sur la table, je ne sais comment. Il ne pouvait certainement pas avoir l'idée de m'y embarquer et, quant à elle, elle en savait manifestement bien plus que lui sur les personnes concernées. Mais la « Cause » était là, grandiose et aussi guignolesque que tout le reste. Le financier étranger — qu'ils appelaient le duc de Mersch — était un philanthrope doublé d'un mégalomane. Pour une quelconque raison internationale, on lui avait permis de s'arroger la propriété de cet endroit agréable qu'on nomme Groenland. Il s'y trouvait de l'or, de l'huile de baleine, et d'autres choses fort rémunératrices, mais bien sûr le duc de Mersch n'y pensait nullement. Il était, en premier et avant tout, un fondateur d'État, ou du moins il l'était devenu après avoir reçu le titre de Souverain d'un petit coin de grand-duché teutonique. Aucune des grandes puissances n'aurait permis à une autre grande puissance de mettre la main sur cette terre, c'est pourquoi elle avait été confiée au duc de Mersch, qui portait en son cœur, disait Cal, la glorieuse vision de fonder un État-modèle... L'État-modèle dans lequel des Esquimaux, lavés et chaudement vêtus, vivraient, libres et égaux, des vies régénérées côte à côte avec les rejetons les plus soigneusement sélectionnés de toutes les races de l'Occident. Ce genre de chose. J'étais même un peu dépassé, même si c'était Callan le propagandiste ; il y avait quelque chose de beau dans ces conceptions et le soutien de Churchill semblait être une bonne garantie de la probité de sa mise en œuvre.

Le duc de Mersch avait besoin d'argent et il lui fallait créer un chemin de fer à travers le Groenland. Son idée était que le public britannique fournisse l'argent et que le gouvernement britannique soutienne le chemin de fer, comme il l'avait fait dans le cas du canal de Suez, à vocation pourtant moins philanthropique. En échange, il offrait un port dédié et une bande de côte à une extrémité de la ligne ; le public britannique serait remboursé en or et en fûts d'huile de baleine et par la satisfaction d'avoir contribué à faire entrer la lumière en un territoire reculé de la terre. C'est pourquoi le duc de Mersch avait lancé *The Hour*. Ce journal devait exalter la Grande Cause Morale du duc de Mersch ; donner une impulsion au gouvernement ; influencer l'opinion publique ; et, de manière générale, faire avancer la cause du Système pour la Régénération des Régions Arctiques.

Je raconte l'histoire avec désinvolture parce que je l'ai entendue de Callan et qu'il n'était vraiment pas possible de la prendre au sérieux. D'ailleurs, la chose elle-même ne m'intéressait pas beaucoup. Ce qui m'intéressait davantage, c'était de voir avec quelle habileté la jeune femme le grugeait et l'essorait à sec.

J'étais même un peu inquiet pour le pauvre vieux Cal. Après tout, cet homme m'avait rendu service ; il m'avait trouvé un travail. Quant à elle, elle me paraissait une personne potentiellement dangereuse. On ne pouvait pas savoir : c'était peut-être une aventurière, ou sinon, une manipulatrice qui nuirait aux petits projets de Cal. Je le lui ai dit clairement par la suite ; et je me suis disputé avec elle du mieux que je pouvais. Je l'ai conduite à la gare. Callan avait dû être très impressionné, sinon il ne lui aurait jamais fait ces confidences.

« Vous savez, lui ai-je dit, je ne vous laisserai pas jouer de mauvais tours à Callan… pas tant que vous utiliserez mon nom. Je suis volontiers à votre service pour ce qui me concerne… mais, bon sang, si vous voulez lui faire du mal, je me verrai obligé de vous démasquer et de tout lui raconter.

– Vous savez, cela vous serait impossible, a-t-elle dit avec un calme parfait. À présent, vous vous êtes laissé prendre. Il ne serait pas content que vous ayez laissé les choses aller si loin. Vous perdriez votre emploi. Or désormais vous allez vivre, vous savez… vous allez commencer de vivre… »

J'ai été décontenancé par cette menace voilée glissée au milieu de la plaisanterie. Ce n'était pas correct… pas du tout correct. J'ai retrouvé un peu de mes inquiétudes précédentes. Je me suis souvenu qu'elle était vraiment une personne dangereuse ; que …

« Mais je ne ferai pas de mal à Callan, a-t-elle dit soudain, vous pouvez avoir l'esprit tranquille.

– Vraiment ? ai-je insisté.

– Vraiment », a-t-elle répondu.

Je me suis senti soulagé de la croire. Je ne voulais pas me disputer avec elle. Elle me fascinait, voyez-vous, elle semblait agir sur moi comme un stimulant, me donner des sortes de picotements… et elle me déconcertait… Et il y avait du vrai dans ce qu'elle disait. Je m'étais laissé prendre et je n'aurais pas voulu perdre le travail de Callan en lui avouant que je m'étais moqué de lui.

« C'est tout ce qui m'importe », ai-je dit. Elle a souri.

4

Je suis parti pour Londres avec l'article de Callan et une chaleureuse lettre de recommandation de Callan à Fox. J'avais été très docile ; j'avais accepté les corrections, prodigué les éloges avec onction, mais j'avais tout de même réussi à préserver le parfum de dignité du « nous » éditorial. Callan n'en demandait pas davantage.

On m'a orienté vers Fox… on m'a demandé d'aller le voir immédiatement. L'affaire devenait urgente. Fox n'était pas à son bureau, ce tout nouveau bureau que j'allais voir ensuite passer par les étapes successives du confort managérial et de l'abandon poussiéreux. On m'a indiqué d'aller le demander à l'entrée des artistes du théâtre Buckingham.

J'ai attendu derrière la vitre du concierge du Buckingham. Le coursier soupçonneux me regardait avec le mépris réservé aux acteurs au chômage. Les comédiens sans rôle sont en général des quémandeurs affamés. Les chasseurs recherchaient Mr. Fox. « Quelqu'un a-t-il vu Mr. Fox ? Il est parti déjeuner ?

– Mr. Fox est absent », a déclaré le coursier.

J'ai expliqué que l'affaire était urgente. D'autres coursiers ont disparu par les portes pliantes. Des personnages peu séduisants sont passés devant la vitre en me lançant de côté des regards hostiles sur le tabouret haut où je m'étais assis. Un message est revenu.

« Si c'est Mr. Etchingham Granger, il doit rejoindre Mr. Fox chez Mrs. Hartly immédiatement. »

J'ai rejoint Mr. Fox chez Mrs. Hartly, dans un petit appartement d'un quartier que je me garderai de préciser. L'éminent journaliste déjeunait avec l'éminente actrice. Un mari était présent – un néant avec une grosse moustache jaune, qui soufflait et ronronnait en regardant sa montre.

Mr. Fox avait un visage plein, avec un style persuasif et péremptoire. Mrs. Hartly était... eh bien, c'était très exactement Mrs. Hartly. Vous vous rappelez comment nous sommes tous tombés amoureux de sa silhouette, de son style, de sa voix, de sa façon de bouger les mains. C'est avec ces mains qu'elle rompait son pain ; c'est avec cette voix qu'elle parlait à son mari. C'est avec le même mouvement plein de grâce de ses jupes souples qu'elle se levait de table. Ses yeux nous regardaient amoureusement, moi, son mari, le petit Fox et l'homme qui servait les asperges. C'étaient de grands yeux gris et ronds. Elle était exactement la même. Le rideau ne tombait jamais sur cette éternelle répétition générale. Je ne m'étonnais pas que son mari soit sans cesse en train de regarder sa montre.

Mr. Fox était un ami de la maison. Il s'est dispensé de cérémonie, il a lu mon manuscrit en mangeant son *roquefort** et a semblé trouver qu'il ajoutait à sa saveur.

« Vous allez me le faire aussi pour Mr. Fox », a dit Mrs. Hartly en tournant vers moi ses grands yeux gris. Ils étaient très doux et semblaient envoyer des vagues d'intense sympathie. J'ai pensé à ces autres yeux qui m'avaient lancé un rayon tranchant comme un rasoir.

« Eh bien, ai-je répondu, il a déjà été question de faire le portrait de quelqu'un d'autre pour *The Hour*.

Fox a posé mon manuscrit sous son gobelet vide.

« Oui, a-t-il dit sèchement. Callan fera l'affaire, je pense. Hum, oui. Fort bien, oui. »

– Vous êtes un ami de Mr. Callan, n'est-ce pas ? a demandé Mrs. Hartly. Quel homme aimable et sympathique ! Vous devriez le voir aux répétitions. Vous savez que je joue son *Boldero* ; il m'a donné un rôle parfaitement charmant… parfaitement charmant. Et le soin qu'il prend. Il essaie toutes les chaises de la scène.

– Hum, oui, est intervenu Fox, il aime faire les choses à sa manière.

– *"C'est cela que nous aimons tous"* », a scandé la grande actrice.

C'était une citation de son premier grand rôle. Je pensais – mais je me trompais peut-être – que toutes ses paroles étaient des citations de son premier grand rôle. Son mari regardait sa montre.

« Viens-tu à cette foutue exposition de fleurs ? a-t-il demandé.

– Oui, a-t-elle dit en tournant vers lui ses yeux mystérieux, je vais aller me préparer. »

Elle a disparu par une porte intérieure. Je m'attendais à entendre venir de la pièce voisine le coup de pistolet et le bruit d'une lourde chute. J'avais oublié que ce n'était pas la fin du cinquième acte.

Fox a mis mon manuscrit dans la poche de sa veste.

« Venez, Granger, m'a-t-il dit, je veux vous parler. Vous aurez, je pense, de nombreuses occasions de voir

Mrs. Hartly. Elle est la dixième sur votre liste. Bonne journée, Hartly. »

La main de Hartly oscillait entre sa moustache et le gousset de sa montre.

« Bonne journée, a-t-il répondu d'un ton boudeur.

– Il faut que vous reveniez me voir, Mr. Granger, a dit Mrs. Hartly depuis la porte. Passez donc me voir au Buckingham pour assister à notre travail sur la pièce de votre ami. Il faut que nous ayons une bonne longue conversation si vous voulez saisir ma "touche particulière", comme dit Mr. Fox.

– *Dorer l'or fin, peindre le lys et parfumer la violette*[3]... ai-je cité sans originalité.

– C'est cela même », m'a-t-elle dit avec un tendre sourire. Elle attachait un bouton de son gant. Je doute qu'elle ait reconnu la citation.

Une fois dans la voiture, Fox a commencé :

« Je suis soulagé par ce que j'ai vu de votre copie. On ne s'attendait pas à ce genre de chose de votre part. Vous pensez que c'est un peu en dessous de vous, n'est-ce pas ? Oh, je sais, je sais... Vous, les littéraires, vous êtes généralement assez impraticables ; vous savez ce que je veux dire. Callan m'a dit que vous étiez l'homme de la situation. Callan a ses idées ; mais on a d'autres choses à faire avec un journal. J'ai mes propres intérêts. Mais vous ferez l'affaire ; c'est d'accord. Cela ne vous dérange pas que je sois franc, n'est-ce pas, hein ? »

J'ai marmonné que cela me plaisait plutôt.

3. La citation est extraite du *Roi Jean*, de Shakespeare, acte IV, scène 2.

« Eh bien, a-t-il continué, je vois à présent ce que je vais faire.

– J'en suis content pour vous, ai-je murmuré. J'aimerais le voir moi aussi.

– Oh, tout ira bien, m'a réconforté Fox. J'ose dire que Callan a dû plutôt vous dégoûter de ce travail. Surtout si vous n'y êtes pas habitué. Mais vous ne trouverez pas les autres aussi éprouvants. Il y a Churchill maintenant, c'est votre prochain. Il faudra en prendre soin. Vous verrez, c'est un type bien. Avec lui, pas de problème.

– Churchill ? ai-je demandé.

– Le ministre des Affaires étrangères.

– Diantre, ai-je dit.

– Oh, vous le trouverez très bien, m'a rassuré Fox ; vous irez chez lui demain. Tout est arrangé. Nous y voilà. Descendons ! » Il a joint l'acte à la parole et gravi avec agilité les nouvelles marches en briques du siège de *The Hour.* Il m'a laissé payer le cocher.

Quand je l'ai rejoint, il était occupé à donner, à travers une porte pliante, des instructions à une personne invisible.

« Venez, a-t-il dit, essoufflé… Je ne peux pas le recevoir, m'a-t-il ajouté à un petit garçon qui tenait une carte dans ses mains. Dites-lui d'aller voir Mr. Evans… Ici, notre vie ne nous appartient pas », a-t-il continué lorsqu'il est arrivé dans son bureau.

C'était un appartement somptueux aux meubles blanc et or – style Louis XV, ou quelque chose comme ça – avec des décorations toutes fraîches d'après Watteau qui recouvraient les murs. Mais le processus de défiguration avait déjà commencé. Un bureau à roulettes, aussi peu Louis XV que possible, se dressait devant l'une des hautes fenêtres ; la moquette était maculée de traces de boue et une paroi de bois blanc barrait une extrémité de la pièce.

« Bonjour, Evans, a crié Fox, pouvez-vous recevoir cet homme de chez Grant ? Des nouvelles du Central News ?

Il parcourait les papiers sur le bureau.

« Pas encore, je viens de les appeler pour la cinquième fois, lui a-t-on répondu.

– Continuez, a exhorté Fox.

– Voici la lettre de Churchill, m'a-t-il dit. Prenez un fauteuil ; ces foutus meubles sont vraiment trop inconfortables. Mettez-vous à l'aise. Je reviens dans une minute. »

J'ai pris un fauteuil et me suis penché sur la lettre du ministre des Affaires étrangères. Elle exprimait une tolérance mêlée d'ennui pour un intervieweur potentiel, mais elle semblait convenir à Fox. Il a couru dans la pièce, attrapé un papier sur son bureau et est ressorti en courant.

« Vous avez lu la lettre de Churchill ? a-t-il demandé en passant. Je vais tout vous raconter dans une minute. » Je ne sais pas ce qu'il attendait que je fasse d'autre de cette lettre... Que je baise le timbre-poste, peut-être ?

En même temps, il était agréable de rester là à ne rien faire au milieu de toute cette agitation et cet essoufflement. J'avais l'impression d'être enfin en contact avec la vraie vie, celle qui compte. Moi aussi j'étais quelqu'un. Fox me traitait avec une sorte de déférence, comme si j'étais un grand inconnu. Son « vous, les hommes de lettres » était agréable. C'était l'hommage que l'usurpateur rend au prince légitime ; la reconnaissance qu'on doit à la chose réelle par contraste avec la simple imitation manufacturée. L'hommage que rend l'entrepreneur à l'architecte.

« Ah, oui, semblait-il dire, nous, les travailleurs, nous faisons surgir des rangées et des rangées de maisons ; nous construisons des villes entières et pouvons remplir les journaux pendant des années. Mais quand nous voulons quelque chose de spécial, quelque chose de monumental, c'est à vous, les hommes de lettres, que nous devons nous adresser.

Fox est revenu.

« Je suis vraiment désolé, cher ami, mais je n'arrive pas à trouver un moment pour discuter avec vous. Écoutez, venez dîner avec moi au Paragraph, au coin de la rue, ce soir à 6 h précises. Vous irez demain chez Churchill. »

Le Paragraph Club, où je devais rencontrer Fox, était un de ces établissements qui surgissent sporadiquement dans le quartier du Strand. Une de leurs caractéristiques est de se trouver toujours au coin de la rue ; une autre, d'avoir des maîtres d'hôtel excessivement familiers ; une dernière, d'être, de l'avis de leurs membres, trop exclusivement orientés vers la satisfaction personnelle de l'un d'entre eux.

Cette fois encore, c'est Fox qui s'est fait attendre pour le dîner. Je me suis assis dans le petit fumoir et, derrière un journal qui restait du matin, j'ai écouté la conversation des trois ou quatre journalistes qui faisaient partie des membres. Je me sentais comme un nouvel élève dans une nouvelle école lors de sa première présentation à ses camarades.

Il y avait un critique dramatique fossile qui dormait dans un fauteuil devant la cheminée. À l'heure du dîner, il s'est réveillé et a dit : « Vous auriez dû aller voir Fanny Ellsler [4] », et il s'est rendormi.

4. La danseuse autrichienne Fanny Elssler (1810-1884), née Franziska Elssler, fut l'une des plus grandes interprètes du ballet romantique. Elle fut la maîtresse du duc de Reichstadt, comme l'évoque Edmond Rostand dans sa pièce *L'Aiglon*.

Étendu sur un canapé de velours rouge se trouvait un *beau jeune homme**, avec une cravate d'étudiant américain de Paris. Sur une chaise à côté de lui était assis un personnage que, peut-être à cause d'une systématique omission du *h* aspiré, je prenais pour un étranger distingué.

Ils parlaient d'un excellent sujet pour une sorte de sketch dramatique de music-hall – sujet fourni, j'imagine, par un conducteur de bus.

J'ai appris par la suite que mon Français, qui avait été marchand ambulant, était maintenant mi-journaliste mi-financier, et que mon étudiant en art était employé dans un des magazines les plus anciens.

« Messieurs, le dîner est servi », a annoncé le maître d'hôtel depuis la porte. Il s'est dirigé vers le dormeur près de la cheminée. « Je pense que Mr. Cunningham aura fini d'user ce fauteuil avant de pouvoir y aller, a-t-il dit par-dessus son épaule.

– Le pauvre vieux. Il n'a nulle part où aller, a déclaré l'employé du magazine.

– Pourquoi ne va-t-il pas à l'hospice, a rétorqué le journaliste financier. Cela ferait un bon sketch, hein ? a-t-il continué en revenant à son conducteur de bus.

– Sacrément ! s'est exclamé l'employé du magazine avec indifférence.

– Eh bien, Mr. Cunningham, a dit le maître d'hôtel en touchant l'épaule du dormeur, le dîner est sur la table.

– Dieu vous bénisse ! » a soupiré le critique dramatique en sursautant. Le maître d'hôtel a quitté la pièce. Le critique dramatique a furtivement sorti un dentier de la poche de son gilet ; il l'a essuyé avec un mouchoir *bandana* et introduit dans sa bouche.

Il est sorti de la pièce en titubant.

Je me suis levé et ai commencé à inspecter les croquis à la plume suspendus aux murs.

Sur les parois violacées, les caricatures décolorées et dérisoires de célébrités elles aussi dérisoires, enfermées dans des cadres couverts de chiures de mouches, m'ont presque fait frissonner.

« Vous voilà, Granger, a retenti derrière moi une voix joyeuse. Venez dîner. »

Je suis allé dîner. Le repas était assaisonné de petites blagues et de médiocres personnalités. Un journaliste teutonique – critique musical, je suppose – s'est enquis de l'origine du maigre faisan. Fox a répondu qu'il avait été élevé dans l'arrière-cour. Le critique dramatique a marmonné sans l'entendre que telle ou telle pièce ne figurait pas à l'affiche des éditions Adelphi. J'ai souri d'un air absent. Ensuite, à voix basse, Fox m'a expliqué une chose ou deux concernant le projet secret du nouveau quotidien. Présentée par lui sans l'aura de la « Grande Cause Morale », l'affaire semblait plutôt misérable. Le fumoir crasseux me déprimait ; tout cela était précisément ce dont je m'étais efforcé, pendant tant d'années, de me tenir à l'écart. Fox se penchait vers mon oreille et murmurait. Il y avait de fines nuances d'intonation dans son chuchotement. Sa voix laissait à entendre que certains de ceux qui étaient mêlés à l'affaire n'étaient pas au-dessus de tout soupçon ; d'autres l'étaient, et le ton de sa voix, devenant subitement déférent, semblait m'indiquer que je devrais modeler mon intonation sur la sienne.

« Bien sûr, un homme comme le très honorable Churchill agit en gentleman… tout à fait en gentleman… il faut lui donner un soutien quasi officiel… Pour lui, *The Hour*… ce sera moi. Ils sont un peu divisés, au ministère, je veux dire…

Ils disent que Gurnard ne joue pas franc jeu… Ils le disent. » Son large visage rouge brillait alors qu'il se penchait vers mon oreille, ses petits yeux bleu marine scintillaient d'humidité. Il m'a expliqué avec prudence et circonspection. Il y avait quelque chose de désagréable dans cette affaire… pas exactement chez Fox lui-même, mais dans ce genre d'affaires. J'aurais aimé qu'il cesse ses explications… je ne voulais pas les entendre. Je n'ai jamais voulu savoir comment les choses fonctionnaient ; je préfère prendre le monde à sa valeur nominale. Les révélations de Callan avaient été supportables, en raison de la solennité ridicule de ses manières. Mais là, c'était différent, cela portait le cachet de la vérité sans doute parce que c'était un peu sale. Je ne voulais pas entendre que le ministre des Affaires étrangères était mêlé, même de loin, à cette affaire. Il n'était pour moi qu'un symbole, mais il représentait la solidité de l'homme d'État et des principes auxquels il est inquiétant de porter atteinte.

« Bien sûr, poursuivait-il, la bande de Churchill voudrait continuer à nous opposer un bras de fer. Mais cela ne va pas marcher, il faut qu'ils entrent dans le jeu ou qu'ils voient que tout le monde les abandonne. Gurnard a pratiquement anéanti la presse de son ancien parti, il faut donc tout recommencer. »

C'était cela… précisément cela. Face à des gens comme nous, Churchill devait opposer un bras de fer… il devait à tout prix continuer de l'opposer. C'est ce que j'exigeais du monde tel que je le concevais. C'était tellement moins inquiétant comme cela. D'un autre côté, tout cela, c'était la vie… à présent je vivais, et le prix à payer pour vivre, c'est la désillusion. C'était le prix que je devais payer. De toute évidence, un ministre des Affaires étrangères devait avoir un organe semi-officiel, du moins je le supposais… « Attention, a murmuré Fox, je pense moi-même que c'est dommage qu'il soutienne l'affaire du Groenland. Les choses ne sont pas tout à fait claires. Mais cela va être très payant, et il y a l'intérêt national à prendre en compte. Si ce gouvernement ne s'en chargeait pas, un autre le ferait… et cela donnerait à Gurnard et à bien d'autres un avantage face à Churchill et aux siens. Nous ne pouvons pas nous permettre de perdre d'autres centrales à charbon au Groenland ou ailleurs. Et, remarquez bien, Mr. Churchill pourra bien mieux veiller aux intérêts des indigènes s'il participe au gâteau. Vous voyez la position, hein ? »

Je ne l'écoutais pas vraiment, mais j'acquiesçais à intervalles réguliers. Je savais qu'il voulait que j'adopte cette ligne lors des conversations confidentielles avec des personnes en quête d'articles. J'étais plutôt résigné à cela. D'ailleurs, j'étais envahi par la conviction – qui n'était peut-être rien d'autre qu'une sensation – que la fille était mêlée à cette affaire. Son ombre se trouvait quelque part parmi toutes celles qui s'agitaient sur l'écran. J'ai voulu demander à Fox s'il la connaissait. Mais voilà, dans cette histoire absurde, je ne connaissais même pas son nom, et tout ce que je savais d'elle aurait semblé un peu délirant. Pour le moment, cela me convenait que Fox se fasse une idée raisonnable de ma santé mentale. De plus, parler d'elle m'aurait semblé déplacé, car je continuais encore de l'idéaliser. Il n'était pas convenable de parler d'elle dans un fumoir rempli d'hommes racontant des histoires, et de toute façon pas possible de parler d'elle à Fox.

Le critique musical rôdait dans la pièce, les yeux de Fox fixés sur lui. Il s'est brusquement rapproché, il a tiré une chaise et est venu à nous.

« Bonjour, a-t-il dit avec la voix exagérément cordiale de l'après-dîner, de quoi parlez-vous tous les deux ?

– Affaires personnelles, a dit Fox sans bouger un sourcil.

– Alors je suppose que je suis de trop ? » a marmonné l'autre. Fox n'a pas répondu.

« Il cherche du travail, a-t-il dit en regardant la retraite du Teuton déconfit, mais, comme je le disais, n'est-ce pas, chacun doit y trouver son intérêt. » Il s'est arrêté et a fixé ses yeux sur moi. Il m'a expliqué les détails financiers de l'affaire, pour laquelle le duc de Mersch, Callan et Mrs. Hartly et toutes ces personnes s'étaient regroupés, avaient lancé un journal et engagé Fox pour le diriger – journal qui devait leur permettre de récupérer l'argent dépensé, ce qui devait faire leurs petites affaires, ce qui... C'était comme la maison que Jack a construite... je me demandais qui était Jack dans cette histoire. Oui, c'était cela : qui était Jack ? Tout était dans cette question.

« Eh bien, oui, ai-je dit. Cela me semble assez clair.

– Bien sûr, a continué Fox, vous vous demandez pourquoi diable je vous raconte tout cela. La réalité est que, si je ne vous en avais pas parlé, vous l'auriez su de toute façon, et bien d'autres choses encore qui ne sont pas vraies. Mais je crois que vous êtes le genre de type à ne pas trahir une confidence. »

Je n'étais pas à la hauteur de ce sentiment. Je savais aussi bien que lui qu'il m'embobinait, qu'il était seulement en train de me raconter, comme il le disait, non pas la vérité, mais juste ce que j'aurais entendu partout. Je ne lui en tenais pas rancune ; cela faisait partie du jeu, bien sûr. Mais la question était : qui est Jack ? Peut-être était-ce Fox lui-même... Il se pouvait, après tout, qu'il y ait vraiment un sens dans le fatras d'absurdités que cette fille fantastique m'avait déversé. En réalité, pour utiliser une figure de style du genre qu'elle affectionnait, il était possible que Fox dirige une équipe composée du duc de Mersch et de Mr. Churchill. Il se pouvait qu'il soutienne à la fois un philanthrope fondateur et souverain d'un État étranger et un ministre des Affaires étrangères britannique contre le chancelier de l'Échiquier plutôt sinistre qu'était sans aucun doute Mr. Gurnard. Il se pouvait que cela soit à sa convenance ; peut-être avait-il des parts dans quelque chose qui dépendait du succès du protectorat groenlandais du duc de Mersch.

Je savais assez bien, vous devez vous le rappeler, que Fox était un grand homme – un de ces grands hommes qui restent en permanence cachés derrière le rideau, peut-être parce que, d'une manière ou d'une autre, ils manquent d'un certain panache et qu'ils ne font pas bonne figure sur le devant de la scène. Et je comprenais maintenant que, s'il avait abandonné comme il l'avait fait, une demi-douzaine d'entreprises personnelles pour se consacrer à *The Hour*, c'était sans doute parce que cela en valait vraiment la peine. Il ne s'agissait pas simplement de la rédaction d'un journal ; il y avait quelque chose de bien plus grand à l'arrière-plan.

Il se pouvait que, de son côté, ma jeune dame dimensionniste possède d'autres actions qui dépendaient de la possibilité pour le chancelier de l'Échiquier de le faire échouer. De cette façon, elle pouvait très bien parler allégoriquement d'elle-même comme d'une alliance avec Gurnard contre Fox et Churchill. J'étais complètement dépassé par ce genre de situations… mais je concevais vaguement la lointaine possibilité de quelque chose de ce genre.

Je ne me sentais pas obligé de me retirer du jeu pour autant, et cependant j'aurais ardemment souhaité que la situation fût différente. Pour ma part, j'étais entré dans l'affaire les mains propres… et j'étais décidé à ne pas les salir. Pour le reste, j'étais à la disposition de Fox.

« Je comprends, ai-je déclaré, voulant marquer par ces mots toute ma détermination, j'aurai affaire à bon nombre d'actionnaires… En réalité, je suis le gratte-papier et vous ne voulez pas que je me ridiculise.

– Eh bien, a-t-il répondu en me jaugeant de ses yeux bleus pénétrants, c'est aussi bien pour vous de le savoir.

– C'est aussi bien de le savoir », ai-je répété. C'était tout aussi bien de le savoir.

5

J'étais sorti dans l'obscurité de la rue d'un pas plus ferme, avec une assurance nouvelle. J'avais eu mon entretien, l'affaire était définitivement réglée ; la première chose de ma vie qui ait été définitivement réglée... Et je sentais que je devais le dire à Lea avant de m'endormir.

Lea m'avait beaucoup aidé autrefois, il avait d'ailleurs aidé tout le monde en ce domaine. Vous trouveriez probablement des traces de l'influence de Lea au début des carrières de tous les écrivains de ma génération – ceux qui ont déjà écrit quelque chose de correct comme d'autres qui n'ont jamais dépassé le stade du premier bourgeon. Il m'avait apporté l'aide matérielle qu'un lecteur de maison d'édition peut apporter sans mettre en danger sa réputation professionnelle, et il m'avait apporté cette aide plus précieuse encore que si peu de gens savent apporter. Je m'étais senti honteux de cette amitié à sens unique. Et c'était, en effet, en partie à cause de cela que j'avais opté pour la vie sauvage, dans une cabane près d'une forêt, et tout ce qui me semblait à présent une folie de jeunesse. J'avais désiré vivre seul, ne plus être aidé, jusqu'à ce que je puisse donner quelque chose en retour. Il en était résulté naturellement que j'avais perdu presque tous mes amis et que je me retrouvais là, aussi dépourvu qu'au jour de ma naissance.

Tout autour de moi s'étendait une ville immense… d'une immense noirceur. Des gens… des milliers de gens se bousculaient, avaient des tâches, des buts, des personnes à qui parler, avec qui plaisanter. Moi, je n'avais personne. Cette immense ville, cette immense noirceur, n'avait pour moi pas d'intérieurs. Il n'y avait que des façades de maisons, de larges fenêtres, des portes closes, mais rien à l'intérieur ; pas de pièces, pas d'espaces creux. Les maisons ne signifiaient rien pour moi, rien d'autre que de la matière solide. Lea restait le seul auquel je pouvais penser sans avoir le sentiment de ressortir une vieille paire de gants moisie.

Il vivait quelque part je ne sais où. Étant lecteur chez un éditeur, il devait rendre compte du possible intérêt commercial des manuscrits qu'envoyaient à son employeur des auteurs inconnus, et je suppose qu'il devait avoir un style de vie bien établi, du genre qui le faisait se déplacer dans un certain rayon à des intervalles apparemment irréguliers, mais probablement assez ordonnés. Ce n'est que par un singulier coup de chance, me semble-t-il, que j'ai pu cette nuit-là le retrouver dans une pièce exiguë perdue dans une petite rue de Bloomsbury. Il était vautré en travers d'un fauteuil de rotin, entouré de tas entiers de manuscrits barbouillés, comme un immense gribouillage grisâtre dans une écume de papier sale. Il m'a regardé alors que j'apparaissais dans l'embrasure de la porte.

« Tiens ! a-t-il dit, quel bon vent vous amène ici ? Vous avez un manuscrit ? » Il a agité une main distraite autour de lui. « Vous trouverez bien une chaise quelque part. » Une bouteille de bordeaux était posée sur le sol à côté de lui. Il l'a prise par le col et me l'a passée.

Il a baissé de nouveau la tête et poursuivi sa lecture. J'ai enlevé d'une chaise trois grosses liasses de papier dactylographié et me suis assis derrière lui. Il a continué à lire.

« Je n'avais jamais vu cet appartement auparavant », ai-je dit faute d'autre chose.

Les meubles de la pièce n'étaient pas tant misérables que mal assortis. Il y avait un grand buffet en acajou ; une table en bois blanc avec une bizarre espèce de lavabo pliable ; une étagère en bois ; un salon en rotin et trois chaises dépareillées. Trois gravures hollandaises trônaient dans leur cadre sur le rebord en marbre de la cheminée et des rideaux rayés dissimulaient les fenêtres. Entre elles, un miroir carré et bon marché, surmonté d'un rasoir, était suspendu. Et aussi bien par terre que sur les chaises, le buffet ou le lit défait, partout une profusion de manuscrits.

Il a griffonné quelque chose sur un papier bleu et commencé à rouler une cigarette. Il a enlevé ses lunettes, les a essuyées et a tenu ses yeux solidement fermés.

« Eh bien, et comment va le Sussex ? » a-t-il demandé.

J'ai ressenti une soudaine attaque de ce qui était essentiellement de la nostalgie. Le fait que je quittais réellement l'ancien cours de ma vie, que je rompais réellement et définitivement avec lui, m'est apparu avec une saisissante évidence. Lea représentait, voyez-vous, tout ce qu'il y avait de mieux dans ce mode de pensée que j'étais en train de rejeter. Il représentait l'exigence. Les idées noires et les sautes d'humeur, tous ces traits enfantins étaient mes apports personnels. J'avais un peu honte de lui dire que… qu'en fait, j'étais décidé à vivre. Un peu de la splendeur de mon mode de vie s'était évanoui, comme si l'une des deux chandelles auprès desquelles je lisais s'était éteinte. Mais je lui ai dit, tant bien que mal, que j'avais enfin trouvé un emploi.

« Oh, je vous félicite, a-t-il dit.

– Vous voyez, ai-je commencé pour repousser les objections qu'il n'avait pas encore eu le temps de formuler, même pour mon travail personnel, ce sera une bonne chose : je ne voyais pas assez la vie pour pouvoir…

– Oh, bien sûr que oui, a-t-il répondu, ce sera une bonne chose. Vous avez dû traverser une période très difficile. »

Cela m'a paru affreusement injuste. Je n'avais pas accepté de travailler à *The Hour* parce que j'avais connu une mauvaise passe, mais pour une autre raison : parce que j'avais senti mon âme s'effondrer.

« Vous vous trompez, ai-je dit. » Et je lui ai expliqué.

« Oui, oui », a-t-il répondu, mais j'ai cru l'entendre se dire à lui-même : « Ils racontent tous ça. »

Ma colère a monté d'un cran. L'opinion de Lea avait constitué, dans une certaine mesure, la toile de fond de toute ma vie. Depuis de nombreuses années, j'écrivais autant pour le satisfaire que pour me satisfaire moi-même. À présent sa froideur me glaçait. Il pensait que mon cœur ne se trouvait pas dans mon travail et je ne voulais pas que Lea pense cela de moi. J'ai essayé de le lui expliquer, mais c'était compliqué et il ne m'apportait aucune aide.

Je savais qu'il en avait encouragé d'autres avant de les voir eux aussi dériver finalement dans la verbosité. Et maintenant, il pensait que moi aussi….

« Tenez, a-t-il dit en changeant brusquement de sujet, regardez cela. »

Il a jeté sur mes genoux une lourde masse de papiers reliés par un ruban et a repris la rédaction de sa fiche de lecture détaillant les possibilités commerciales de ce manuscrit s'il était publié. Il était d'avis que c'était d'une qualité trop raffinée pour plaire au type de lecteurs auquel s'adressait son employeur. J'ai commencé à le lire pour me débarrasser de mes pensées. La lourde écriture noire du manuscrit m'est restée gravée dans l'esprit. Cela devait être bon, mais probablement pas aussi bon que je l'ai cru sur le moment – je ne me rappelle plus rien de ce texte. Je me souviens seulement qu'ensuite nous nous sommes opposés : j'étais pour la publication et lui contre. Je pensais au malheureux auteur dont le sort était en jeu. Il m'apparaissait comme une sorte de présence pathétique cachée au cœur de ce papier blanc qui portait des traces de stylo trop belles pour être commercialisables. Il y avait quelque chose d'effrayant dans l'indifférence de Lea déclarant : « En fait, c'est trop bon ! » Il était habitué à devoir trancher ; quant à moi, je me suis soudain rendu compte qu'en défendant la cause de cet homme je plaidais en fait pour ma propre cause, pour ce qu'il y avait de meilleur dans mon travail. Tout ce que Lea disait de cette œuvre, de cet homme, s'appliquait à mon travail – et à moi-même. « Il n'y a pas de marché pour ce genre de choses, pas de public. Ce livre-là a fait le tour des éditeurs. Je l'ai déjà vu. Cet auteur n'arrivera jamais sur le devant de la scène. Il se mettra à vendre de la soupe, et cela l'achèvera. » Voilà ce qu'il disait, et j'avais l'impression qu'il parlait de moi.

Quelqu'un frappait à la porte de la pièce – des coups de poing hésitants, un peu mous. Un de ces sons qu'on ne remarque pas tout de suite. Cela pouvait faire dix minutes qu'on frappait. C'était l'employeur de Lea, l'éditeur de mon premier livre. Il a fini par ouvrir la porte et est entré d'un pas assez décidé. Il avait l'air de s'être mis en colère, d'avoir un peu peur de l'intelligence de Lea, mais d'être bien décidé, en cette occasion, à s'affirmer.

Il avait à peine prononcé à la hâte une demi-phrase que je me suis présenté à lui – je ne l'avais jamais rencontré auparavant – ce qui a eu pour effet immédiat de lui faire perdre le fil. Mais, après avoir vaguement reconnu la possibilité de mon existence, il a repris le fil de son discours.

L'affaire était assez délicate. J'aurais moi-même hésité à l'aborder devant un tiers, même aussi négligeable que moi. Mais apparemment, ce n'était pas le sentiment de Mr. Polehampton. Il lui fallait saisir l'occasion.

Lea, semble-t-il, lui avait conseillé de publier un manuscrit d'un certain Howden, un écrivain moyennement connu…

« Mais je suis troublé de constater, Mr. Lea, le fait est… ma fille me dit que le manuscrit n'est pas… ce n'est pas du tout la chose… En fait, c'est tout à fait… et… hein… Je suppose qu'il est trop tard pour reculer ?

– Ah, il est vraiment trop tard, a soupiré Lea nonchalamment. En outre, les théories de Howden se vendent toujours.

– Ah oui, bien sûr, bien sûr, est intervenu précipitamment Mr. Polehampton, mais ne pensez-vous pas maintenant… je veux dire, compte tenu du préjudice que cela pourrait porter à notre réputation… que nous devrions demandez à Mr. Howden d'accepter, disons, 50 livres de moins que…

– Il me semble que c'est une excellente idée », a approuvé Lea.

Mr. Polehampton lui a lancé un regard soupçonneux, puis s'est tourné vers moi.

« Vous voyez, a-t-il commencé à expliquer, il faut faire très attention à ces choses-là.

– Oh, je comprends tout à fait », ai-je répondu. Il y avait quelque chose de si naïf dans le point de vue de cet homme que j'avais senti mon cœur aller vers lui. Il m'avait enfin appris comment l'homme de Dieu s'engraisse aux dépens de l'impie. Mr. Polehampton pourtant n'était pas gras. Il était même plutôt mince, et ses cheveux gris en épis, bien que coiffés en réalité avec soin, semblaient en friche. Il avait même une expression anxieuse. Les gens disaient qu'il spéculait de temps à autre sur des actions, et je dirais qu'ils avaient raison.

« Je… euh… je crois avoir publié votre premier livre… J'ai perdu de l'argent avec cela, mais je peux vous assurer que je ne vous en garde nullement rancune… près de 100 livres. Je ne vous en veux absolument pas… »

Cet homme était un original. Il ne s'apercevait pas même que je pourrais me sentir insulté ; il voulait vraiment être agréable, complaisant et indulgent. Je ne me suis pas senti insulté. Il était trop grand pour ses vêtements, il en donnait au moins l'impression, et il portait des gants de chevreau noirs. Pour le reste, ses yeux ne quittaient jamais la corniche de la pièce. Je l'ai revu assez souvent après cette nuit, mais jamais sans ses gants et jamais les yeux baissés.

« Et… euh… demanda-t-il, que faites-vous à présent, Mr. Granger ? »

Lea lui a dit que Fox m'avait pris en charge ; que j'allais pouvoir démarrer. Je me suis soudainement souvenu qu'on disait de Fox que tous ceux qu'il prenait « démarraient ». Le fait était assurément évident pour Mr. Polehampton. Il s'est déplié avec une remarquable soudaineté, qui m'a rappelé la brusque fermeture d'un parapluie rigide. Il est devenu franchement et pesamment cordial… Il espérait que nous pourrions travailler à nouveau ensemble ; il m'a rappelé à nouveau qu'il avait publié mon premier livre (les mots avaient à présent une saveur différente) et qu'il était enchanté de découvrir que nous étions voisins dans le Sussex. Mon cottage était à moins de 6 kilomètres de sa villa et nous étions membres du même club de golf.

« Il nous faut organiser un match… plusieurs matchs », a-t-il déclaré. Il m'a semblé qu'il était le genre d'homme à avoir du mal à trouver quelqu'un pour jouer avec lui.

Après cela, il est parti. Comme je l'avais dit, je ne le détestais pas… il était pathétique. Mais sa tournure d'esprit et son brusque revirement d'attitude m'avaient énervé. Cela prouvait absolument que j'allais « démarrer », et je ne voulais pas démarrer – du moins dans cette direction. La chose est un peu difficile à expliquer : je voulais accepter ce poste parce que je voulais gagner de l'argent – pendant quelque temps, environ un an. Mais une fois que j'aurais démarré, la tentation serait forte de continuer, et je n'étais pas du tout sûr de pouvoir y résister. Tant d'autres avaient échoué. Et si j'écrivais à Fox pour démissionner ?… Lea était à nouveau plongé dans un manuscrit.

« Dois-je refuser ? lui ai-je soudain demandé. Je voulais que l'affaire soit réglée.

– Oh, continuez comme ça, continuez comme ça, a répondu Lea.

– Et… ? ai-je demandé.

– Saisissez cette chance de faire une pause, a-t-il ajouté. Vous avez traversé une période très difficile.

– Je suppose, ai-je réfléchi, que si je n'ai pas assez de force de caractère pour m'en sortir à temps, je serai fichu.

– Il y a aussi ça, a-t-il commenté : le jeu n'en vaut peut-être pas la chandelle. » J'étais silencieux. « Mais il faut saisir la chance quand elle est là », a-t-il ajouté.

Il avait repris sa lecture, mais il a relevé la tête lorsque je m'apprêtais à partir, après un moment de réflexion.

« Bien sûr, a-t-il dit, tout va sans doute se passer excellemment. Vous faites de votre mieux. C'est une bonne chose… cela pourrait même vous faire du bien. »

C'est ainsi que la visite s'est déroulée. Tandis que je quittais la pièce, l'idée m'est venue : « Au fait, savez-vous quelque chose de cette clique : les Dimensionnistes… la Quatrième Dimension ?

– Jamais entendu parler d'eux, a-t-il répondu. Quelle est leur spécialité ?

– Ce sont les héritiers du monde, ai-je répondu.

– Ah, je leur souhaite bien du plaisir, a-t-il conclu.

– Vous n'en faites pas partie vous-même ? Je crois que c'est une sorte de société secrète. »

Il ne m'écoutait pas. Je suis sorti tranquillement.

Les impressions nocturnes de ce quartier particulier ont toujours eu sur moi une influence lamentable. Cette nuit-là, elles m'ont bouleversé. Elles m'ont secoué à peu près de la même manière et en agissant sur les mêmes nerfs que la vallée que nous avions parcourue avec cette fille déconcertante. Je me souvenais qu'elle avait dit qu'elle représentait l'avenir, qu'elle était un vivant symbole de ma propre déchéance… en réalité tout un fatras d'idioties. Je me suis raisonné… j'étais fatigué, en mauvaise forme, etc. J'étais en état de céder à n'importe quel cauchemar. Je me suis plongé dans Southampton Row. J'éprouvais un sentiment de sécurité au contact de la foule, à bousculer les autres et être bousculé.

6

C'était le samedi et, comme à son habitude durant la session, le ministre des Affaires étrangères était allé chercher la tranquillité et le repos jusqu'au lundi dans une petite maison de campagne qu'il possédait à proximité de la ville. Je suis descendu avec une lettre de Fox dans ma poche et, au début de l'après-midi, je me suis retrouvé à parler, sans aucune appréhension intérieure, avec la tante du ministre, une dame âgée et mince, dotée d'un regard vif et d'une profonde connaissance de la politique européenne. Elle avait des manières plutôt brusques et des cheveux colorés en brun, dans le style d'une femme d'affaires. Elle regardait les gens très droit dans les yeux, mettant en œuvre toute la pénétration qui, selon la rumeur, lui permettait de prendre une part cachée, mais bien réelle, à l'élaboration de notre politique étrangère. Elle m'a semblé m'avoir catalogué, étiqueté et rangé sur l'étagère avant même que j'aie pu donner la moindre réponse à sa première question.

« Vous devez bien connaître cette région », m'a-t-elle dit. Je pense qu'elle me considérait comme un éventuel solliciteur – une chose infinitésimale, mais d'une espèce dont il vaudrait peut-être la peine de se souvenir lors des prochaines élections générales.

« Non, ai-je dit, je ne suis jamais venu ici auparavant.

– Etchingham n'est pourtant qu'à 5 kilomètres d'ici. »

C'était pour moi une chose nouvelle d'être considéré comme digne d'intérêt à cause de l'origine de mon nom de lieu. J'ai réalisé que miss Churchill m'accordait son indulgence à cause de mon nom. J'étais considéré comme un Granger d'Etchingham qui se serait mis à la littérature.

« J'ai rencontré votre tante hier », a poursuivi miss Churchill. Elle avait toujours rencontré tout le monde précisément la veille.

« Ah oui, ai-je dit sans m'engager. » Je me demandais ce qui s'était passé lors de cette rencontre. Ma tante et moi n'avions jamais été en bons termes. Elle était un grand personnage dans son petit coin du monde, une veuve possédant de grandes propriétés, pauvre comme une souris mais respectable comme une poule. Elle était en outre une remarquable tête politique alliée de miss Churchill. Moi qui ne suis ni propriétaire terrien, ni respectable, ni politicien, je n'avais jamais obtenu sa reconnaissance – mais je savais que, pour le bien de la famille, elle se serait abstenue de s'étendre sur mes défauts.

« A-t-elle retrouvé une dame de compagnie qui lui convienne ? » ai-je demandé distraitement. Je pensais à une vieille histoire racontée par ma mère. Miss Churchill m'a de nouveau regardé entre les yeux. Elle se préparait, je crois, à me coller une nouvelle étiquette. J'étais devenu un satiriste malveillant. Peut-être pourrais-je aider à trouver des slogans pour son programme.

« Eh bien oui, a-t-elle dit, avec un très léger scintillement dans les yeux, elle a adopté une nièce. »

La légende racontait que, lors d'une élection très disputée dans laquelle ma tante avait joué un rôle de premier plan, une affiche arc-en-ciel avait envahi les murs. « Qui a fait mourir de faim sa gouvernante ? » y demandait-on.

La référence fortuite à ces circonstances électorales me plaçait d'emblée sur d'excellentes bases avec miss Churchill. Je semblais tout à fait inconscient de m'être situé comme un égal sur le plan social, une personne qu'il ne fallait pas traiter comme n'importe quel journaliste. Je n'étais plus seulement le représentant de *The Hour*, mais un Etchingham Granger que les forces de la concurrence avaient contraint à accepter une plume journalistique. J'ai commencé à voir la ligne que je devrais suivre au long de ma série d'entretiens. D'un côté, j'étais « l'un des nôtres » temporairement éloigné du bercail ; de l'autre, je devais être une sorte de porte-serviette du grand auteur.

Une porte latérale s'est ouverte discrètement, derrière miss Churchill. Il y avait quelque chose de très caractéristique dans la manière hésitante avec laquelle elle s'entrouvrait et qui semblait dire : « Pourquoi cette force et ce bruit ? » Elle semblait indiquer une personne contemplative qui avait beaucoup de préoccupations en tête. Dans l'embrasure de la porte, un grand homme gris appuyait la plus grande partie de son poids sur un bras tendu jusqu'à la poignée. Il regardait pensivement une lettre qu'il tenait dans son autre main. Ce visage devenu assez familier à travers les caricatures est soudain pour moi devenu réel – plus réel que le visage de tous les amis les plus proches qu'on peut avoir, mais plus marqué par l'âge qu'on aurait voulu l'espérer. C'était comme si j'avais regardé avec plus d'attention que d'habitude un homme que je voyais quotidiennement et comme si je l'avais soudain trouvé plus âgé et plus gris qu'il ne m'avait jamais semblé auparavant. Comme si j'avais commencé de réaliser que le monde avait évolué.

Sur un ton las, presque mécontent, il a dit : « Que vais-je faire du duc de Mersch ? »

Miss Churchill s'est rapidement retournée vers lui, presque avec appréhension. Elle a prononcé mon nom et il a eu un léger sursaut d'agacement – un sursaut qui signifiait : « Pourquoi ne m'a-t-on pas prévenu plus tôt ? » Cela m'a irrité ; je savais très bien quelles étaient ses relations avec De Mersch, et cet homme me prenait, je suppose, pour un petit indiscret. Ses attitudes étaient plutôt grotesques, d'un genre qui ne pouvait passer que chez une personne de son importance. Il a mis ses lunettes sur le bout de son nez et m'a jaugé de son regard de myope, puis il les a enlevées et m'a regardé à nouveau. Il avait l'air de m'apercevoir d'une hauteur immense – comme s'il avait besoin d'un télescope.

« Oh… ah… le fils de Mrs. Granger, je présume… Je n'étais pas au courant… » Ses manières hésitantes m'ont donné l'impression que nous n'arriverions jamais à rien – du moins pas avant de longues années.

– Non, ai-je dit assez brusquement, je viens seulement pour le journal *The Hour.* »

Il a alors pensé que j'étais un des messagers de Fox et m'a dit que ce dernier aurait pu écrire : « Cela vous aurait épargné la peine, je veux dire… ou… »

Il avait l'air de vouloir être aimable, et même de vouloir me plaire, en me prouvant qu'il connaissait mon identité.

« Oh, ai-je dit d'un ton un peu hautain, je n'ai pas de message, je suis seulement venu pour vous interviewer. » Une expression de consternation a durci les traits de son visage.

« Pour… a-t-il commencé. Mais je n'ai jamais donné mon accord… » Il s'est ressaisi brusquement et a posé vigoureusement les lunettes sur son nez ; il avait enfin retrouvé le lien. « Ah, oui, je m'en souviens maintenant, a-t-il dit, je ne l'avais pas compris de cette façon. »

Tout cela avait irrité mon amour-propre. Une colère contenue était montée en moi. J'étais imprégné de l'idée que cet homme n'était qu'une marionnette entre les mains de Fox, de De Mersch et de leur bande. Et voilà qu'il se donnait ces airs de souverain détachement. Moi, du moins, j'avais les mains propres dans cette histoire ; je n'avais aucun intérêt à défendre.

« Ah, oui, a-t-il dit précipitamment, vous devez réaliser mon "portrait", comme dit Fox. Il m'a envoyé votre croquis de Jenkins. Je l'ai lu – c'est très bien écrit. Et donc... » Il s'est assis sur une chaise ridiculement basse, les genoux au niveau du menton. J'ai marmonné que je craignais qu'il trouve la séance ennuyeuse.

« Pas plus ennuyeuse pour moi que pour vous, a-t-il répondu sérieusement, il faut bien que ces choses-là soient faites.

– Eh oui, ai-je répété, il faut bien les faire. » J'ai été frappé de constater qu'il regrettait d'avoir à s'y astreindre – qu'il le regrettait intensément et qu'il y avait de l'amertume dans ces mots.

« Et... quel va être le déroulement de la séance ? a-t-il demandé après une pause. Je suis novice en ce genre de choses. » Il avait l'air, ai-je pensé, de parler à un de ces honorables commerçants auxquels on ne recourt qu'en dernière extrémité – comme un de ces distingués prêteurs sur gages : un personnage tout en haut de l'échelle – mais d'une échelle inférieure.

« Oh, en ce domaine, je suis novice moi aussi, ai-je répondu. Je suis censé capter votre *atmosphère*, comme dit Callan.

– Bien », a-t-il répondu distraitement, puis, après une pause : « Vous connaissez Callan ? » J'ai eu peur de descendre dans son estime.

« Il faut bien faire ce genre de choses, ai-je dit ; je viens juste d'aller prendre son atmosphère. »

Il a de nouveau regardé la lettre qu'il tenait à la main, il a lissé sa cravate et est resté silencieux. J'ai réalisé que j'étais sur la bonne voie, mais j'étais encore si perturbé que j'ai oublié comment m'excuser de mon absence momentanée.

« Peut-être… » ai-je commencé. Il m'a regardé attentivement. « Je veux dire, je crains d'être importun, ai-je lâché

– Eh bien, a-t-il répondu, c'est sans importance. Mais si vous voulez comprendre mon atmosphère, autant commencer au-dehors. » Il a hésité, satisfait de son mot d'esprit. « À moins que vous ne soyez fatigué, a-t-il ajouté.

– Je vais aller me préparer », ai-je répondu, comme si j'étais une dame qui devait renouer les rubans de son chapeau.

On m'a conduit à ma chambre, où j'ai usé mes semelles pendant un certain bout de temps. Lorsque je suis redescendu, Mr. Churchill se prélassait dans la pièce, les mains dans les poches de son pantalon et la tête pendant mollement sur sa poitrine. « Ah ! » a-t-il dit en me voyant, comme s'il avait oublié mon existence. Il s'est arrêté un long moment, il s'est regardé méditativement dans la glace au-dessus de la cheminée, puis a repris sur un ton vif : « Allons ! » a-t-il dit.

Nous avons fait une longue promenade à travers une étendue de prairies luxuriantes. On a parlé de toutes sortes de choses, il a ouvert le bal avec cette infernale *Histoire de Jenkins*. J'en étais au stade, au-delà du dégoût, où la simple évocation d'un texte finit par vous insupporter. Et les phrases laborieusement aimables de Mr. Churchill n'amélioraient rien.

« Savez-vous de qui est inspiré Jenkins ? » ai-je demandé. Je voulais m'éloigner des questions secondaires.

– Oh, j'ai deviné que c'était... » a-t-il répondu. On disait que Mr. Churchill était un passionné de l'école de peinture dont mon Jenkins était le dernier représentant. Il a commencé à me poser des questions à son sujet. Est-ce qu'il peignait encore ? Était-il encore vivant ?

« Une fois, j'ai vu plusieurs tableaux de lui, s'est-il souvenu. Il est certain que son travail m'a attiré... oui, il m'a séduit. Je veux dire, à l'époque... mais on oublie ; il y a tant de choses. » Il me semblait que, par ces phrases détachées, le vieil homme voulait signifier que pesait sur son esprit tout le poids d'un royaume, de plusieurs royaumes et qu'il ne pouvait plus réserver qu'une faible part de ses pensées à son usage quotidien.

« Il faut que vous m'emmeniez le voir, a-t-il déclaré soudain. Il faudrait que j'aie quelque chose de lui. »

J'ai pensé au pauvre Jenkins aux cheveux blancs, à sa longue lutte contre l'adversité. Il semblait un peu cruel que Churchill en parle ainsi sans en penser un mot – comme si ces mots n'étaient qu'une formalité polie.

« Rien ne me ferait plus plaisir », ai-je répondu, et j'ai ajouté : « Rien au monde. »

Il m'a demandé si j'avais vu tel ou tel tableau, il m'a parlé d'artistes et fait l'éloge de tel ou tel, à très juste titre, mais avec une certaine timidité, une hésitation qui me renvoyait à mon état d'esprit habituellement impérieux. Dans de telles situations, j'étais habitué à n'entendre que ma propre voix. J'étais capable de réduire un homme au silence et, tout en ayant le sentiment de l'inconvenance de la situation, c'est ce que j'ai fait à l'égard de Churchill. La situation, même sur le moment, m'a semblé légèrement humoristique. C'était comme si une bête infiniment petite intimidait le plus colossal des animaux. Je ne comptais pour rien au monde, et lui avait son mot à dire parmi les Olympiens. Je parlais inconsidérément, comme n'importe quel petit maître d'école, et lui semblait gober.

Nous sommes arrivés à la vaste place du marché d'une petite ville rouge et grise du comté. Une place sur laquelle ne débouchait qu'une seule rue et que dominait une grande enseigne d'auberge fixée au sommet d'un énorme poteau blanc. L'effigie d'un Mr. Untel d'illustre mémoire se balançait paresseusement, en grinçant, au-dessus de nos têtes.

« C'est Etchingham », m'a dit Churchill.

C'était une plaisante illustration de la course du temps, ce retour à la maison de mes ancêtres. J'étais resté si longtemps éloigné du bercail que je n'avais jamais vu ce lieu d'auguste sérénité. Ils avaient fait très peu de choses, les Granger d'Etchingham – rien de plus que de vivre à Etchingham, se quereller à Etchingham, mourir à Etchingham et demeurer toujours les fabuleusement importants Granger d'Etchingham. Mon père avait reçu le don indésirable, non pas du génie, mais de la bohème. Les Granger d'Etchingham l'avaient laissé aller à la dérive et il avait nagé vers d'autres mers jusqu'à s'y noyer. À présent, j'étais le dernier des Granger et, à la manière dont allaient les choses, certainement le plus illustre de tous. La dernière génération était devenue pauvre ; ils s'attendaient à disparaître, alors que, semblait-il, je pouvais maintenant m'attendre à grimper dans les hauteurs. Et voici que je revenais aux anciens lieux au bras de l'un des grands personnages de la terre… Je me demandais ce que pensait de cette époque la vieille femme pompeuse qui régnait seule à Etchingham, cette vieille femme qui dirigeait, disait-on, l'endroit d'une verge de fer ; qui se rendait insupportable aux personnes qui vivaient avec elle et avait dû se rabattre sur une malheureuse nièce. Je me demandais paresseusement qui pouvait être la nièce ; certainement pas une Granger d'Etchingham, car j'étais le seul de la lignée. Une parente d'une autre lignée, très probablement. Churchill était entré dans le bureau de poste, me laissant debout au pied du panneau. C'était une agréable journée d'été, le ciel était très clair et l'endroit très somnolent. J'ai regardé dans la rue vers deux grands piliers de pierre, imposants à leur manière, qui se dressaient bien à l'écart des maisons communes, un peu grêlés par les intempéries et recouverts d'austères lichens. Au sommet de chaque colonne était assis un loup sculpté – qui était selon mes souvenirs mon propre blason. J'ai eu l'agréable surprise de constater que ce devait être l'entrée du manoir.

Les hautes grilles en fer s'ouvraient vers l'intérieur. J'ai vu une fille à vélo prendre le tournant en haut de la rue ensoleillée. Elle a glissé le long du mur brûlant, petite silhouette très claire et précise, elle s'est penchée pour le virage et est descendue vers moi dans un halo de lumière. Mon cœur a fait un bond ; en la regardant, tous les éléments du paysage se sont recomposés dans cette rue endormie et ensoleillée. Le ciel clair est retombé à sa place, les toits rouges, les ombres bleues, le bleu et l'écarlate de l'enseigne, le bleu des pigeons qui marchaient à mes pieds, le rouge vif d'une charrette de facteur. Elle a glissé dans ma direction, de plus en plus grande, jusqu'à devenir le personnage central. Elle est descendue de vélo et s'est arrêtée près de moi.

« Vous ? ai-je dit. Quel heureux hasard vous mène dans ces lieux ?

– Mais, vous savez bien, je suis la dame de compagnie de votre tante, a-t-elle répondu, sa nièce.

– Alors vous êtes certainement une de mes cousines, ai-je dit.

– Non, votre sœur, a-t-elle corrigé, je vous assure que je suis votre sœur. Demandez à n'importe qui, demandez à votre tante. » J'étais plongé dans un état d'intense perplexité.

« Mais bien sûr, vous savez ce que vous dites », ai-je renchéri. Elle souriait, se tenait debout face à moi, se penchait un peu en arrière, balançant sa machine au rythme des mouvements de son corps.

« C'est un peu ridicule, n'est-ce pas ? a-t-elle dit.

– Tout à fait, ai-je répondu, mais même là, je ne vois pas… Et pourtant je ne suis pas absolument obtus.

– Pas absolument, a-t-elle répondu.

– En tenant compte du fait que je ne suis pas… pas Dimensionniste, ai-je plaisanté. Mais vous avez vraiment fait croire à ma tante que vous êtes sa nièce ?

– Bien sûr, a-t-elle répondu, rien ne lui paraît plus évident. Elle a une immense confiance en moi. Je suis tellement une vraie Granger, il n'y en a jamais eu de plus typique. Et nous hochons la tête ensemble en parlant de vous. »

Ma perplexité était infinie, sans être pourtant désagréable.

« Puis-je rendre visite à ma tante ? ai-je demandé. Cela ne la gênerait pas…

– Oh, non ! cela ne la gênerait nullement, a-t-elle dit, mais nous partons demain pour Paris. Nous sommes donc très occupées. Nous… c'est-à-dire ma tante, car moi, je suis trop jeune et bien trop discrète… nous avons un petit salon où nous complotons contre la moitié des régimes d'Europe. Vous n'avez aucune idée à quel point nous sommes légitimistes.

– Je ne comprends rien à ce que vous dites, ai-je observé, pas un traître mot.

– Oh, si vous vouliez me comprendre, vous n'auriez qu'à me prendre au pied de la lettre, a-t-elle répondu, mais vous ne le ferez pas. Je suis simplement en train de vous dire que ma satisfaction se trouve dans les États déstabilisés, et que je les déstabilise. Partout. Vous verrez. »

Elle parlait avec son monstrueux détachement, et je sentais très distinctement un frisson parcourir ma colonne vertébrale. Je pensais à tout ce qu'elle serait capable de faire si elle devenait un jour sérieuse, et si j'avais la chance de me trouver un jour sur son chemin – par exemple en tant qu'époux.

« J'aimerais que vous parliez raisonnablement pendant au moins une minute, ai-je dit. Je voudrais que les choses soient un peu claires dans mon esprit.

– Ah, cela fait une heure que je vous parle raisonnablement, a-t-elle dit, mais vous ne m'écoutez pas. À présent, faites venir votre ami Churchill. C'est l'homme que nous allons faire tomber. Je vous en ai parlé, et ainsi…

– Mais c'est de la pure folie, ai-je répondu.

– Oh, non, pas du tout, c'est la simple constatation d'un fait, a-t-elle poursuivi.

– Je ne vois pas comment, ai-je dit involontairement.

– Votre article dans *The Hour* va nous y aider. Le moindre détail aidera, a-t-elle déclaré. Des choses que vous comprenez et d'autres que vous ne pouvez pas… Il fait cause commune avec le duc de Mersch. Cela n'a l'air de rien, mais cela lui sera fatal. Il y aura des amitiés… et des désertions.

– Ah ! » ai-je balbutié. J'en avais eu le pressentiment, et cela m'avait amené à respecter son intuition en matière de politique intérieure. Elle devait avoir fait allusion à Gurnard, à qui tout le monde – peut-être par peur – prétendait faire confiance. Elle m'a regardé et a souri de nouveau. C'était toujours le même sourire. Non pas radieuse aujourd'hui et pensive demain : non, toujours identique. « Savez-vous que je n'aime pas entendre ça ? ai-je commencé.

– Oh, il y a de l'ironie – et du pathétique aussi – dans ce genre de choses, a-t-elle observé avec un léger soupçon de moquerie dans l'intonation. Churchill s'y lance avec les mains plutôt propres et il n'aime ça qu'à moitié. Mais il voit que c'est sa dernière chance. Ce n'est pas qu'il soit usé, mais il sent que, s'il ne fait pas quelque chose, son heure est venue. Il va donc faire quelque chose. Vous comprenez ?

– Pas du tout, ai-je dit avec légèreté.

– Oh, c'est le Système pour la régénération des régions arctiques… l'affaire du Groenland de mon ami De Mersch. Churchill va faire un gros coup avec ça… pour s'empêcher de dévaler la pente, et, bien sûr, cela ajouterait énormément au prestige national. Mais il ne voit qu'à moitié ce qu'est ou n'est pas De Mersch.

– Pour moi, tout cela est de l'hébreu, ai-je marmonné sur un ton de rébellion.

– Oh, je sais, je sais, a-t-elle dit. Mais ces choses doivent être faites, je veux que vous le compreniez. Churchill n'aime pas toute cette histoire. Mais il est dans le brouillard. Il a beaucoup cru ces derniers temps que son temps était révolu – je vais vous le prouver dans une minute – et donc… eh bien, il va faire un effort désespéré pour se remettre en contact avec l'esprit d'une époque qu'il n'aime pas et ne comprend pas. Et c'est pour cela qu'il vous autorise à prendre son *atmosphère*. C'est tout.

– Ah, c'est tout, ai-je dit avec ironie.

– Bien sûr, il aurait aimé continuer à jouer le rôle d'opposant face à *"des gens comme vous et moi"*, a-t-elle ajouté en parodiant l'intonation et le vocabulaire de Fox.

– Mais c'est de la sorcellerie, me suis-je écrié. Comment diable savez-vous ce que Fox m'a dit ?

– Oh, je le sais », m'a-t-elle dit.

Il me semblait qu'avec toutes ces sornettes elle se moquait de moi, comme si elle avait su que j'avais de la tendresse pour elle et qu'elle me racontait des histoires pour me montrer son talent. J'ai essayé d'enfoncer le clou.

« Maintenant, écoutez, ai-je dit, il faut que les choses soient claires. Vous… »

Elle m'a ôté les mots de la bouche.

« Oh, non, vous ne me dénoncerez pas, a-t-elle dit, pas plus que vous ne l'avez fait auparavant. Vous avez tellement de raisons de ne pas le faire. Cela provoquerait une scène, et vous avez peur des scènes… et notre tante me soutiendrait. Elle y serait obligée. C'est mon argent qui a permis de raviver la gloire des Granger. Vous voyez comme on a redoré le portail…

J'ai regardé presque involontairement les hautes grilles de fer par lesquelles elle m'était apparue. C'était bien vrai : certaines ferronneries étincelaient de toutes neuves dorures.

« Eh bien, ai-je dit, je vous accorderai le crédit de ne pas vouloir vous en prendre à ma tante. Mais tout de même… » J'essayais de comprendre. J'étais convaincu que c'était une Américaine du genre à subventionner des maisons comme Etchingham Manor. Peut-être était-ce même ma tante qui l'avait obligée à prendre le nom de notre famille pour sauver les apparences. La vieille femme était capable de tout, même de donner à un obscur neveu une brillante sœur. Et je ne recevrais évidemment pas de remerciements si je m'en mêlais. Ce schéma de raisonnement m'apparaissait à chaque mot plus évident… « … Vous n'êtes pas ma sœur ! » ai-je terminé ma phrase sur un ton très aimable.

Son visage s'est éclairé pour saluer quelqu'un qui s'approchait derrière moi.

« Vous entendez cela ! s'est-elle exclamée, vous l'avez entendu, Mr. Churchill. Il se débarrasse de moi… il me renie. N'est-ce pas un frère sans cœur ? Et pour une dispute de rien du tout. » Son insolence – ou sa présence d'esprit – m'a accablé.

Churchill a fait un sourire agréable.

« Oh, on se dispute toujours pour rien », a répondu Churchill. Il a dit quelques mots sur elle, sur ma tante, sur la façon dont son vélo fonctionnait – ce genre de choses. Il se comportait avec elle comme si elle était une enfant gâtée, dont l'impertinence était tolérée et même appréciée. Lui-même ressemblait plutôt au lion myope, mais indulgent et très maigre, qui guette la licorne à travers un plum-cake [5].

5. Allusion à un épisode d'*Alice au pays des merveilles.*

« Alors vous rentrez à Paris, a-t-il dit. Miss Churchill va en être désolée. Et vous allez continuer à… à mettre l'univers sens dessus dessous ?

– Ah, oui, a-t-elle répondu, nous allons continuer. Ma tante n'y renoncerait pour rien au monde. Elle ne pourrait pas, vous savez.

– Vous allez vous attirer des ennuis, a déclaré Churchill, comme s'il parlait à une enfant décidée à voler des pommes. Et quand notre tour va-t-il venir ? Vous voulez restaurer les Stuart, n'est-ce pas ? » C'était sa forme de badinage à lui, aimable et sans conséquence.

« Oh, pas tout à fait, a-t-elle répondu, pas tout à fait. »

C'était curieux de la voir parler à un autre homme : une personnalité, pas un second couteau comme Callan. Elle avait mis de côté le visage qu'elle me montrait d'habitude pour devenir telle que Churchill la voyait : une enfant gâtée. Par son air indéfinissable de familiarité désinvolte avec les noms et sa totale absence d'esprit de tradition, elle évoquait par moments un certain type d'Américains. On s'attendait presque à ce qu'elle entonne des chants folkloriques sur les donjons du château.

« Oh ! vous savez, a-t-elle dit avec une affectation de gracieuse indifférence, il va falloir être un peu dur avec vous ; nous allons vous écraser comme… » Churchill avait remué distraitement son bâton dans la poussière de la route et tracé en grandes lettres « C H U R C… ». Elle l'a effacé de la pointe du pied : « … comme ça », a-t-elle conclu sa phrase.

Il a baissé la tête et ri presque de bon cœur.

« Pauvre de moi, a-t-il dit, je n'avais aucune idée que je vous causais tant de désagrément, à Mrs. Granger et à vous-même. »

– Oh, ce n'est pas seulement ça, a-t-elle dit avec un petit sourire et un regard tourné vers moi. Mais vous devez faire place nette à l'avenir. »

Le visage de Churchill a subitement changé. Il a eu l'air vieux, gris, hivernal, voire un peu fragile. J'ai compris ce qu'elle avait voulu me prouver et j'ai ressenti pour elle une certaine antipathie. Rappeler à un homme ce qu'il essayait tant d'oublier ressemblait à de la cruauté gratuite.

« Ah, oui, a-t-il dit avec la douce tristesse d'un vieil homme, je dirais qu'il y a là-dedans plus de vérité que vous ne pensez. Même vous, il vous faudra l'apprendre un jour.

– Mais pas avant longtemps, l'a-t-elle interrompu avec audace.

– Je l'espère, a-t-il répondu, je l'espère. » Elle a hoché la tête et s'est éloignée.

Nous avons repris tous deux la route en silence. Mr. Churchill a souri une ou deux fois à ses propres pensées.

« Très amusante… a-t-il dit enfin. Elle me fait beaucoup de bien, beaucoup. »

Je pense qu'il voulait dire qu'elle le distrayait de ses pensées.

« S'exprime-t-elle toujours de cette manière ? » lui ai-je demandé. Il m'avait à peine parlé et j'avais l'impression d'interrompre une rêverie – mais je voulais savoir.

– Je dirais que oui, a-t-il répondu ; je dirais que oui. Mais miss Churchill dit qu'elle a un véritable génie pour l'organisation. Avant qu'elles partent à Paris, vous savez, ma tante les voyait beaucoup.

– Que font-elles ici ? » C'était comme si je soutirais des confidences à un somnambule.

– Oh, elles ont créé une sorte de lieu de rencontre pour toutes sortes de prétendants légitimistes – des Français, des Espagnols, ce genre de choses. Je crois que Mrs. Granger prend cela très au sérieux. »

Il m'a regardé soudainement. « Mais vous devriez en savoir plus que moi, s'est-il étonné.

– Oh, nous nous voyons très peu, ai-je répondu, c'est à peine si on peut nous appeler frère et sœur.

– Ah, je vois », a-t-il répondu. Je ne sais pas ce qu'il avait vu. Pour ma part, je ne voyais rien.

7

J'ai réussi à donner à Fox ce que voulait son journal ; j'ai capté l'atmosphère de Churchill et de sa maison, d'une manière qui pouvait satisfaire les gens à qui l'article était destiné.

Cette maison était assez agréable : c'était un de ces lieux où vous êtes bien accueilli sans que cela vous devienne pesant. Elle se trouvait dans une campagne tranquille et avait l'air modeste. D'un point de vue architectural, elle était plutôt banale ; on s'y habituait et on y prenait goût. Churchill lui-même, quand on s'était habitué à ses manières, était quelqu'un qu'on aimait bien… et même beaucoup. Il avait un esprit raffiné et dilettante, délicatement équilibré, avec d'évidentes limitations, mais aussi un magnifique caractère pour quelqu'un menant une existence de ce genre – raisonnable, voyez-vous, et persévérant. Au bout d'un moment, je me suis amusé à l'idée que le cœur de sa personnalité ne se trouvait pas en fait dans la politique, que c'étaient les circonstances qui l'avaient poussé vers cette carrière et qu'un destin ironique l'avait ensuite conduit au sommet. J'avais, pour ma part, un profond mépris à l'égard de la politique, et j'avais l'impression qu'il éprouvait un peu le même sentiment. Il avait aussi certaines bizarreries personnelles : la déférence, la modestie, l'ouverture d'esprit.

Je suis resté avec lui pendant la majeure partie de son week-end de repos : obstinément pendu à ses basques chaque fois qu'il avait un instant de libre. Je suppose qu'il me trouvait fatigant, mais *« il faut bien que ces choses-là soient faites »*. Il a parlé, j'ai parlé ; mon Dieu, comme nous avons parlé ! Il était presque toujours plein de déférence, moi presque toujours dogmatique ; peut-être parce que la conversation demeurait sur mon propre terrain. Nous ne parlions jamais de politique. Il me semblait que si j'abordais ce domaine, je me trouverais sous son contrôle – un contrôle certes poli, mais très déterminé. Peut-être est-ce lui qui a réussi à me transmettre cette impression ; peut-être me suis-je mis dans l'idée que si j'avais demandé : « Que pensez-vous du "Système groenlandais" », il m'aurait répondu : « J'essaie de ne pas y penser », ou toute autre phrase gentiment élusive qui aurait germé dans son esprit. Mais je n'ai jamais posé cette question ; il y avait tant d'autres thèmes à aborder.

Il écrivait alors sa *Vie de Cromwell* et avait l'esprit très occupé par son sujet. À un moment, après m'avoir délicatement interrogé sur certaines manifestations de lassitude, il m'a ouvert son cœur. Il se trouve que, par un simple hasard – un de ces hasards aveugles qui nous guide comme une fatalité vers l'avenir –, j'étais moi aussi à ce moment-là obsédé par Oliver Cromwell. Bien des années auparavant, lorsque j'étais encore un jeune loup aux projets mirobolants, j'avais entrepris un de ces romans glorieux dont on a le projet – une chose splendide avec le vieil Olly en héros ou en père abusif. J'avais hanté les librairies à la recherche de détails pittoresques et j'avais merveilleusement bien investi mes demi-couronnes. C'est ainsi qu'une légion de pamphlets du XVIIe siècle, écornés, sans couverture, mais de grande allure sous leur poussière, m'ont ensuite accompagné tout au long de ma vie. Ce n'est qu'en tout dernier recours qu'on se sépare de ces reliques d'un âge d'or, et j'avais relu beaucoup d'entre eux pendant ma récente convalescence. Les phrases, que je ne me rappelais qu'à moitié et de façon aléatoire, évoquaient toutes sortes de scènes : l'éclairage des réverbères dans des rues sordides ou des casiers pleins de livres abîmés par le temps. Si bien que mon esprit, à cette époque encore, était bruissant de Mercurius Rusticus.

Ce que racontait Mr. Churchill au sujet de Cromwell m'amusait énormément et, dirais-je même, m'excitait. Voir ainsi se révéler progressivement à lui-même un caractère impossible, c'était bien cela, la vie. Cela me faisait du bien, comme lui-même l'avait dit en parlant de ma pseudo-sœur. C'était extraordinaire – aussi extraordinaire qu'elle aussi l'était – et cela apparaissait mieux encore dans les libres propos de Churchill que dans son livre tel qu'on peut le lire aujourd'hui. C'est, bien sûr, un peu ma faute. Mais imaginez le traitement que pouvait réserver à Cromwell cette personnalité raffinée, sceptique, résolument critique ! C'est le genre de choses dont on voudrait faire un roman. C'était pour moi une leçon – une leçon de caractère et de perspective. J'avançais à son pas, j'essayais même de le dépasser, dans l'espoir de le pousser lui-même à se dépasser. Si j'en parle ici, c'est seulement parce que j'y suis si bien parvenu qu'il en est sorti des pages magnifiques.

Nous marchions de long en large sur sa pelouse, au crépuscule, après le dîner dominical. La lumière pâle se diffusait le long des lauriers luisants et s'attardait sur les douces nuées de fleurs des arbres fruitiers qui scintillaient au-dessus d'eux. Elle s'attardait également sur les mèches argentées de sa sombre chevelure et rendait son visage plus blafard et plus vieux. Je ressentais à cette vue une sorte d'intense ironie.

C'était comme entendre un mourant parler de l'année suivante. Un sentiment d'irréalité des choses m'envahissait. Pourquoi fallait-il que, l'un après l'autre, les rossignols déversent des torrents de chants pour le plus grand plaisir de cet homme politique dont le cœur répugnait à sa mission de retenir les eaux du Déluge, mais s'animait à l'idée de condamner l'un des Titans qui en avaient ouvert la voie ?

Environ une semaine plus tard – ou peut-être une quinzaine de jours –, Churchill m'a écrit pour me demander de l'emmener voir le Jenkins de ma fameuse *Histoire de Jenkins*. C'était une de ces épreuves qu'il faut bien traverser lorsqu'on a à cœur de rendre service à ses amis. Jenkins a plutôt mal pris l'idée, estimant qu'il s'agissait, de la part des autorités, d'une forme de paternalisme assez insultante. Il hésitait à montrer ses meilleures œuvres : les chefs-d'œuvre oubliés, les choses qui ne s'étaient jamais vendues et traînaient sur des murs décolorés ou pourrissaient dans les caves. Il n'apparaîtrait certainement pas aussi cordial qu'il l'était ; il ne parlerait pas. Mais Churchill s'est très bien comporté – je pense qu'il a compris.

Devant ses chaleureuses appréciations, Jenkins s'est dégelé. Je voyais le changement s'opérer en lui. Il commençait à comprendre que cette visite incroyable d'un homme qui aurait dû être main dans la main avec les Académiciens était bien autre chose que l'intrusion d'un espion. Il était déjà âgé, il faut s'en souvenir, et n'avait jamais connu le succès. Il avait mené un dur combat et avait été vaincu. Il prenait sa revanche en nourrissant les soupçons.

Nous, qui étions ses cadets, nous l'adorions. Il avait le visage vermeil et les archaïques cheveux d'argent d'un roi de cœur ; et une politesse merveilleusement compliquée qu'il avait héritée de sa jeunesse – c'était l'époque de Brummell.

Tandis que tous ses biens tombaient en poussière, il gardait un état d'esprit extraordinairement jeune et naïf. C'est cela, ou un peu de cela, qui avait fait le charme de mon *Histoire de Jenkins.*

Cela a été une expérience désagréable. Je souhaitais tellement que les espérances obstinées de cet homme puissent enfin cesser d'être remises à plus tard et j'avais peur que Churchill se refroidisse avant que Jenkins n'ait le temps de se dégeler. Mais comme je l'ai dit, je pense que Churchill avait compris. Il souriait de ses yeux bienveillants et myopes, il regardait une toile après l'autre et faisait l'éloge de ce qu'il y avait de bon dans chacune d'elles ; il se souvenait d'avoir vu ceci et cela en telle ou telle année, et Jenkins fondait.

Il arrivait au peintre de quitter la pièce – pour aller chercher des études, pour demander le thé, ou n'importe quelle autre raison de ce genre. Privé de sa présence, l'endroit devenait soudain fantomatique. C'était comme si dans le ciel le soleil s'était éteint et nous avait laissés dans un monde inférieur où les choses mortes du passé étaient ensevelies dans une lumière grise et terne. Émergeant d'un mélange de chiffons tachés, la palette de Jenkins rayonnait d'intensité parmi les tubes de couleur dispersés sur la table. Le paillage de sa chaise ressemblait à un toit de chaume déchiré par le vent.

« On peut tirer une morale d'une vie comme celle-là », ai-je dit soudain à Churchill. Je pensais plutôt à Jenkins qu'à l'homme à qui je m'adressais.

« Oui, c'est sûr, a dit Churchill distraitement, je suppose qu'il y a des hommes qui ne sont pas doués pour réussir.

– C'est plus qu'un talent, ai-je dit avec une inutile âpreté. C'est un tempérament.

– Je pense que c'est aussi une habitude. Il me semble que cela peut s'acquérir, non ?

– Non, non, ai-je fulminé, c'est justement parce que ça ne s'acquiert pas que les meilleurs, les hommes comme… ». Je me suis arrêté brusquement, réalisant tout à coup que la force de mon argument ne se trouvait que dans le ton de la voix. Face à Churchill, il me fallait m'affirmer davantage que je ne l'aurais souhaité. Sinon je disparaissais. Un mot de sa part avait derrière lui le poids de trois royaumes et plusieurs colonies, et j'étais obligé de me sortir cette idée de la tête en faisant de la conversation une simple question de tempéraments. Sur ce point, j'étais le plus fort. Si je voulais dire quelque chose, je le disais ; mais lui était entravé par son sens critique. Il semblait aussi apprécier d'avoir un interlocuteur dictatorial, sinon il n'aurait guère accepté de poursuivre les contacts avec moi. C'était peut-être nouveau pour lui. Mon regard est tombé sur une paire de masques, accrochés de chaque côté de la cheminée. La chambre était pleine d'une profusion de petits bronzes, noirs de poussière sur les épaules, la chevelure, les paupières, et tous les éléments saillants.

« À propos, ai-je fait remarquer, c'est un masque mortuaire de Cromwell.

– Ah ! a-t-il répondu. Je savais qu'il y avait … »

Il s'en est approché très lentement, comme s'il ne souhaitait pas le faire entrer dans son champ de vision. Il s'est arrêté avant de l'atteindre et a doucement pivoté pour me faire face.

« S'agissant de mon livre, a-t-il déclaré tout à coup, j'ai si peu de temps à lui consacrer… » Sa vivacité s'est transformée en une demi-plainte, comme un aveu d'impuissance à peine suggéré. « J'y travaille depuis maintenant quatre ans.

J'ai été frappé... que vous sembliez coïncider de si près avec mes idées. »

Son discours s'est terminé dans une hésitation, mais il l'a repris en s'excusant, comme s'il souhaitait que je l'aide.

« Je suis allé voir l'éditeur Smithson à ce sujet, il m'a dit qu'il n'avait aucune objection...

Il m'a regardé d'un air suppliant. J'ai gardé le silence.

« Bien sûr, ce n'est pas votre genre de travail. Mais vous pourriez essayer... Vous voyez... » Il s'est arrêté longuement.

– Je ne comprends pas, ai-je dit assez froidement, alors que le silence devenait embarrassant. Vous voulez que je sois votre nègre ?

– Mon nègre, mon Dieu non, a-t-il dit énergiquement ; ah, mon Dieu non !

– Alors je ne comprends vraiment pas, ai-je dit.

– Je pensais que vous pourriez voir votre... Je voulais que vous collaboriez avec moi. De manière tout à fait officielle, bien sûr, pour autant que l'épithète soit pertinente ici.

– Collaborer, ai-je dit lentement. Vous... »

Je regardais une miniature de l'*Hercule Farnèse*. Je me demandais ce que cela signifiait, quelle massue avait frappé la roue de ma fortune et l'avait fait tournoyer jusqu'à cette position imprévue.

« Bien sûr, il faut que vous y réfléchissiez, a-t-il dit.

– Je ne sais pas, ai-je marmonné. L'idée est tellement nouvelle. C'est si peu dans mes habitudes. Je ne sais ce que je dois en penser. »

Je parlais au hasard. Il y avait tellement de pensées qui se bousculaient dans ma tête. Cela semblait m'éloigner tellement du genre de travail que je voulais faire. Je ne doutais pas vraiment de mes capacités – ce n'était pas le cas. Je considérais plutôt cela comme un travail de catégorie inférieure. Mais c'était une opportunité extraordinaire – une opportunité vraiment incroyable.

« Vous savez fort bien que j'en ai déjà fait une grosse partie, a-t-il poursuivi. J'ai rassemblé beaucoup de matériel et une grande part de l'écriture est terminée. Mais il reste encore beaucoup à faire. Et comme je le disais à l'instant, cela me dépasse. »

Je l'ai regardé à nouveau, assez incrédule. Il se tenait devant moi, mince parallélogramme noir avec une sorte de mosaïque blanche autour de la gorge. L'aspect légèrement grotesque de cet homme rendait sa réalité presque improbable dans son abstraite gravité. Il pensait tellement à ce qu'il disait qu'il ne contrôlait plus ses mains, son corps ni sa tête. Il avait sorti d'une petite étagère à côté de lui un tout petit livre très poussiéreux dont il feuilletait distraitement, tout en parlant, les feuilles jaunies. Qu'étais-je pour lui, ou lui pour moi ?

« Je pourrais y consacrer le samedi après-midi, disait-il, chaque fois qu'il vous serait possible de venir.

– C'est extrêmement gentil de votre part, ai-je commencé.

– Pas du tout, pas du tout, a-t-il protesté. J'ai à cœur de finir ce livre et, à moins que vous ne m'aidiez, je ne pense pas pouvoir y parvenir un jour.

– Mais il y a des centaines d'autres personnes que moi, ai-je dit.

– Cela se peut, a-t-il dit, cela se peut. Mais je ne les ai pas rencontrées. »

J'ai été envahi par un soudain accès de pure ingénuité.

« Oh, c'est absurde, c'est absurde, ai-je dit. Ne voyez-vous pas que vous m'offrez la chance de ma vie ? »

Churchill a ri.

« Après tout, on ne peut pas refuser ce qui est offert, a-t-il déclaré. De plus, cette personne idéalement compétente dont vous me parlez risquerait fort de ne pas me convenir en tant que collaborateur.

– Votre proposition est très tentante, lui ai-je dit.

– Eh bien alors, succombez ! », a-t-il souri.

Je n'ai trouvé aucun argument à lui opposer et, lorsque Jenkins est revenu dans la pièce, j'avais succombé.

8

Après cela, j'ai commencé à mener la grande vie, pendant 49 semaines. Je sais que cela a duré 49 semaines parce que j'ai travaillé au total sur 52 *atmosphères* : il y a eu Callan, Churchill, cette série de 49 autres personnages, et enfin le tout dernier, qui a marqué à la fois la conclusion de ce travail et la fin de l'année. À sa manière, cela a été un travail amusant ; la plupart des gens préféraient que l'on prenne leur atmosphère dans leur maison de campagne – pour montrer, je suppose, qu'ils en avaient une. Aussi ai-je séjourné plusieurs jours par semaine dans des lieux de villégiature très agréables ; les gens étaient aimables avec moi, cela faisait partie du jeu.

J'ai donc passé du très bon temps pendant un an et je l'ai savouré d'autant plus que j'en avais eu d'assez mauvais pendant plusieurs années. J'ai occupé le reste de mes semaines en aidant Fox, en collaborant avec Mr. Churchill et en adorant Mrs. Hartly à des heures insolites. J'avais l'habitude de traîner au bureau de *The Hour* dans l'espoir de pouvoir accaparer ici ou là trois lignes vierges qui me permettraient de transmettre une subtile bouffée de sa personne. Parfois, elles étaient trop griffonnées pour être subtiles, et Mrs. Hartly en était alors vraiment satisfaite.

Je n'ai jamais rien compris de sa charmante personne, et je doute fort qu'elle-même ait jamais compris un traître mot de ce que je disais. J'imagine que je devais lui parler de son art ou de sa mission – toutes choses qui lui étaient évidemment aussi étrangères qu'à l'excellent Mr. Hartly. Je serais disposé à penser qu'elle n'avait pas vraiment d'art. Et je suis certain qu'elle n'avait aucune mission, hormis d'être adorée. Elle allait et venait sur la scène et on l'adorait, tout comme assise dans son appartement on l'adorait, et l'essentiel était là.

Quant à Fox, j'avais l'air de lui convenir... je ne sais pas du tout pourquoi. Sans aucun doute, il me connaissait mieux que moi-même. Il avait l'habitude de mettre la main sur moi lorsque je traînais en quête de bouts de colonne pour Mrs. Hartly, et de m'utiliser aux tâches les plus dégradantes. Pour lui je recevais des gens, je griffonnais des notes, j'insultais des gens au téléphone, j'écrivais des articles. Bien sûr, il y avait des compensations.

Je n'ai jamais rien compris à Fox – pas plus qu'à Mrs. Hartly. Il avait des manières d'une incroyable vulgarité et semblait porter sur toutes choses le regard d'un porc. Mais il y avait en lui autre chose, qui faisait oublier ces défauts et obligeait à reconnaître que c'était un homme merveilleux. Tout le monde d'ailleurs le reconnaissait. Il aimait à dire qu'il savait ce qu'il voulait et qu'il l'obtenait toujours, et c'était vrai. Je n'avais pas du tout envie de faire ses petits boulots, même pour les compensations qui s'ensuivraient, et je ne voulais pas non plus être camarade avec lui. Pourtant j'exécutais les boulots et j'étais effectivement camarade avec lui, sans même plus me rendre compte que cela me répugnait. Et c'était probablement la même chose avec tout le monde.

Je caressais l'idée de pouvoir un jour le convertir : un jour, je l'amènerais à faire de *The Hour* un asile pour tous les écrivains de mérite. Il me laissait parfois faire ce que je voulais – juste assez souvent pour que ma conscience puisse me laisser en paix. De temps à autre, il me laissait faire cadeau à Lea d'une colonne et demie ; il m'a même promis une fois de m'envoyer prendre l'atmosphère d'Arthur Edwards, le romancier.

Et puis il y avait Churchill et *La Vie de Cromwell* qui progressait lentement. L'expérience se déroulait plutôt bien : je devenais moins péremptoire et lui moins incertain. Vers la fin, j'avais l'impression d'être devenu un pensionnaire attitré de sa maison. Je me rendais chez lui le samedi après-midi et nous discutions dans le train. Pour un paresseux comme moi, c'était une merveille de voir comment les journées de ce paresseux de nature étaient aussi précisément découpées et ajustées que les pièces d'un puzzle d'enfant : de courtes séquences d'un travail d'un certain type s'inséraient dans des séquences d'autres chantiers sans aucun rapport. Il excellait à cela, sans la moindre apparence de hâte.

Je suppose que le véritable moteur de toute cette activité était sa tante. Les gens avaient l'habitude de l'affirmer, même si cela n'apparaissait guère aux personnes qui étaient en étroit contact avec lui ; ou plutôt ce n'était que dans de très petits détails. Nous travaillions dans une pièce haute, sombre, agréable, tapissée de livres et donnant sur une pelouse qui était toujours un asile pour des grives furtives. Miss Churchill, en règle générale, était assise près de la fenêtre, presque oubliée de nous, et la lumière tombait sur son épaule. Elle était toujours très absorbée par les papiers ; elle semblait avoir des journées très occupées à répondre à des lettres et élaborer des rapports. De temps à autre, elle adressait une question à son neveu ou recevait des invités arrivés à l'improviste et qu'on ne pouvait éconduire. Ce fut une fois un personnage semi-royal et une autre fois le duc de Mersch, mon illustre employeur.

Ce dernier, je m'en souviens, avait été annoncé alors que Churchill et moi terminions enfin notre récit de la terrible disparition du Protecteur. Dans cette pièce silencieuse, j'avais une sensation vive de l'immense vacarme de la tempête en ce crépuscule de suprême miséricorde. Il me semblait voir les bougies vaciller dans les tourbillons d'air poussés dans la pièce sombre comme je voyais le grand lit et la forme pompeuse et grossière qui se débattait dans l'ombre des tentures. Miss Churchill a levé les yeux de la carte de visite qu'on lui avait mise en main.

« Edward, a-t-elle annoncé, le duc de Mersch.

Churchill s'est levé avec irritation de son siège bas. « Que le diable l'emporte ! a-t-il dit. Je ne veux pas le voir.

– Je crains bien que tu n'y puisses rien, a dit sa tante d'un ton réfléchi ; il faudra bien régler cela tôt ou tard. »

Je savais très bien ce qu'ils avaient à régler : l'affaire du Groenland, depuis si longtemps en suspens. Je le savais par ouï-dire, par Fox, assez vaguement. On disait que Mr. Gurnard lui avait donné sa recommandation pour des raisons financières, que le duc était impatient, que Churchill inexplicablement hésitait. Je n'ai jamais été doué pour les détails de ce genre, mais on me les expliquait, ainsi que les raisons de l'empressement de De Mersch. C'étaient des raisons plutôt minables, assez invraisemblables, qui semblaient trop raisonnables pour être vraies. Il avait besoin d'argent pour ses chemins de fer – il en manquait cruellement. Il avait d'énormes besoins financiers, il occupait une multitude de postes dans certaines entreprises philanthropiques internationales, et il avait un doigt dans une multitude d'autres affaires. Il y avait une « Compagnie mondiale du câble » qui visait à mobiliser les bras et les cœurs, une « Compagnie paneuropéenne des chemins de fer, d'exploration et de civilisation » qui apportait la lumière dans les zones les plus reculées, une « Compagnie internationale pour le logement des pauvres », ainsi qu'un certain nombre d'autres. Quelque part au fond de ces entreprises apparemment sans fond, on disait que le duc de Mersch était très actif et, bien sûr, *The Hour* publiait régulièrement des allusions élogieuses à leur haute philanthropie et à leurs perspectives de dividendes. Mais c'était tout ce que j'en savais.

Les mêmes personnes, celles qu'on rencontrait dans les fumoirs, disaient que le train Transgroenlandais était la dernière carte de De Mersch. Les investisseurs britanniques ne feraient pas confiance à l'entrepreneur sans une forme de garantie du gouvernement britannique, et aucun investisseur d'autres pays ne lui ferait confiance, à quelque condition que ce soit. L'Angleterre devait garantir quelque chose – je suppose qu'il s'agissait des intérêts des emprunts sur plusieurs années. Bien sûr, je ne croyais pas à ces rumeurs – on s'habitue à ne plus croire à ce genre de choses. Mais je me rendais compte que la soirée allait être capitale pour quelqu'un : Mr. Gurnard, le duc de Mersch et Churchill avaient à discuter d'un sujet important et, puisque j'étais employé de *The Hour*, j'y étais d'une manière indirecte intéressé.

Churchill continuait de faire les cent pas.

« Gurnard dîne avec nous ce soir, a dit sa tante.

– Ah, je vois. » Ses mains jouaient avec quelques pièces de monnaie dans les poches de son pantalon. « Je vois, a-t-il répété, ils ont… »

Ce moment-là m'a impressionné. Je me souviens très bien de l'attitude du neveu et de la tante. Ils semblaient appelés à prendre d'un seul coup une décision qui n'était pas facile, qu'ils avaient voulu reléguer dans un avenir indéfini.

Elle a laissé Churchill faire les cent pas nerveusement.

« Je pourrais continuer en faisant autre chose, si vous voulez, ai-je dit.

– Mais je ne veux pas, a-t-il répondu énergiquement ; je préférerais de loin ne pas recevoir cet homme. Vous savez le genre de personne que c'est.

– Eh bien, non, ai-je répondu, je n'ai jamais étudié l'*Almanach de Gotha*.

– Ah, j'oubliais ! » a-t-il dit. Il semblait irrité contre lui-même.

Les dîners de Churchill étaient souvent assez fatigants pour moi. Des personnages d'une considérable importance arrivaient et se révélaient assez stupides. Dans le meilleur des cas, ils s'asseyaient vaguement en face de moi, tenaient des propos inquiétants et disparaissaient. Parfois, ils me regardaient de haut. Ce soir-là, ils étaient deux.

Gurnard, j'en avais entendu parler. On ne peut s'empêcher d'entendre parler d'un chancelier de l'Échiquier. Les ouvrages de référence disaient qu'il était le fils d'un certain William Gurnard, Esq., de Grimsby ; mais je me souviens qu'une fois à mon Club, un homme qui prétendait tout savoir m'a assuré que W. Gurnard, Esq. (qu'il décrivait comme un marchand de poisson) n'était que son père adoptif. Son ascension rapide m'a paru incompréhensible jusqu'à ce que le même homme l'explique par un haussement d'épaules : « Quand un homme d'une telle capacité ne croit à rien et ne respecte rien, on ne sait jamais jusqu'où il peut aller. Il a brûlé tous ses vaisseaux et il n'a pas l'intention de retourner en arrière. »

Cela expliquait sans doute beaucoup de choses ; mais pas l'ensemble de sa fabuleuse carrière. Ses partisans le qualifiaient d'homme d'État inspiré ; ses ennemis le traitaient de pur politicien. C'était un homme de 45 ans, mince, légèrement chauve, à l'assurance glaciale. Il était indifférent aux attaques contre sa personnalité, mais écrasait sans pitié tous ceux qui menaçaient sa position. Il était seul et un peu mystérieux ; son propre parti avait peur de lui.

Gurnard m'était complètement caché par les décorations de table ; le duc de Mersch brillait de tous ses feux et parlait abondamment, comme s'il avait été privé de société humaine pendant de longues années. Il rayonnait de toute sa personne, me semblait-il. Il avait une barbe magnifique, qui laissait très peu voir son visage fleuri et qui adoucissait l'aspect d'un front presque inexistant et de paupières trop ridées. Il parlait un anglais recherché, lentement, comme s'il était sans cesse occupé à répondre à des toasts à sa santé. Je me suis aperçu avec étonnement qu'il semblait traiter Churchill avec des nuances de condescendance, alors qu'il réservait à l'invisible Gurnard une attitude d'autodéfense nerveuse. Il était apparemment venu disserter sur le *Système groenlandais**, et il dissertait. Certaines personnes mal informées avaient insinué que le *Système** n'était ni plus ni moins qu'une société d'exploitation des malheureux *Esquimaux**. De Mersch a déclaré catégoriquement que ces personnes mal informées étaient simplement mal informées, et l'a souligné à titre officiel et définitif. Les *Esquimaux** n'étaient pas malheureux. Je me suis concentré sur mon dîner et j'ai laissé le discours sur les affaires du Protectorat hyperboréen se dissoudre en un murmure indistinct. J'ai essayé d'être le simple copiste de la fête.

Mais je me suis aperçu tout à coup, à mon grand étonnement, que De Mersch s'adressait à moi et qu'il avait imperceptiblement élevé la voix. Il discourait sur l'immense valeur internationale du projet de Chemin de fer Transgroenlandais. Son importance pour le commerce britannique était incontestable ; même l'opposition n'avait aucun argument sérieux à lui opposer. Il était du devoir évident du gouvernement britannique de lui fournir une garantie financière. Il n'insisterait pas sur l'aspect moral de l'œuvre… c'était inutile. Progrès, amélioration, civilisation, un peu moins de misère dans le monde… plus de lumière ! Il était de notre devoir de ne pas lésiner sur le coût de l'humanisation d'une race inférieure. En plus, cette affaire rapporterait autant qu'un autre canal de Suez. Son terminus et la station de charbon britannique se trouveraient sur la côte ouest de l'île… Je savais que l'homme me parlait – je me demandais pourquoi.

Soudain, il a tourné vers moi son visage rayonnant.

« Je pense que j'ai dû rencontrer un membre de votre famille », a-t-il dit. La solution m'est venue à l'esprit. J'étais journaliste, et lui-même s'intéressait à un chemin de fer qu'il souhaitait faire soutenir par le gouvernement d'une manière ou d'une autre. Ses tentatives pour obtenir mon suffrage ne m'étonnaient plus. J'ai murmuré :

« En effet !

– À Paris… Mrs. Etchingham Granger, a-t-il déclaré.

– Ah, oui », ai-je dit.

Miss Churchill est venue à ma rescousse.

« Le duc de Mersch veut parler de notre amie, de votre tante », a-t-elle expliqué. J'ai ressenti une impression désagréable. À travers des branches d'asparagus, j'ai aperçu le regard de Gurnard fixé sur moi comme si quelque chose en ma personne avait attiré son attention. Je lui ai retourné son regard, j'ai essayé de distinguer son visage. Il n'y avait rien de distinctif dans son ovale pâle à moitié caché ; rien à quoi on puisse s'accrocher. Il donnait l'impression de n'avoir jamais vu la lumière du jour, de n'avoir jamais connu le soleil. Mais la conviction que j'avais pu attirer son attention me troublait. Que pouvait savoir cet homme à mon sujet ? Il me semblait sentir son regard traverser les iris de mes yeux jusqu'à l'arrière de mon crâne. La sensation était presque physique ; c'était comme si un faisceau d'une lumière incroyablement concentrée s'était tourné vers moi. Puis les paupières sont tombées sur les anneaux métalliques en dessous d'elles. Miss Churchill a continué d'expliquer.

« Elle a ouvert une sorte de *Salon des Causes Perdues** sur le Faubourg Saint-Germain. » Elle racontait les divagations de ma tante. Le duc a ri.

« Ah, oui, a-t-il dit, quelle ménagerie : carlistes, orléanistes et noirs pontificaux. Je m'étonne qu'elle n'ait pas organisé de bazar en faveur de votre Ligue de la Rose Blanche.

– Ah, oui, ai-je observé, j'ai entendu dire qu'elle était folle du droit divin des rois.

Miss Churchill s'est levée, comme les dames se lèvent à la fin d'un dîner. Je l'ai suivie hors de la pièce, obéissant à son discret signal.

Nous étions tous deux dans les meilleurs termes. Elle m'a chaperonné, comme elle chaperonne toute personne qui ne tombe pas sous le coup de son mépris ni ne s'élève au-dessus d'un certain âge. Je l'aimais énormément, cette dame brune, magistrale et concentrée. Alors qu'elle montait les escaliers, elle m'a dit, en s'excusant à moitié de m'avoir demandé de me retirer :

« Ils ont des choses à discuter.

– Bien sûr, ai-je répondu, je suppose que la question ferroviaire doit être réglée. » Elle m'a regardé fixement.

« Vous… vous ne devez pas en parler, m'a-t-elle mis en garde.

– Oh, ai-je répondu, je ne suis pas indiscret, ce n'est pas dans ma nature. »

Les trois autres ont un peu tardé à faire leur apparition au salon. Il me semblait les voir tous ensemble la tête penchée au bord de la table. Entre-temps, une terrible veuve aux airs d'intrigante a introduit dans la pièce deux filles blondes et guindées. Il y avait un va-et-vient continuel de ce genre de personnes dans la maison ; elles avaient des activités sociales avec miss Churchill, organisaient de petits spectacles à des fins électorales, et ainsi de suite. Cela ne me dérangeait guère.

Dans le cas présent, les filles blondes appartenaient à la catégorie des survivantes des années 60 – le genre de celles qui feuilletaient les albums de photos d'un air impassible. Je leur ai fait parcourir un volume de vues de la Suisse et la veuve a dit à miss Churchill : « Vous pensez donc que ce sera suffisant si nous avons… », quand soudain la porte s'est ouverte derrière moi. J'ai négligemment jeté un coup d'œil et je suis revenu en toute hâte à l'examen d'une superbe photographie des Dents du Midi. Une jeune fille très gracieuse a enlacé l'austère miss Churchill à la manière dont une gracieuse jeune fille peut adresser un salut virginal à une austère doyenne.

« Ah, ma chère Miss Churchill ! » Une voix flûtée a rempli la grande salle. « Nous étions sur le point de rentrer à Paris sans être venues vous voir une seule fois. Nous ne sommes là que pour deux jours – pour le bal des métayers, et donc ma tante… Mais n'est-ce pas Arthur ?… »

Je me suis retourné précipitamment. C'était la fille Dimensionniste. Elle a continué à parler à miss Churchill. « Nous nous rencontrons si rarement et jamais nous ne sommes d'accord sur rien, a-t-elle dit avec légèreté. Je vous assure, nous sommes comme chien et chat. » Elle est venue vers moi et les jeunes filles blondes ont disparu, tout le monde a disparu. Je ne l'avais pas vue depuis près d'un an. J'avais vaguement compris de miss Churchill qu'on la considérait comme une de mes sœurs et qu'elle avait, grâce à la richesse héritée d'un oncle australien semi-fabuleux, ravivé la gloire de la maison de ma tante. Je ne l'avais jamais démentie, car je ne voulais pas entraver les efforts de ma tante pour restaurer une partie de la splendeur familiale. Cela m'a même inspiré, dans une certaine mesure, une certaine sympathie, car après tout, sa famille était aussi la mienne.

Dans mon souvenir, ma pseudo-sœur était quelque chose de brillant, de net et de plutôt petit. Telle que je la voyais à présent, c'était une personne dont l'éclat était irrésistible. Elle s'est avancée vers moi, souriante et radieuse, comme un navire se déplace sous des tours de toile brillante. J'étais tout simplement anéanti. Je ne sais pas ce qu'elle a dit ni ce que j'ai dit, ce qu'elle a fait ni moi-même. J'ai l'impression que nous avons discuté pendant quelques minutes. Je me souviens qu'elle a dit, à un moment donné,

« Maintenant, allez-vous-en, je veux parler à Mr. Gurnard. »

De fait, Gurnard faisait vers elle une lente et méthodique avancée. Elle l'a salué avec nonchalance, comme une femme salue en public un homme qu'elle connaît intimement. Je me suis surpris à le détester, pensant qu'il n'était pas le genre d'homme qu'elle aurait dû connaître.

« C'est réglé ? lui a-t-elle demandé lorsqu'il est arrivé à portée. Il m'a regardé d'un air inquisiteur – insolent. « Mon frère... », a-t-elle dit.

– Ah oui », a-t-il répondu alors que je m'éloignais. Je détestais cet homme et je ne parvenais pas à détourner mes yeux de lui et d'elle. Je suis allé m'appuyer contre la cheminée. Le duc de Mersch s'est précipité vers eux, et je me suis félicité de cette interruption jusqu'au moment où j'ai vu qu'il était lui aussi intime avec elle, une intimité dont la pompe de fioritures était tout aussi irritante que la nonchalance de Gurnard.

Je restais planté là en leur lançant des regards noirs. J'observais son insolente beauté et sa maîtrise de soi presque risquée alors qu'elle parlait à ces deux hommes. Il ne restait de moi que mes yeux. Je n'avais aucun esprit, aucune pensée. J'ai vu les trois personnages passer par toutes les attitudes de la conversation : elle très animée, De Mersch grotesquement *empressé**, Gurnard ouvertement méprisant. Ce dernier me dégoûtait exactement comme les hommes grossièrement vulgaires ont le pouvoir de le faire mais, chez lui, ce n'était pas cela : il y avait en lui quelque chose... quelque chose. Je n'arrivais pas à distinguer son visage, je n'y parvenais jamais. Je ne l'ai jamais pu, pas plus que je n'ai jamais visualisé son visage à elle. Je me demandais vaguement comment Churchill pouvait travailler avec un tel homme, comment il pouvait se résoudre à s'enfermer, comme il venait de le faire, avec lui et avec un imbécile comme De Mersch – j'aurais eu peur.

Quant à De Mersch, qui se tenait entre ces deux-là, il ressemblait à un simple rustre face à une conjuration d'escrocs. J'étais étonné qu'elle me laisse voir – et même me *fasse* voir – qu'elle et Gurnard avaient une entente, que révélaient les regards échangés entre eux lorsque le duc avait ses yeux inattentifs tournés ailleurs.

J'ai vu Churchill à son tour s'avancer d'un pas irrégulier vers eux, happé comme une paille par un petit tourbillon. J'ai tourné le dos dans un accès de jalousie.

9

Après cela, j'ai passé une assez mauvaise nuit et, le lendemain, je n'étais pas vraiment d'humeur à voir Fox. Le spectacle que m'avait donné la jeune femme avait tout éclipsé ; penser à elle me dégoûtait de tout, me rendait indifférent au monde entier, à cette partie du monde qui était devenue mon monde. Je voulais entrer dans le sien… mais je ne voyais aucun moyen. Le bureau dans lequel Fox était assis semblait désespérément loin de tout – désespérément éloigné de toute possibilité d'aller n'importe où ; c'était comme le bout d'une impasse. J'aurais pu espérer occuper un jour un tel bureau, en manches de chemise moi aussi, comme Fox. Mais ce n'était pas le but de ma carrière – pas le but que je souhaitais. La fille m'avait bouleversé.

« Vous venez de rater Polehampton, a déclaré Fox ; je voulais mettre la main sur vos “atmosphères”.

– Ah, au diable Polehampton, me suis-je écrié, et au diable mes “atmosphères” !

– Certainement, a dit Fox, mais je l'ai informé que vous étiez prêt si…

– Je ne veux plus en entendre parler, ai-je répété. Je n'en peux plus de ces choses-là.

– Quel changement ! a-t-il remarqué avec bienveillance, je pensais que vous accepteriez de le faire. »

J'étais dégoûté à l'idée qu'une personne comme Fox puisse seulement penser à moi. « Bon, je vais y arriver, ai-je dit. Qui est le prochain ? »

– Il nous faut maintenant le duc de Mersch, a-t-il répondu. De Mersch, "fondateur d'État"... écrit aussi grand que possible en pleine page. Le moment est venu et voilà : il ne faut surtout pas le laisser passer. J'ai été assez gentil avec vous... Vous comprenez... »

Il a commencé à s'expliquer avec ses phrases ambiguës. Le moment était venu d'avoir une action énergique au service de De Mersch... pour provoquer une véritable explosion sur toute la ligne de front. Et je devais commencer la campagne. Fox avait été bon avec moi et je devais le récompenser. J'écoutais avec une sorte d'indifférence apathique.

« Ah, très bien », ai-je dit. J'étais obscurément conscient que, pour moi, le facteur déterminant de la situation était de savoir que De Mersch allait être à Paris. S'il avait été dans son grand-duché, je ne serais pas allé chez lui. Pendant un instant, j'ai pensé que l'entretien se déroulerait à Londres. Mais Fox – du moins en apparence – n'était même pas au courant du passage de De Mersch à Londres ; il parlait de lui comme étant à Paris, dans un appartement où il avait l'habitude de recevoir les financiers continentaux qui lui prenaient tant de temps.

J'ai réalisé que je voulais aller à Paris parce qu'elle y serait. Elle avait dit qu'elle partait pour Paris dès le lendemain. L'idée me plaisait et faisait pencher la balance.

Les yeux de Fox sont restés fixés sur mon visage.

« Ça vous va ? » Il interprétait vaguement mes pensées. « Un petit saut sur le continent. J'ai pensé que ça vous plairait. Et, regardez ça : Polehampton a repris le *Bi-Monthly* ; il veut y mettre du sang neuf, vous comprenez ? Il prendrait bien quelque chose. Je lui en ai parlé – une courte série… "Aspects". Ce genre de choses. » J'ai essayé de manifester une sorte de gratitude enthousiaste. Je savais que Fox avait parlé de moi en bien à Polehampton – comme une sorte de prétexte.

« Allez voir Mr. Polehampton , a-t-il confirmé. Tout est parfaitement arrangé. Ensuite, vous partez sans attendre pour Paris et vous passez du bon temps.

– Est-ce que j'ai été particulièrement désagréable ces temps derniers ? ai-je demandé.

– Oh, vous avez un peu décroché, il me semble, depuis une semaine ou deux. »

Il a pris une grande bouteille d'un liquide blanc visqueux que j'ai vu comme un signe d'avoir à me retirer. J'étais touché par sa sollicitude pour ma santé. Cela m'a toujours touché, et je me suis retrouvé l'esprit particulièrement léger lorsque j'ai descendu le perron de briques vers la rue. Malgré toute sa franche vulgarité, malgré ses manches de chemise – je regardais cette habitude comme le degré ultime de la bestialité –, malgré les meubles Louis XV, j'éprouvais un sentiment chaleureux pour le petit homme.

Je me suis dépêché de voir Polehampton que j'ai trouvé dans une sorte de repaire qui contenait un certain nombre d'étagères remplies de livres exclusivement sélectionnés pour la décoration scintillante de leur dos. Ils donnaient l'impression que Mr. Polehampton souhaitait montrer à ses visiteurs combien il était seyant et approprié de revêtir eux aussi leurs murs d'un tel vêtement doré. Les livres suggéraient cette idée, mais je pense qu'en réalité, Mr. Polehampton prenait un plaisir esthétique à ce qui était dorure. Il n'avait pas une nature d'éditeur. Il s'était tourné vers le métier et avait rencontré le succès, mais, sous le verni de ses connaissances, il conservait une admiration pleine de crainte pour les livres en tant que tels. Au début de sa vie, c'est dans un salon qu'il exposait ces choses brillantes sur une table elle-même clinquante. Il éprouvait la même admiration mêlée de crainte pour sa fille, qui était née après son entrée dans le métier et avait un goût littéraire si marqué qu'il la faisait venir dans toutes les conversations pour dégrossir la matière première, dans l'espoir, je suppose, de nous impressionner. Pour le plus grand bien de cette demoiselle, il avait acheté le *Bi-Monthly*, l'un des organes politiques les plus prestigieux. Il avait, disait-on, l'idée de forcer le parti à lui donner un siège à titre de récompense.

La nature de ma série d'articles n'avait pas beaucoup d'importance. J'allais devoir prendre l'atmosphère de villes comme j'avais capté celle de différents personnages. Il semblait qu'en ce domaine mon travail avait été satisfaisant, et miss Polehampton ne cessait de faire mon éloge.

« Ma fille aime... hein... votre style, vous savez, et... » Les conditions matérielles qu'il proposait étaient correctes, et présentées dans un style fleuri qui indiquait une bienveillance particulière à la hauteur des 100 livres consenties. J'avais été incapable de comprendre ce qu'il avait en tête jusqu'au moment où il a commencé à balbutier un indice. En fait, son idée était que je connaissais Fox, que je connaissais Churchill et le duc de Mersch, et *The Hour*. « Et ces articles financiers... dans *The Hour*... étaient-ils maintenant ?... Étaient-ils... est-ce que le chemin de fer transgroenlandais était en fait… est-ce que je pensais que cela en vaudrait la peine… en fait …. » et ainsi de suite.

Je n'ai jamais été bon dans les situations de ce genre, jamais bon du tout. J'aurais dû jouer le rôle du parfait ignorant, mais les yeux de l'homme me suppliaient ; il semblait que ce soit pour lui une affaire considérable. J'ai essayé de dégager ma responsabilité en lui disant : « Bien sûr, je n'ai aucun droit là-dedans. » Mais j'avais le sentiment vague et stupide que ma loyauté envers Churchill exigeait que je soutienne un homme qu'il soutenait. En fait, rien d'aussi direct n'était en vue et n'aurait pu l'être. Il s'agissait seulement d'actions dans une autre entreprise appartenant à De Mersch. Polehampton allait les récupérer pour rien, et elles devaient augmenter lorsque le boom de De Mersch commencerait – ou appelons cela de cette manière. Et le boom commencerait dès que la nouvelle de l'accord sur le chemin de fer parviendrait à l'étranger.

Je l'ai laissé m'exposer tout cela d'une manière qui brouille particulièrement le souvenir que j'ai de cet endroit nu avec les livres dorés, les trois chaises de bureau inconfortables, les fenêtres en verre dépoli à travers lesquelles on lit à l'envers le mot « Polehampton », la pénombre, les lignes rigides et la lumière blafarde. Polehampton m'en a été à juste titre reconnaissant et m'a invité à dîner avec lui et sa fille fantomatique, qui voulait faire ma connaissance. C'était comme une invitation à un banquet d'État transmise par un fonctionnaire du Palais… Lea serait invité lui aussi pour que je puisse le rencontrer. Miss Polehampton n'aimait pas Lea, mais il fallait l'inviter une fois par an – pour maintenir, je suppose, ses bonnes dispositions. La conversation s'est écoulée de cette manière. J'ai demandé si c'était un des jours où Lea était à son bureau. Ce n'était pas le cas. J'ai essayé de dire un mot aimable à son intention, mais ce n'a pas été très efficace. Polehampton était trop sensible aux piques de son collaborateur pour réagir aux éloges qu'on faisait de lui.

Je me suis alors dépêché de quitter les lieux. Je voulais sortir de ce milieu dans lequel mon inefficacité menaçait de m'apparaître. Ce n'a pas été très difficile. J'avais, à cette époque, une chambre dans un club de journalistes politiques – un vaste mausolée en carrelage blanc. Un domestique avait l'habitude de faire ma valise très efficacement et dans des délais très brefs. À la gare, une de ces coïncidences qui n'en sont pas m'a fait tomber sur le grand Callan. Il était plutôt mécontent : il lui était impossible de faire entendre à un porteur déjà distrait la fin d'une de ses phrases qui comportaient une attente de deux secondes entre chaque mot. Aussi s'est-il réjoui de me voir. Il était ravi de trouver un compagnon de voyage qui pourrait l'accompagner avec tous les honneurs dus. Dans le wagon, dépouillé de ces sacs gênants qui causaient de l'anxiété à son petit visage et un titubement à sa démarche, il a repris ses dimensions normales.

« Ainsi vous… allez… à Paris, a-t-il médité, … pour *The Hour.*

– Je vais à Paris pour *The Hour*, ai-je confirmé.

– Ah ! a-t-il repris, vous allez interviewer le grand-duc électif…

– Nous l'appelons le duc de Mersch », l'ai-je interrompu avec désinvolture. C'était une question de nuances. Le grand-duc électif était un philanthrope et un fondateur d'État, tandis que le duc de Mersch était le héros de la finance.

« … de Holstein-Launewitz », a continué Callan sans m'écouter. Les titres glissaient sur sa langue comme les dernières gouttes d'un vin d'une onctuosité exceptionnelle.

– J'aurais peut-être pu vous éviter le dérangement. Je vais le voir moi-même.

– Vous ? » ai-je repris. Cela me semblait phénoménal et plutôt absurde que tous ceux que je rencontrais soient, d'une manière ou d'une autre, en relation avec ce formidable philanthrope. C'était comme si un pêcheur tirait une ligne de fond appâtée par des centaines d'hameçons. Il a eu l'air un peu offusqué.

« Lui, ou – devrais-je dire – un certain nombre de personnes intéressées par une société philanthropique, m'ont demandé de me rendre au Groenland. »

– Veulent-ils se débarrasser de vous ? » ai-je demandé négligemment. On m'a remis en place.

« Mon bon ami, a dit Callan de son ton de voix le plus réfléchi et le plus olympien, je crois que vous vous trompez complètement, je crois… On m'a informé que le *Système Groenlandais** est l'un des endroits les plus sains des régions polaires. Il y a des personnes intéressées qui…

– C'est ce qu'on m'a dit, l'ai-je interrompu, mais je peux vous assurer que je n'ai entendu que du bien du *Système**, du… de ses philanthropes. Je ne voulais rien dire contre eux. J'étais seulement étonné que vous alliez dans un tel endroit.

– On m'a demandé de partir en mission, a-t-il expliqué très sérieusement pour établir quelle est exactement la réalité du *Système**. C'est un pays nouveau qui, m'assure-t-on, a un grand potentiel d'avenir. Une grande quantité d'argent anglais a été investie dans ses compagnies, et naturellement on porte un grand intérêt à ces affaires.

– Il me semble que oui, ai-je dit, j'ai l'impression de tomber sur ce sujet à chaque heure du jour et de la nuit. »

– Ah, oui , s'est extasié Callan, il a un grand avenir en réserve, un grand avenir. Le duc est un véritable philanthrope. Il s'est donné un mal infini... un mal infini. Il a voulu construire un État modèle, un modèle de protectorat pour le monde, un lieu où l'égalité parfaite prévaudra pour toutes les races, toutes les croyances et toutes les couleurs de peau. Vous auriez peine à croire à quel point il a travaillé pour assurer le bonheur des races indigènes. Il a fondé une grande société de protection des Esquimaux, la Société pour la Régénération des Régions Arctiques, la SRRA comme on l'appelle, et il n'attend plus que de réaliser son plus grand projet, le chemin de fer transgroenlandais. Lorsque ce sera fait, il transmettra le *Système** à son propre peuple. N'est-ce pas là l'attitude d'un grand homme ?

– Ah, oui, ai-je dit.

– Eh bien... a recommencé Callan, mais il s'est arrêté subitement. À propos, ce que j'ai dit doit rester entre nous, a-t-il dit avec inquiétude, je vous donnerai tous les détails lorsque le moment sera venu.

– Mon cher Callan, ai-je dit sur un ton de susceptibilité blessée, je sais tenir ma langue. »

Il a pris la tangente.

« Je ne veux pas que vous me croyiez sur parole... je ne l'ai pas encore vu. Mais j'en suis moi-même assuré. Les personnes les plus distinguées m'ont parlé en sa faveur. Le célèbre voyageur Aston en parlait les larmes aux yeux. Il a été le premier gouverneur général, vous savez. Bien entendu, je ne m'y intéresserais pas si je n'étais pas convaincu sur ce point. C'est précisément parce que je sens que la chose est un des plus beaux monuments d'un grand siècle que je veux lui prêter le poids de ma plume.

– Je comprends parfaitement, l'ai-je assuré. J'espère seulement qu'ils ne s'attendent pas à ce que vous le fassiez pour rien, ai-je continué avec sollicitude.

– Oh, mon Dieu, non, a répondu Callan.

– Ah, eh bien, je vous souhaite bonne chance, ai-je dit. Ils n'auraient pu trouver une meilleure personnalité pour toucher la conscience nationale. Je pense que c'est là le but. »

Callan a hoché la tête.

« J'ai l'impression d'avoir l'oreille du public », a-t-il déclaré. Il semblait tirer satisfaction de cette pensée.

Le train est entré dans le port de Folkestone. L'odeur de la mer et le facile appareillage du bateau m'ont redonné un peu de courage, mais j'avais le moral au plus bas. Callan était un compagnon éprouvant. Sa vue suscitait des émotions désagréables, le son de sa voix était discordant.

« Descendez-vous au Grand Hôtel ? m'a-t-il demandé alors que le train passait Saint-Denis.

– Mon Dieu, non, ai-je répondu avec chaleur, je vais de l'autre côté de la Seine.

– Oh, a-t-il murmuré, le Quartier latin. J'aimerais pouvoir venir avec vous. Mais je dois penser à ma réputation. Vous seriez surpris de voir combien les gens sont informés de mes mouvements. De plus, je suis père de famille. »

J'étais agité et silencieux. Le train entrait dans le halo des lumières électriques. Lorsque je suis monté dans une voiture, j'ai commencé à nouveau à respirer. Durant cette traversée de la ville nocturne, il me semblait être à l'orée d'une nouvelle vie, d'une sorte de monde meilleur. À Londres on est toujours de passage, mais à Paris on a atteint le but. Les foules sur les trottoirs, sous les platanes, dans l'ombre noire ou le halo clair des grands espaces, sont entièrement dédiées à leur loisir : elles ne vont nulle part, ne cherchent rien au-delà.

Nous avons traversé la Seine, derrière nous se profilaient, pâles sur le ciel sombre, les tours de Notre-Dame. Notre voiture brinquebalante est rentrée dans la lumière du boulevard de l'autre côté du fleuve ; elle a tourné dans une rue obscure et s'est arrêtée devant une porte fermée, à moitié familière. Vous savez comment cela se passe : on réveille le concierge endormi, on prend sa chandelle, on monte des centaines et des centaines de marches usées à travers des jeux d'ombres dignes de Rembrandt, on suit le pas traînard d'un guide assoupi, et le sommeil, qui conclut toutes choses, semble rendu plus secourable par les petits inconvénients d'une chambre nue et étrangère et d'un lit dur lui aussi étranger.

10

Le lendemain vers midi, je gravissais les marches de la nouvelle maison où le duc avait son ermitage. Il y avait un air de secret dans la lourde ostentation des escaliers recouverts de moquette qui menait à son appartement ; une profonde tranquillité régnait dans la demeure et jusque dans la rue, un respectable *cul-de-sac** donnant sur la vie trépidante du boulevard des Italiens. C'était comme des eaux soudain étales après une cascade. On avait soudain l'impression d'être devenu sourd au milieu du vacarme.

Il y avait une incroyable injonction au silence – le silence du détective privé – dans l'attitude du domestique qui m'a fait entrer dans la pièce. C'était le domestique anglais tel qu'on le voit au théâtre – le domestique anglais tel que les étrangers aiment à le montrer. La pièce avait une splendeur qui lui était propre, non pas une vulgaire splendeur à bon marché, mais une vulgarité du genre le plus somptueux et purpurin. L'air était lourd, écrasé par le parfum des fleurs exotiques, assombri par des rideaux qui évoquaient les volumineux fonds de velours qu'on voit dans certains portraits anciens. Le duc de Mersch avait emporté avec lui dans ce lieu de retraite le goût du New Palace, cette vitrine qui lui appartenait et faisait la stupéfaction d'essaims d'honnêtes touristes.

Je me suis rappelé assez vite que cet homme était un philanthrope et qu'il n'était pas impossible qu'il ait un cœur excellent et un goût médiocre. C'était certainement le cas. Mais j'étais malheureusement enclin à me laisser influencer par de telles contingences, et je me suis senti déprimé à l'idée que tant de royale excellence puisse peser si lourdement du mauvais côté de la balance des arts décoratifs. J'ai tourné le dos à la pièce et contemplé les décorations impeccablement blanches des façades des immeubles en face.

Une porte a dû s'ouvrir derrière moi, car j'ai entendu une voix aiguë lancer les derniers mots d'une tirade.

« Et quant à un duc de farce, je m'en fiche pas mal, moi * », disait la voix curieusement mêlée d'intonations étrangères et d'accent de *coulisse**. Le murmure d'une remontrance masculine a suivi, puis, avec une déconcertante précision :

« Gr-r-rangeur… Eschingan… eh bien… il comprend. Et je comprends moi aussi. Tu veux me jouer contre elle. La Grangeur… bah ! Console-toi avec elle, mon vieux. Je ne veux plus de toi. Tu m'as donné de tes sales rentes groenlandaises, et je n'ai pas pu les vendre. Ah, vieux farceur, tu vas voir ce que je vais en faire *. »*

Une glorieuse créature – une créature vraiment glorieuse – est sortie d'une pièce voisine. Elle était aussi frêle et chancelante qu'un lis des jardins. Ses grands yeux bleus se sont tournés vers moi avec colère, ses lèvres courbées entrouvertes, ses narines frémissantes :

« Et quant à vous, M. Granger Eschingan, a-t-elle commencé, *je vais vous dire le fond de ma pensée**… »

Je ne comprenais rien à la situation, mais je ressentais de la gêne. Le monde semblait sens dessus dessous. J'étais bouleversé ; mais je compatissais avec la personne de la pièce voisine. Je ne savais que faire. Je me suis soudain surpris à dire :

« Je suis tout à fait désolé, Madame, mais je ne comprends pas le français. » Une expression de gêne plus intense a traversé son visage – son beau visage. Je crois qu'elle désirait — qu'elle désirait intensément — me faire profiter du *« fond de sa pensée*»*. Elle a fait un geste rapide et violent de mépris et de dégoût et s'est tournée vers la porte entrouverte d'où elle venait. Elle a recommencé à s'étendre sur les petites faiblesses de la personne derrière elle, tandis que rapidement la porte se refermait en silence. Nous avons entendu le déclic de la serrure. Avec une rapidité extraordinaire, elle a mis la bouche sur le trou de la serrure : « Peeg, peeg », a-t-elle prononcé. Puis elle s'est relevée de toute sa hauteur, son visage est devenu paisible, son attitude majestueuse. Elle a traversé la moitié de la pièce, s'est arrêtée, m'a regardé et m'a montré la porte immobile.

« Peeg, peeg », a-t-elle expliqué mystérieusement. Je pense qu'elle me mettait en garde contre les ruses de la personne qui se tenait derrière la porte. J'ai fixé ses grands yeux. « Je comprends », ai-je dit gravement. Elle s'est glissée hors de la pièce. Pour moi, l'incident a apporté une opportune touche de comédie. J'avais le loisir de réfléchir. La porte est restée fermée. Cela a fait pour moi du duc une personne plus réelle. Je l'avais jusqu'alors regardé comme un personnage plutôt ennuyeux, chez qui une pompeuse philanthropie tenait lieu de sentiments humains. Cela m'amusait d'être appelé *« le Grangeur* »*. Cela m'amusait et j'avais besoin de m'amuser. Sans cela, je n'aurais peut-être jamais écrit l'article sur le duc. J'étais parti ce matin-là dans un état d'irritation nerveuse. J'aurais plus que jamais voulu en finir avec toute cette histoire – avec *The Hour*, avec le journalisme, avec tout.

Mais cette petite expérience nouvelle m'a revigoré, elle m'a permis de travailler dans un esprit moins morbide. J'ai commencé à me demander si De Mersch allait sortir de ses gonds ou s'il était convaincu que je n'avais pas compris les invectives de la femme.

La porte par laquelle j'étais entré et par laquelle elle était sortie, s'est ouverte. D'une manière ou d'une autre, il avait dû me faire une forte impression lors de la soirée chez les Churchill. Il semblait être dans ma mémoire une image parfaitement stéréotypée. Il parlait exactement comme il avait parlé, bougeait ses mains exactement comme je m'attendais qu'il les bouge. Il n'y avait aucune modification à faire par rapport à la vision que j'avais eue de sa personne. En règle générale, lors d'une première rencontre, on classe un homme dans telle ou telle catégorie, puis on modifie le classement à la rencontre suivante, et ainsi de suite. Il semblait n'être qu'affabilité, avec quelque chose d'adipeux. Il avait l'air d'un homme du monde parmi les hommes du monde ; mais il n'avait rien des manières naturellement réservées qu'on s'attend à trouver chez les grands du moment. Bien au contraire, il y avait une sorte de bouderie sourde, comme s'il regrettait le piédestal d'où il était descendu.

Dans son pesant anglais commercial, il s'est excusé de m'avoir fait attendre ; il avait, disait-il, pris l'air de cette belle matinée. Il marmonnait ces mots en regardant mon gilet, avec une expression qui s'accordait assez mal avec le magnifique air de probité que lui conférait sa barbe. Mais l'instant d'après, il s'est fixé un monocle sur l'œil gauche et m'a regardé droit dans les yeux comme pour me défier. Avec un « Je vous en prie » souriant, j'ai essayé de lui faire sentir que j'allais dans son sens.

« Vous voulez faire une interview, a-t-il dit doucement. J'en suis extrêmement heureux. Je suppose que c'est au sujet de mes projets arctiques que vous souhaitez m'interroger. Je ferai ce que je peux pour vous informer. Vous vous souvenez peut-être de ce que je vous ai dit lorsque j'ai eu le plaisir de vous rencontrer chez le très honorable Mr. Churchill. Le rêve de ma vie est de pouvoir laisser derrière moi un État heureux et paisible, autant que les lois et l'organisation peuvent y contribuer. C'est ce que j'aimerais surtout que les Anglais sachent de moi. »

C'était un assommant bavard. Je supposais que les philanthropes et les fondateurs d'État gardaient leurs meilleures facultés pour leurs éminents projets. Je m'efforçais de croire que ce front bas et fuyant, ces mains charnues aux ongles roses appartenaient à un nouveau Solon, à un Énée des temps modernes. J'essayais de m'installer dans un état d'esprit proprement enthousiaste. Après tout, c'était une grande œuvre qu'il avait entreprise. J'avais trop tendance à considérer d'abord les dons intellectuels. C'est ce qui semblait manquer au duc. Je lui reconnaissais comme un mérite de les avoir laissés se fondre en cette seule noble idée.

Il m'a fourni des statistiques. Le nombre de kilomètres de voies ferrées qu'ils avaient construits, le nombre de locomotives de construction britannique qu'ils avaient utilisées. Ils avaient appris aux indigènes à apprécier et à utiliser les machines à coudre et les vêtements européens. Des centaines de jeunes Anglais étaient partis faire fortune au Groenland et, accessoirement, éclairer les Esquimaux – ainsi que des centaines de Français, d'Allemands, de Grecs et de Russes. Tous vivaient et se déplaçaient en parfaite harmonie : pourvus d'un emploi, heureux, libres et protégés par les lois les plus rigoureuses. Le cannibalisme, le fétichisme, l'esclavagisme avaient été abolis et totalement éradiqués. La grande Société Internationale pour la Préservation de la Liberté Polaire veillait sur tout, suggérait de nouvelles lois, modifiait les anciennes. Le pays était inhospitalier, mais pas pour des hommes menant une vie honnête – *hominibus bonæ voluntatis*. Il ne demandait rien d'autre.

« J'ai dû supporter de nombreux mensonges. On m'a calomnié », a déclaré le duc.

La silhouette de la dame dansait devant mes yeux, souple et flexible : une statue dotée de la mobilité d'un serpent. Il me semblait voir sa main blanche sculptée pointant vers la porte fermée.

« Ah, oui, ai-je dit, mais on connaît les gens qui vous calomnient.

– Eh bien, a-t-il répondu, c'est votre tâche de leur faire connaître la vérité. Votre nation a tellement de pouvoir. Si seulement vous acceptiez de le comprendre.

– Je ferai de mon mieux », ai-je dit.

J'ai vu l'apothéose de la Presse, une presse qui fait d'un fondateur d'État quelqu'un de suppliant face à un homme comme moi. Car il avait le ton humiliant d'un pétitionnaire. Je me tenais entre lui et le peuple en véritable arbitre des nations et des rois de l'avenir. Je n'étais rien, personne ; pourtant, je me trouvais ici en communion avec l'un de ceux qui changent la face des continents. Il avait besoin de moi, de la puissance qui était derrière moi. C'était étrange d'être seul dans cette pièce avec cet homme – d'être là comme je pourrais l'être dans ma propre petite pièce, seul avec n'importe qui.

Notez bien que je n'étais pas particulièrement exalté. Pour moi, ce n'était rien. J'étais juste une personne désignée par le hasard des événements. Je n'étais, même à mes propres yeux, qu'un symbole, le signe visible d'un pouvoir incompréhensible.

« Je ferai de mon mieux, ai-je dit.

– Ah, oui, a-t-il dit, Mr. Churchill m'a dit avec quel talent vous savez faire ces choses-là. »

J'ai répondu que c'était très gentil de la part de Mr. Churchill. La tension de la conversation s'était relâchée. Le duc m'a demandé si j'avais déjà vu ma tante.

« J'avais oublié, ai-je dit.

– Oh, il faut aller la voir, a-t-il dit. C'est une femme des plus remarquables. J'ai toujours grand plaisir à la voir. Tout Paris parle d'elle, je peux vous l'assurer.

– Je n'en avais aucune idée, ai-je dit.

– Oh, cultivez-la, m'a-t-il encouragé ; vous en serez ravi.

– Je le ferai », ai-je conclu en prenant congé.

Je suis rentré directement dans ma petite chambre au-dessus des toits. J'ai aussitôt commencé à écrire mon article, travaillant sous haute pression, dans une sorte d'hystérie. Je me souviens très bien de ce lieu et de ce moment. Dans les moments d'émotion, on regarde fixement les choses sans même en avoir conscience. Et par la suite on s'en souvient.

Je revois encore la pièce étroite, les murs nus, bruns et décolorés, l'horloge de marbre incongrue sur la cheminée, l'unique chaise boiteuse qui vacillait sous moi. Je pourrais presque dessiner le motif tortueux du tissu délavé qui cachait la table ronde à laquelle j'étais assis. L'encre était épaisse, pâle et collante ; le stylo crachotait. J'écrivais avec fureur, impatient d'en finir. À un moment, je suis allé me pencher sur le rebord du balcon, essayant de trouver un mot qui ne venait pas. À des kilomètres en contrebas, de petites personnes rampaient dans la rue pavée, de petites charrettes bringuebalaient, de petits ouvriers descendaient des tonneaux dans une cave. Tout était très gris, petit et clair.

Par la fenêtre ouverte d'une mansarde opposée, j'apercevais un sculpteur travaillant sur un modèle colossal en argile. Dans sa blouse blanche, il paraissait grand, disproportionné par rapport au reste du monde. À hauteur de mes yeux, il y avait des toits plats en plomb et des cheminées. Sur l'une d'elles était écrit en grosses lettres irrégulières peintes en bleu : *« À bas Coignet* »*.

De gros nuages commençaient à apparaître au-dessus des toits des maisons, masses grises arrondies et titubantes, éclairées d'un orange maussade sur le bleu pâle et limpide du ciel. Je me suis levé et j'ai regardé tout cela. J'étais venu ici pour réfléchir, mais les pensées m'avaient déserté. Je ne savais faire rien d'autre que regarder.

Les nuages se déplaçaient imperceptiblement, comme fatalement poussés vers l'avant. La zébrure d'un éclair les a d'un seul coup déchirés. Ils ont tournoyé comme une fumée torturée et sont soudain devenus noirs. De grosses gouttes de pluie aux bords irréguliers ont commencé à tomber sur le sol de plomb de mon balcon.

Je suis rentré dans la pénombre de ma chambre et j'ai commencé à écrire. Je sens encore le crissement de la pointe de mon stylo sur le papier grossier. C'était un obstacle à la pensée, mais le flux de mots semblait l'ignorer et en tirait même son impulsion, comme le fait un ruisseau à la rupture d'un barrage.

J'écrivais un hymne au grand colonisateur. Ce genre de choses était alors dans l'air du temps. J'y étais aspiré, emporté par mon sujet. C'est peut-être parce qu'il était si peu familier à mes modes de pensée que je laissais ainsi courir ma plume. C'était un terrain nouveau et je m'en délectais. Je me livrais sans retenue à ce genre d'élan émotionnel et lyrique qu'on déteste tant à la relecture. J'en étais à moitié conscient, mais je voulais passer outre.

L'orage était passé, et lorsque je suis parti à la hâte avec mon article pour le bureau de *The Hour*, avenue de l'Opéra, il y avait dans l'air une fraîcheur humide et pétillante. Je voulais me débarrasser de mon manuscrit, rendre impossible toute possibilité de le corriger le lendemain.

Je voulais aussi sentir en moi de l'enthousiasme. J'avais attendu ce moment. C'était mon droit. Au bureau, j'ai retrouvé le correspondant étranger, un petit juif cosmopolite dont les sourcils commençaient à pousser sur l'arête du nez. Il était expansif et familier, comme ce type de personnages.

« Hello, Granger », m'a-t-il salué. J'étais habitué à me considérer comme déchu d'un état supérieur, mais je n'avais pas acquis encore assez d'humilité d'esprit pour apprécier d'être appelé Granger par un étranger comme lui. J'ai essayé de le refroidir poliment.

« J'ai lu tes papiers dans *The Hour*, a-t-il continué. Drôlement bien, je te dis. Tu as fait le vieux Barberousse ? Voyons ça. Oui, oui… C'est comme ça que je l'appelle – c'est vraiment lui. Tu as dû t'embêter à mort… le vieux De Mersch, je veux dire. C'est moi qui aurais dû avoir ce job, tu sais. Mon métier, c'est d'interviewer les gens à Paris. Mais ça ne me dérange pas. C'est bien préférable que ce soit toi qui l'aies fait. Tu l'as fait bien mieux. »

J'ai murmuré un merci. Il y avait une sorte de pathos bien particulier chez ce petit homme malingre. Il semblait essayer de se situer sur un pied d'égalité, ce qui était plutôt dévalorisant pour moi.

« Où vas-tu ce soir ? » m'a-t-il demandé avec une soudaine effusion. J'étais abasourdi. On n'est pas habitué à se voir poser ce genre de questions par une personne qu'on a rencontrée il y a 5 minutes. Je lui ai dit que je n'avais pas de projet.

« Écoute, a-t-il dit en s'illuminant d'un seul coup, viens dîner avec moi chez Bréguet et essayons de visiter ensuite l'Opéra. Nous pourrons avoir une bonne conversation. »

J'étais trop fatigué pour inventer une excuse adéquate. D'ailleurs, le petit homme était aussi impatient qu'un enfant qui s'est trouvé un nouveau jouet. Nous sommes allés chez Bréguet et nous avons eu un dîner vraiment excellent.

« Je viens toujours ici, m'a-t-il dit ; on y rencontre un tas de gens épatants. Cela coûte toujours pas mal d'argent, mais je n'ai pas envie d'y aller à l'économie, pas pour *The Hour*, tu sais. Tu peux toujours être sûr, quand je dis que je tiens une chose d'un sénateur, qu'il s'agit bien d'un sénateur et pas d'une vieille kiosquière. Mais la plupart des gens font ce genre de bobards, tu sais.

– Je me suis toujours posé la question, ai-je répondu doucement.

– Celui à qui j'ai fait un signe de tête en entrant, c'est Sourdam et ce vieux type, c'est Pluyvis, l'homme de l'Affaire, tu sais. Il va falloir que je lui dise un mot dans quelques instants, si tu veux bien m'excuser. »

Il a commencé à s'enquérir affectueusement de la santé de l'excellent Fox, à me demander si je le voyais souvent, et ainsi de suite. Je devinais, avec un amusement qui n'était pas sans agrément, que le petit homme avait ses petites combines personnelles, et je pensais que je pourrais prendre mon tour dans l'Affaire s'il me dirigeait bien. Il a donc fait un signe de tête à Sourdam, de l'ambassade d'Autriche, il a dit un mot à Pluyvis, et il s'est réjoui de m'avoir impressionné. Je le voyais déborder de bonheur et ronronner. Il m'a proposé de marcher avec lui jusqu'au kiosque à journaux où il avait ses habitudes et qui était tenu par une compatriote – une petite vieille en forme de tabatière.

J'ai compris que, dans l'enthousiasme de son cœur, il était disposé à se confier et à perdre quelques minutes pour une promenade.

« Je ne me suis pas dégourdi les jambes depuis des mois », a-t-il expliqué.

Nous nous y sommes promenés dans le crépuscule de l'été. Il était bien agréable de flâner en cette nuit de premières chaleurs. Il y avait tant de petites choses qui attiraient le regard, tant de petites choses délicieusement terre à terre : les expressions sur les visages des passants, les différents éléments d'un collier, la bizarre et exotique étroitesse de taille d'une *bonne bourgeoise** qui marchait bras dessus bras dessous avec son époux en sueur… Les dorures de la statue de Jeanne d'Arc avaient une sympathique touche de philistinisme, les arcades de la rue de Rivoli s'ouvraient joliment aussi sur la lumière grise. Je me souvenais d'un petit commerce, une boutique grecque avec une vitrine en chrysocale, où l'on m'avait donné une fausse pièce de 5 francs, il y a bien des années. Le même vieux Levantin sans scrupules se tenait dans l'embrasure de la porte, peut-être que le fez qu'il portait était le même. La vieille petite kiosquière vers laquelle nous avions dirigé nos pas était presque pliée en deux. Son nez touchait ses journaux plus souvent qu'à leur tour, ses mains couvertes de mitaines cherchaient en tremblotant les titres que demandait le correspondant. La sollicitude que montrait mon compagnon envers cette pauvre épave abandonnée de son peuple me le faisait aimer davantage encore.

« Je viens toujours ici, s'est-il exclamé ; on prend des habitudes. C'est aussi une femme très honnête, tu peux être sûr d'avoir ta monnaie. À Paris, si tu es un étranger, tu ne peux jamais être sûr qu'on ne te rendra pas des pièces italiennes, tu sais.

– Oh, je sais », ai-je répondu. Je savais aussi qu'il voulait que j'achète quelque chose. J'ai suivi le mouvement de ses mains tâtonnantes, j'ai aperçu l'épaisse reliure de la *Revue rouge** et je me suis rappelé qu'elle contenait un article sur le Groenland. Je me suis servi, j'ai payé et j'ai reçu ma monnaie exacte. Je sentais que j'avais satisfait le petit homme et je me sentais content de moi-même.

« Je veux voir l'article de Radet sur le Groenland, ai-je dit.

– Ah oui, a-t-il expliqué, jouant une fois de plus le rôle de celui qui sait, c'est Radet qui le leur a donné. C'est plutôt une rigolade, je dirais, mais il ne faut pas faire savoir au vieux De Mersch que tu l'as lu. Radet est fatigué de la Cochinchine, il s'est mis sur le Groenland. Il est manœuvré par les catholiques, tu sais. On dit que les prêtres n'aiment pas la façon dont le *Système* * fait le jeu des protestants et du gouvernement anglais. Ils ont donc demandé à Radet d'écrire là-dessus. Il verse dans le mysticisme, ce genre de choses… comme tous ces farceurs de Français. Diablement attaqué par toute cette bande du Faubourg Saint-Germain… des relations à toi, pas ? C'est plutôt une rigolade tout ça, c'est la chose à faire en ce moment, tout le monde y va. Même le vieux De Mersch. Ils ont parfois des disputes épouvantables, c'est une bande tellement bigarrée, tu vois. » Le bon petit homme jacassait aimablement en marchant à mes côtés.

« Ça semble assez drôle d'acheter des livres, a-t-il dit. Je n'en ai pas lu un depuis des années. »

Nous sommes arrivés à l'Opéra juste à temps pour la fin du premier acte : c'était *Aïda*, je crois. Mon ami avait un laissez-passer dans la maison. Je n'y étais pas allé depuis des années. Autrefois, je voyais toujours la scène de très haut, penché au-dessus de la tête des gens dans une étouffante pénombre ; à présent, assis à mon aise, je pouvais la regarder à mon niveau. C'était au seul pouvoir de la Presse que je devais ce changement.

« Je viens ici aussi souvent que je peux, a dit mon compagnon ; je ne peux pas me passer de musique quand on peut en avoir. » Il avait pour la musique le même amour que tous les siens. Silencieux à mes côtés, il semblait grâce à elle s'adoucir et changer de nature.

Mais dès la dernière note de chaque acte, il se retrouvait dans la fraîcheur des couloirs en train de discuter avec le premier qui voulait bien lui accorder un mot.

« J'apprends beaucoup de choses ici », a-t-il expliqué.

Après le final, nous nous sommes penchés au bord de l'un des balcons latéraux du hall pour regarder la foule descendre les grands escaliers. C'est une scène dont je ne me lasse pas. Il y a quelque chose de fantastiquement clinquant dans les marbres de couleur de cette architecture. C'est aux yeux du monde entier comme le triomphe de la savonnerie ornementale ; on s'attend à en sentir l'odeur. Et voir le torrent de l'humanité se déverser de biais, comme un liquide, à travers la lumière semblable à un miroir, et ce vaste espace... Oui, c'est fantastique et, d'une certaine manière aussi, plein d'ironie.

J'observais le passage sinueux d'un Anglais assez ivre, gigantesque et fleuri, me demandant probablement comment il allait pouvoir regagner son lit.

« Ce doit être une de tes relations », m'a soufflé le correspondant en me le montrant du doigt. Mon regard a suivi la ligne indiquée par son doigt pâle. J'ai distingué la glorieuse barbe du duc de Mersch ; à son bras se trouvait une vieille dame pour laquelle il semblait manifester une attention déférente. Sa tête était penchée d'un côté ; il souriait franchement. Un peu derrière eux, dans l'escalier, il y avait un intervalle. Peut-être que je me trompais ; peut-être qu'il n'y avait pas d'intervalle, je ne sais pas. Je n'avais conscience que d'une silhouette – une silhouette de femme d'une netteté indescriptible, qui glissait au long des marches. Elle avait un flegme, une maîtrise de soi, une manière de se mouvoir bien à elle. Dans cette forte lumière, transparente et chatoyante, chaque petit pli de sa robe, chaque petite ombre sur ses épaules et ses bras blancs, s'élevait vers moi. Son visage s'est levé pour rencontrer le mien. Je me souviens très bien de la lumière qui éclairait son visage : pas une ombre nulle part, pas une ombre sous les sourcils ni sous les narines ni sous les vagues de la chevelure. C'était une vision de lumière, théâtrale, inquiétante.

Elle a souri, les lèvres entrouvertes.

« Vous venez me voir demain », a-t-elle dit. Ai-je entendu ces mots, ont-ils seulement été formés par ses lèvres ? Elle était loin, très loin au-dessous de moi ; l'air résonnait de frôlements de vêtements, de pas, de rires – plein de sons qui se faisaient entendre et d'autres qu'on ne pouvait saisir.

« Vous venez me voir… demain. »

La vieille dame au bras du duc de Mersch était évidemment ma tante. Je ne voyais pas pourquoi je n'irais pas chez elles le lendemain. Je me suis soudain rappelé, et avec un certain plaisir, qu'il s'agissait, somme toute, de ma famille. En réalité, cette vieille dame avait avec moi un lien plus étroit que personne au monde. Quant à la fille, pratiquement et aux yeux de tous, elle était ma sœur. Je ne peux pas dire non plus qu'il me déplaisait de l'avoir pour sœur. Je les regardais toutes deux de là-haut et je me sentais moins seul que je ne l'avais été durant de nombreuses années.

Une minuscule bagarre, de très courte durée, a eu lieu à côté de moi. Il y avait près de moi deux hommes. Je ne sais pas du tout qui ils étaient, peut-être des marquis, peut-être des cheminots, dans ce pays on ne sait jamais. L'un d'eux était grand et blond, avec une épaisse moustache rousse en forme d'arc, de type irlandais ; l'autre, pas particulièrement grand, parfaitement soigné, sombre et impeccable. Je savais qu'il était impeccable grâce à un détail de son costume dont je ne me souviens plus à présent : ses gants ou une ganse de soie sur les côtés de son pantalon ou quelque chose de ce genre. Le blond disait quelque chose que je n'ai pas compris. J'ai entendu les mots « De Mersch » et « Anglaise » et j'ai vu l'homme noir tourner son attention vers le petit groupe en contrebas. Ensuite, j'ai remarqué que mon propre nom était prononcé en l'écorchant et servait en quelque sorte de pierre d'achoppement à une intonation haut perchée et méprisante. Le petit correspondant, qui était à mon autre bras, a brusquement sursauté et a brusquement filé derrière mon dos.

« Messieurs »*, a-t-il murmuré d'un ton impérieux et en les emmenant un peu à l'écart. Je l'ai vu leur dire quelque chose, je les ai vu pivoter pour me regarder, hausser les épaules et s'éloigner. Je n'ai pas du tout compris la signification de la scène – pas sur le moment.

« Quel est le problème ? ai-je demandé à mon ami qui était de retour. Est-ce qu'ils parlaient de moi ?

– Oh, c'était à propos du salon de votre tante, tu sais. Ils allaient peut-être dire quelque chose de gênant… on ne sait jamais.

– C'est vrai, ils en parlaient ? ai-je dit. J'ai bien envie d'aller assister à une de leurs séances.

– Ah, bien sûr, a-t-il dit, tu devrais le faire. Je pense vraiment que tu devrais.

– J'irai demain », ai-je répondu.

11

Je n'ai pas pu dormir cette nuit-là ; je suis resté allongé sans arrêter de me retourner, j'ai allumé la lampe pour lire, et ainsi de suite sans fin, pendant une éternité. J'étais incroyablement excité ; il y avait mille choses à penser. Elles me sommaient de ne penser qu'à elles et m'empêchaient même d'entendre le retour régulier d'un carillon voisin. Je commençai à lire l'article de Radet dans la *Revue rouge*, celui que j'avais acheté à la vieille kiosquière. Il me contrariait beaucoup, cet article. Il démontait si complètement tout le cirque autour du Groenland que les niaiseries extatiques que je venais d'envoyer à *The Hour* semblaient invraisemblables. Je suppose que le bon Radet avait un intérêt à défendre, tout comme j'avais défendu l'intérêt du fondateur d'État, mais ce que Radet avait en vue n'apparaissait pas. Ce que je lisais évoquait une large vallée intérieure, sombre et grise ; immensément large, immensément sombre, serpentant entre d'énormes montagnes à moitié invisibles dans le silence d'un pays inconnu. Une petite troupe d'hommes, figures microscopiques dans l'infini de ces brumes, y cheminait lentement. L'un d'eux parlait ; il me semblait entendre sa voix, basse, monotone, dominée par la lumière blafarde, le silence et l'immensité.

Et comme ce texte était bien fait… cet homme-là savait écrire ! Avec quelle habileté il présentait ses arguments ! Aucune polémique, aucune sentimentalité. La touche était légère, et même, par endroits, allègre. Il percevait à merveille le sentimentalisme de cette bande d'idiots qui semaient derrière eux l'amertume, qui n'avaient ni avenir ni possibilité de retour et qui répandaient désespérément le désespoir. Il s'agissait simplement d'un article de synthèse – quelque chose qui aurait été inconcevable en Angleterre ; c'était le récit d'un nomade d'un certain génie. Je n'aurais jamais pu écrire ainsi… j'aurais gâché mon texte d'une manière ou d'une autre. Cela m'a fait frémir de désir, un désir plus puissant que le désir sexuel : le désir de la belle phrase, du mot juste… de tout cela qu'on ne peut toucher. Et moi j'avais perdu tout ce temps ; j'avais écrit toutes ces bêtises… Il fallait que j'abandonne tout cela ; que j'aille reprendre le bon vieux chemin – simplement travailler. Il y avait si peu de temps. Il était désagréable, en même temps, d'avoir été mêlé à cette affaire, d'avoir été obligé de mettre le meilleur de moi-même pour servir des objectifs indignes. Dieu sait qu'il n'y avait pas en moi beaucoup d'humanisme. S'il faut que les gens commettent des meurtres sur les chemins creux de ce vaste monde, ils n'ont qu'à les commettre et en payer le prix. Mais que j'y sois mêlé, non, ce n'était pas ce que j'avais souhaité. Il fallait que j'en finisse avec tout cela, avec ce genre de crapuleries. Il fallait que je revienne à mon ancien moi. Je devais me ressaisir. Je croyais entendre encore les paroles lentes du duc de Mersch :

« Nous avons augmenté nos exportations de tant pour cent, et nos importations de tant pour cent. Nous avons protégé les indigènes, nous avons toujours gardé présents à l'esprit leurs intérêts supérieurs. Et tout au long de cette vaste entreprise, nous n'avons jamais perdu de vue la haute mission qui nous a été confiée par l'Europe : éliminer de la surface de la Terre tous les maux liés à l'ignorance, éradiquer la barbarie et les horreurs sans nom dont l'existence a terni nos consciences. C'est ce que font aujourd'hui des hommes pleins de bonne volonté et d'abnégation : ils sacrifient leurs vies inestimables pour éradiquer… pour éradiquer… »

Bien sûr, ils ne cessaient d'éradiquer.

Moi, je n'en avais rien à faire. Il faut supposer qu'à leurs yeux ce genre d'indigènes n'existent que pour cela : être éradiqués par des personnes pleines de bonne volonté et ayant en vue de brillantes carrières. Le fait est que c'était réellement ce qu'ils faisaient là-bas : éradiquer les barbares en même temps que la barbarie. Ils se montraient dignes de leur engagement. Et, moi, j'avais écrit pour les soutenir : je ne valais pas mieux que ce risible gouverneur d'un département qui écrirait le lendemain pour jurer qu'au grand jamais on n'avait commis pareilles choses. Voyez-vous, j'avais encore à cette époque-là une sorte de fierté personnelle ; j'avais à cœur de me considérer comme une personne honnête. Et je savais que les gens diraient sur moi le même genre de choses qu'ils allaient raconter sur les autres. Je ne pourrais pas décemment protester. J'avais flatté l'échine de toutes sortes de créatures : par amitié, par amour… et mille autres raisons. Ce n'était en quelque sorte que la goutte d'eau qui avait fait déborder le vase… ou peut-être était-ce seulement qu'à présent je la voyais enfin. Il me semblait soudain naïvement futile d'avoir été perdre mon temps avec Mrs. Hartly et tous ceux qu'elle représentait, alors qu'il y avait dans le monde quelque chose de si différent… quelque chose qui ressemblait si fort à un grand vent purificateur.

Le cours de ces pensées m'a tenu éveillé, et une pensée bien pire est venue lui tenir compagnie. Les hommes de la pièce voisine sont rentrés à la maison – des étudiants, je suppose. Ils parlaient assez gaiement, leurs propos étaient entrecoupés par le bruit sourd de chaussures qui tombaient et tous les autres bruits incompréhensibles de la nuit. À travers la mince cloison, je saisissais des demi-phrases portées par cette sorte d'intonation française tellement inimitable. Cela m'a rappelé les voix des deux hommes à l'Opéra. J'ai commencé à me demander ce qu'ils avaient raconté, ce qu'ils avaient pu dire qui m'avait inquiété et qui avait poussé le petit correspondant à intervenir. Soudain, la chose m'est apparue avec la netteté saisissante d'une figure au milieu d'un dessin compliqué… une clarté dont on ne peut plus détacher les yeux.

Plus encore que l'affaire du Groenland, ce simple petit fait m'a révélé combien mes relations avec toutes choses – avec le monde entier – s'étaient dégradées. Les deux hommes n'avaient pas parlé de ma tante et de son salon, mais de… ma « sœur ». C'était elle, « l'Anglaise » qui avait une liaison avec De Mersch. Je n'y croyais pas, mais probablement tout Paris – le monde entier – pensait qu'elle l'était. Et pour le monde entier, j'étais son frère ! Ces deux hommes qui m'avaient regardé par-dessus leurs épaules avaient haussé les épaules et dit : « Oh, c'est … » Et le monde entier, partout où j'allais, devait murmurer en aparté : « Tu ne connais pas Granger ? C'est le frère. De Mersch l'emploie. »

J'ai commencé à tout comprendre ; la femme dans la chambre de De Mersch avec son « Eschingan Grangeur-rr » ; la déférence du petit correspondant… lui qui « savait ». Il savait que moi… que moi, qui le protégeais, j'étais une personne avec qui il fallait être en bonne relation à cause de l'emprise de… de ma sœur sur De Mersch. Bien sûr, je n'étais pas son frère, mais vous ne pouvez pas imaginer à quel point cette histoire m'avait rendu fou. Je haïssais tout ce monde-là… tous ces gens qui chuchotaient et à qui on chuchotait, ces hommes qui savaient ou qui prétendaient savoir… ce monde glauque de gens qui n'avaient individuellement aucune espèce d'importance, mais dont les yeux et les voix ne faisaient qu'un et qui représentaient effectivement de ce fait, d'une certaine manière, une puissance. Je savais assez bien comment cela avait pu se produire. C'était De Mersch, le fondateur d'État, avec son visage lamentable et ses mains pâles. Ma « sœur » avait été attirée par ses airs de grandeur, par son grand-duché électif, par ses déclarations solennelles. Les femmes sont comme ça. Elle avait été attirée et ne savait pas ce qu'elle faisait, elle ne savait pas ce qu'était le monde de ce côté-ci de la Manche et comment les gens racontaient des histoires. Elle avait été excitée par le tourbillon et l'exaltation de cette société, et peut-être qu'elle s'en fichait, mais il fallait que cette affaire prenne fin. Elle m'avait demandé de venir la voir le lendemain. Eh bien, j'irais chez elle et je mettrais un terme à tout cela. J'avais soudain découvert à quel point j'étais un Granger d'Etchingham : après tout, j'avais des traditions familiales et bien des tombes derrière moi. Et par égard pour tous ces gens dont l'unique réussite avait été de se faire une honnête réputation, il me fallait maintenant intervenir. Après tout, *« bon sang ne saurait mentir*… »*, on n'a pas le droit de laisser parler de soi de cette façon.

Le lendemain, en début d'après-midi, je me trouvais dans une grande pièce, un salon défraîchi et sombre de la maison que ma tante avait louée au faubourg Saint-Germain. De nombreuses personnes aux fortes physionomies y discutaient par groupes, debout au milieu des tables et des chaises d'avant la Révolution. J'ai pas mal oublié comment j'en étais arrivé là et ce qui s'était passé le matin. J'avais dû me lever tard et passer les heures qui restaient dans un état d'intense fébrilité. J'allais la voir, j'étais comme un tout jeune amoureux et c'était pourtant un vrai rôle d'homme que j'allais devoir jouer. Un ensemble de circonstances absurdes emportait les fondements du monde dans un véritable tourbillon. Une fois sur place, mes yeux ont soudainement saisi la vérité des choses.

J'avais l'impression qu'elle se tenait à mes côtés. Elle venait de me présenter à ma tante… un tyran de village à la physionomie lourde et aux yeux fatigués. Elle était si manifestement épuisée, si manifestement « différente de la femme qu'elle avait été », que son visage aurait pu inspirer de la pitié, n'eût été cette expression inébranlable de sa fierté de classe. Les Granger d'Etchingham, voyez-vous, étaient si absolument au sommet de leur espèce particulière de hiérarchie qu'il leur était impossible de rencontrer quelqu'un qui ne leur fût inférieur. Un homme pouvait être ministre, et peut-être même prince, en aucun cas il ne pouvait pas être un Granger d'Etchingham. Il ne pouvait posséder un tel assortiment de tombes dont chacune contenait un authentique Granger sous sa dalle. Même face à moi – qui étais tout aussi bien détenteur de toutes ces tombes –, cette sorte de morgue n'aurait pu s'effacer du visage de ma tante. Elle n'y pouvait rien, c'était gravé dans ses traits.

On se demandait ce qu'elle faisait *dans cette galère**. Il semblait impossible qu'elle s'intéresse vraiment à la restauration des Bourbons… ils étaient tous très bien, mais ils n'étaient pas anglais, et encore moins d'une famille de notre comté. Je me suis imaginé qu'elle avait dû mettre tellement d'ordre dans son propre village qu'il ne lui restait qu'à en mettre dans le reste du monde. Ses yeux blasés erraient somnolents sur les différents membres de l'assemblée. Ils semblaient n'avoir aucun intérêt particulier pour aucun d'entre eux. Ils se posaient au hasard sur l'incongru prince Bonaparte, sur le jésuite allemand moribond qui lui faisait la conversation, sur le jeune prêtre espagnol à la ténébreuse obséquiosité, sur le père passionniste anglais aux joues roses, sur Radet, l'auteur de l'article paru dans la *Revue rouge* – qui était occupé à parler à un compatriote dans l'embrasure d'une des hautes fenêtres. Elle semblait pleine d'acceptation envers tous ces hommes à l'air saturnien et toutes ces femmes politiques, qui parlaient une langue qui n'était pas la leur avec un léger accent et une parfaite fluidité, et arboraient un sourire lointain et dangereux devant une palette de dents douteuses qui, elles, étaient bien les leurs. Elle semblait placer l'homme politique au même rang que l'homme de piété, l'aventurier patenté au même rang que le fanatique militant. C'était pour moi incroyable de la voir là, cuirassée de son assurance de notable de campagne, au milieu de tant de personnages douteux. Elle ne m'a fourni aucune explication ; c'était à moi d'en trouver une à mon usage.

Nous nous sommes levés et avons discuté au beau milieu de la pièce. Cela ne semblait pas être un endroit où l'on ait le droit de s'asseoir.

« Pourquoi n'êtes-vous jamais venu me voir ? m'a-t-elle demandé sur un ton langoureux. Sans votre sœur, je n'aurais peut-être jamais rien su de votre existence. » Ma sœur se tenait tout près de moi, vous devez vous en souvenir. Je ne pense pas avoir sursauté, mais je n'ai pas su répondre à ma tante.

« En fait, a-t-elle poursuivi, j'aurais bien pu ne jamais savoir que vous aviez une sœur. Votre père était tellement particulier. Depuis le jour où nous nous sommes mariés, son frère n'en a plus eu aucune nouvelle.

– Ils étaient si différents, ai-je répondu avec indifférence.

– Ah, oui, a-t-elle renchéri, les frères le sont souvent. » Elle a soupiré, sans raison apparente. Puis elle a continué à prononcer des phrases décousues dont j'ai réussi à extraire, sous forme d'ébauche, la manière dont ma *soi-disant* * sœur s'était présentée à elle, ainsi que ses nombreuses affabulations. Elle s'était, semble-t-il, présentée par hasard lors d'une garden-party ou d'une réception de ce genre et avait prétendu être une de mes sœurs à qui un oncle maternel aurait légué une fortune fabuleuse. Elle avait proposé à ma tante de s'installer sous son toit en tant qu'« invitée payante » – proposition qui avait tout de suite été bien accueillie. Elle avait également suggéré d'effectuer un séjour à Paris et avait loué dans cette intention la maison d'un duc de Luynes dégénéré qui préférait les plaisirs d'un appartement moins lugubre sur l'avenue Marceau.

« Nous avons tellement de goûts en commun ! », a expliqué ma tante en s'éloignant pour accueillir un nouvel arrivant. Je suis resté seul avec la femme qui se faisait appeler ma sœur.

Nous étions un peu à l'écart. Chacun des petits groupes qui s'entretenaient dans la vaste salle semblait se tenir exactement hors de portée de voix du groupe le plus proche. J'étais dos à la porte, le visage tourné vers elle.

« Ainsi vous êtes venu », m'a-t-elle dit avec ce qui m'a semblé un peu de malice.

Il était impossible de parler vraiment dans une telle situation et dans un tel endroit. Comment discuter d'affaires de famille alors qu'une minuscule Irlandaise aux sourcils trop mobiles et deux gigantesques Espagnols décharnés et lugubres étaient en mesure d'entendre tout ce qu'on disait un peu au-dessus du ton d'un murmure ? Peut-être aurions-nous l'envie d'élever la voix. De plus, elle était si… si terrible : il n'y avait pas moyen de savoir jusqu'où iraient ses propos. Elle se fichait si évidemment de ce que les Irlandais, les Espagnols ou les jésuites pouvaient entendre ou penser que je me voyais forcé d'en tirer l'humiliante conclusion que, pour ma part, je ne m'en fichais pas.

« Oui, je suis venu », ai-je répondu. Je me sentais aussi atrocement dépaysé dans ce salon que dans un bal de banlieue où l'on ne connaît âme qui vive. Je ne savais que faire ni dire et je me demandais que faire de mes mains. J'étais envahi par l'idée désagréable que tous ces regards furtifs étaient braqués sur moi et me jaugeaient parce que j'étais le frère d'une personnalité. Je m'inquiétais de l'ajustement de mon habit et de mes chaussures et, durant tout ce temps-là, j'étais de très méchante humeur ; car ma mission était importante.

Elle était debout devant moi, brillante et sinueuse, et me regardait avec, dans les yeux, une lueur mi-provocante et mi ouvertement victorieuse.

« Vous êtes venu, a-t-elle dit, et… »

J'ai été pris devant elle d'une étrange crainte ; j'aurais voulu lui fermer la bouche. Elle était capable de dire je ne sais quoi. Elle me dominait à tel point que je me sentais descendre sous terre… je retrouvais la gaucherie de ma première jeunesse. Je redevenais ce garçon infirme aux yeux globuleux, je faisais un effort enfantin et désespéré pour recouvrer soudain une certaine norme de dignité.

« J'ai un mot à vous dire », ai-je articulé, en me souvenant de ma résolution. Elle a fait un petit geste de ses mains, qui signifiait : « Je vous écoute. »

« Mais en privé, ai-je ajouté.

– Oh, mais ici tout est privé », a-t-elle répondu. » Je suis resté silencieux.

« Je dois vraiment le faire, ai-je ajouté au bout d'un moment.

– Je ne peux pas me retirer à l'écart avec vous, a-t-elle dit ; "Cela ferait bizarre", c'est ce que vous diriez, n'est-ce pas ? » J'ai haussé les épaules avec une intense irritation. Je ne voulais pas être tourné en ridicule. Un flot de nouvelles personnes est entré dans la pièce. J'ai entendu un « Hum » guttural derrière moi. Le duc de Mersch cherchait à se faire remarquer. C'était comme je l'avais pensé : avec ses vêtements bien coupés, son allure d'orateur et sa formidable tête dorée, l'homme était un habitué du salon de Luynes. Il était le seul soleil dont pouvait se réjouir ce sombre endroit. Il s'est profondément incliné sur la main de ma persécutrice, m'a souri et a commencé à proférer en anglais des platitudes.

« Ah, vous parlez français, a-t-elle dit négligemment.

– Mais votre frère… a-t-il répondu.

– Je comprends très bien le français », ai-je dit. Je n'étais pas d'humeur à essayer de lui épargner des embarras ; mais je voulais lui montrer que j'avais une prise sur lui et que je savais qu'il n'était pas la personne à qui une jeune femme aurait dû parler. Il m'a regardé avec hauteur.

« Mais hier… » a-t-il commencé sur un ton parodique de majesté contrariée. Je me demandais à quoi il ressemblait derrière la porte lorsque cette dame m'avait fait comprendre qui il était.

« Hier, j'ai voulu vous éviter des complications, ai-je dit ; j'avais à présenter vos projets sur le Groenland. J'aurais pu vous comprendre de travers sur un point important.

– Je vois, je vois, a-t-il dit d'un ton conciliant. Hier, nous avons parlé anglais pour nous adresser au public britannique. Quand nous parlons français, c'est à titre confidentiel, du moins je l'espère. » Il avait un ton presque implorant.

« Ici tout est un peu trop public », ai-je répondu. Mon rôle, tel que je l'imaginais, était celui d'un frère britannique défendant sa sœur contre des attentions douteuses... J'étais la personne qui « essaie de montrer à un homme que sa compagnie n'est pas souhaitée ». Mais De Mersch ne voyait pas du tout les choses de cet œil. Il est évident qu'il ne le pouvait pas. Il était aussi habitué à ce qu'on ronronne autour de lui que ma tante à mépriser les personnes qui n'étaient pas du comté. Il a donc pensé que je faisais une blague insulaire incompréhensible et s'est mis à rire à tout hasard. Il n'aurait pas été possible de lui faire savoir que sa présence n'était pas souhaitée.

« Oh, vous n'avez pas à avoir peur de mon frère, a-t-elle dit soudain. Il est tout à fait inoffensif. Il va même renoncer à écrire dans les journaux, sauf quand nous aurons besoin de lui. »

Le duc s'est tourné vers elle, a souri et s'est incliné. Son sourire était stupide, mais il s'est très élégamment incliné ; il avait dû s'exercer à ce genre de choses ou peut-être avait-il cela dans le sang.

« Nous travaillons toujours ensemble ? a-t-il demandé.

– Pourquoi pas ? » a-t-elle répondu.

Un brouhaha de voix furieuses s'est élevé derrière mon dos. C'était l'un de ces *incidents* * qui ont fait la célébrité du *Salon Grangeur** dans tout Paris.

« Vous m'avez forcé la main. Ai-je dit que c'est vous qui êtes responsable ? Si ça va être pour vous un enfer, qu'y puis-je ? Vous faites des choses bien pires ; oui, vous, vous-même, *Monsieur**. Ne l'ai-je pas vu… de mes propres yeux ? »

Le duc de Mersch a regardé rapidement par-dessus son épaule vers la fenêtre.

« Ils semblent très animés là-bas, a-t-il dit nerveusement. Ne faudrait-il pas intervenir, Miss Granger ? »

Miss Granger a suivi la direction de ses yeux.

« Allons, a-t-elle dit, nous sommes habitués à ces divergences d'opinions. D'ailleurs, ce n'est que Mr. Radet ; il est toujours en guerre avec untel ou untel.

– Il faudrait lui montrer le chemin de la porte, a grommelé le duc.

– Ah, ça, a-t-elle répondu, nous ne le pouvons pas. Ma tante serait désolée d'une telle extrémité. Il est très influent dans certains milieux. Ma tante veut l'attraper pour… Il va écrire un article.

– Il écrit trop d'articles, a dit le duc avec un profond mécontentement.

– Oh, il en a écrit un de trop, a-t-elle répondu, mais cela peut être réparé…

– Mais personne ne l'écoute », a objecté le duc… Parvenant par rafales jusqu'à nous, la voix de Radet couvrait par intermittence le *sotto voce* du duc.

« Ne vous ai-je pas vu… et voilà… à présent vous m'offrez la croix… pour me soudoyer… pour me faire taire… moi ! »

Dans le mouvement général des visages vers la fenêtre où se trouvaient Radet et les autres, je me suis tourné moi aussi. Radet était un personnage cadavérique, usé par les tempêtes et les passions, gris comme un blaireau, en proie à la fureur ridiculement surjouée d'une dignité blessée. L'autre intervenant était le gouverneur d'une des provinces du *Système Groenlandais* *, jaunâtre, les yeux fuyants, la barbe grise ; il avait une barbe soignée, un cou de taureau et un gros ventre. Radet jetait des regards furtifs autour de lui, ne sachant s'il devait couper court ou essayer d'avoir le dernier mot. Il regardait l'attroupement qui s'était constitué autour d'eux près de la fenêtre, et son visage, qui trahissait une indignation à moitié feinte, se durcissait à la vue des masques cyniques de ces conspirateurs cosmopolites. Ils étaient amusés par la scène. L'homme au mufle de Holstein a repris confiance et haussé les épaules.

« Vous avez pris la fièvre depuis que vous êtes revenu du Groenland, a-t-il déclaré en dégageant un alignement de dents blanches. Là-bas, vous ne parliez pas comme ça.

— Non, *pas si bête* *, vous m'auriez peut-être pendu comme vous l'avez fait à ce pauvre diable de Suisse. Quel était déjà son nom ?… Et maintenant vous m'offrez la croix. Parce que j'ai la fièvre, *hein* * ? »

J'avais observé le visage du duc ; une première tache rouge avait débordé de sous les racines de sa barbe et s'était répandue au bas du front et sur les côtés du cou. Son monocle est tombé de son œil, et à ce signal la rougeur a reculé. Ses lèvres charnues ont pâli et ont commencé à marmonner des mots inarticulés. Ses yeux allaient de la femme à côté de lui vers moi pour chercher secours. Je ne voulais pas le regarder en face. Cet homme était un trafiquant de sang humain, un escroc, et je le haïssais. Il devait en payer le prix ; il aurait à le payer un jour… mais je ne voulais pas assister à ce spectacle. Il y avait une limite.

J'ai commencé à m'excuser et me suis faufilé parmi les groupes de ces excellents conspirateurs. Au moment où je m'en allais, elle m'a soufflé :

« Vous pouvez venir me voir demain matin. »

12

Le lendemain, tôt dans la matinée, je me trouvais à nouveau à l'hôtel de Luynes – ou « hôtel Granger ». Les brumes flottaient encore autour des tristes fenêtres de l'impénétrable Faubourg ; le toilettage de la ville était encore en cours ; les voitures d'arrosage faisaient entendre leur crépitement dans le calme des larges rues. Je n'avais pas beaucoup de courage à une heure si matinale. J'avais marché machinalement, sous l'impulsion de l'action immédiate, depuis le seuil de la crèmerie où j'avais pris mon petit-déjeuner. Mais j'avais fait des détours ; il était trop tôt et mon pas s'était ralenti en flânerie pour passer en revue les loges de concierge alignées tout au long de cette rue morte et inquiétante. J'avais envie de fuir ; j'en ressentais l'impulsion très violente ; j'ai enfin sauté le pas en sonnant la concierge, une femme borgne et incroyablement vieille. J'ai traversé la cour humide, sous un énorme portique, et j'ai pénétré dans une salle en pierre glaciale à laquelle aucun va-et-vient humain ne suffisait à rendre un semblant de vie. *Mademoiselle** m'attendait. Par un grand escalier de pierre, on accédait à l'une de ces antichambres immensément hautes et étroites, incroyablement rectangulaires, qu'on voit sur les frontispices des pièces de théâtre d'autrefois. Les meubles ne semblaient pas plus hauts que les genoux jusqu'à ce qu'on découvre que notre propre taille était tout aussi insignifiante. Une triste lumière tombait en lignes droites de toute la hauteur des fenêtres ; des légions de poussières se déplaçaient lentement entre la lumière et l'ombre. Au bout d'un moment, je suis allé regarder mélancoliquement dans la cour. La concierge traversait l'espace gravillonné ; dans ses bras et ses mains ainsi que dans les poches de son tablier noir, on voyait des courriers de toutes tailles. Je me suis souvenu que le facteur m'avait suivi dans la rue. Un bruit de voix me parvenait confusément aux oreilles entre des portes entrouvertes ; cela me rappelait mon attente dans les appartements de De Mersch. Cela n'a pas duré si longtemps. Les voix se sont accordées, comme à la fin d'une conversation, se sont succédé à des intervalles plus longs, puis ont fini par s'arrêter totalement. Les hautes portes se sont ouvertes et elle est entrée, suivie d'un homme que j'ai reconnu comme étant le gouverneur de province de la veille. Dans cette lumière hostile, il paraissait vieux, affaibli et inquiet ; il semblait avoir perdu une grande partie de sa rondeur. Quant à elle, elle brillait de cette lumière qui lui était propre.

Il m'a accueilli avec un air abattu qui ne s'est pas même animé lorsqu'elle lui a fait savoir que nous avions un ami commun en la personne de Callan. En sa qualité de superviseur du *Système**, le gouverneur devait, semble-t-il, conduire ce distingué personnage à travers les étendues sauvages du Groenland ; son rôle était de lui aplanir la route et de lui montrer l'excellence de son administration.

Je lui ai souhaité un bon voyage ; il a soupiré et commencé à tripoter son chapeau.

« *Alors, c'est entendu**, a-t-elle dit, en lui donnant l'autorisation de partir. Il l'a regardée d'une façon étrange, lui a pris la main et l'a portée à ses lèvres.

– *C'est entendu* *, a-t-il répondu avec un profond soupir, pulvérisant de petites gouttes d'humidité de dessous sa moustache blanche, *mais* * … »

Il a regardé à nouveau de ses yeux minuscules et est sorti de la pièce. Il avait l'air de vouloir essuyer la sueur de son front et de s'écrier : *« Quelle femme* * *! »* Mais, s'il nourrissait un tel désir, il l'a maîtrisé jusqu'à ce que la porte le dérobe à notre vue.

« Pourquoi… ai-je commencé avant même que la porte ne soit bien refermée, permettez-vous à cette chose de vous faire la cour ? » Je voulais me mettre en position avant qu'elle puisse saisir une occasion de me rendre ridicule. Je voulais lui faire un long discours… sur le devoir qu'elle avait envers le nom de Granger. Mais le mot suivant est resté en suspens ; avant même qu'il ne puisse être prononcé, elle a répondu :

« Lui ?… Oh ! je m'en sers.

– Pour hériter du monde ? lui ai-je demandé avec ironie, et elle a répondu sur un ton grave :

– Pour hériter du monde. »

Elle était appuyée contre la fenêtre et jouait avec les cordons des rideaux. Son profil se découpait dans une lumière de plomb. Elle semblait un peu lasse, et les lignes de sa silhouette s'entrelaçaient presque tendrement pour offrir une composition harmonieuse selon les principes des Préraphaélites. Je savais d'elle si peu de choses – juste assez pour en être amoureux – que cette vision m'a frappé comme annonciatrice d'une nouvelle phase, non pas tant dans son attitude à mon égard que dans la mienne envers elle. Elle avait à ce moment-là une sorte de gravité, la gravité d'une personne sur qui les événements commençaient à peser.

« Mais… » ai-je balbutié d'une voix hésitante. Je ne parvenais pas à lui parler – à cette vision nouvelle qu'à présent j'avais d'elle – comme j'avais prévu de le faire : de la manière dont on parlerait à une femme brillante, limpide… eh bien, oui : à une femme. Il fallait absolument que je reprenne quelque chose de la ligne que je m'étais fixée. « En quoi flirter avec cet homme pourrait-il vous aider ?

– C'est très simple, a-t-elle répondu, il doit montrer à Callan tout le Groenland, et Callan doit écrire… Callan a une immense influence sur un large public, et il aura une partie du prestige de… d'un chargé de mission.

– Oh, je sais pour Callan, ai-je dit.

– Cet homme, a-t-elle poursuivi, avait reçu des ordres pour cacher des choses à Callan. Vous savez ce qu'ils ont à cacher. Mais il ne le fera pas ; c'est ce que j'étais en train d'arranger avec lui. Il a cédé en partie par corruption et en partie parce qu'il croit pouvoir compter sur ses *beaux yeux**… Callan va donc être bouleversé de ce qu'il va découvrir et va écrire un véritable… brûlot – le genre de choses que Callan sait écrire quand il est réellement bouleversé. Et, avec tout ce que notre homme va lui faire voir, il le sera. Vous savez ce que ressentira un homme du tempérament de Callan… il en tombera malade. Il s'évanouirait à la vue d'une goutte de sang, vous savez, et là, il va voir… oh, le pire – bien pire que ce qu'a vu Radet. Il va écrire un article épouvantable, et ce sera un coup de tonnerre pour De Mersch… Et le duc se retrouvera alors aux abois. Face au scandale, votre ami Churchill tentera de faire adopter le projet de loi sur les chemins de fer du Groenland. Ses motivations seront excellentes, mais tout le monde dira… Vous savez ce que les gens disent… C'est précisément ce que nous voulons,

Gurnard et moi. Nous voulons que les gens parlent ; nous voulons qu'ils croient... »

Je ne sais s'il y a eu vraiment une hésitation dans sa voix, ou si c'est moi qui l'y ai entendue. Elle restait là, jouant avec les nœuds des cordons des rideaux et parlant d'une voix basse et monocorde. Tout cela – le triste crépuscule du lieu, le ton de sa voix – semblait teinté d'un regret inutile. J'avais presque oublié l'histoire dimensionniste, je n'y avais en fait jamais cru. Mais maintenant, pour la première fois, je commençais à avoir des doutes. J'étais certain qu'elle avait comploté quelque chose avec ce lieutenant du duc de Mersch. Les manières de cet homme en témoignaient ; il n'avait pas été capable de me regarder en face. Mais, plus que tout, la voix et les manières d'un tel personnage me faisaient sentir que nous étions sortis du royaume de l'allégorie farfelue. J'en savais assez pour voir qu'elle disait peut-être la vérité. Et, si c'était le cas, le calme aveu qu'elle faisait d'une telle trahison prouvait qu'elle était bien comme elle l'avait dit des Dimensionnistes : froide, sans scrupules, lucide, admirablement courageuse et indubitablement ennemie de la société.

« Je ne comprends pas, ai-je dit. Mais De Mersch alors ? »

Elle a fait un petit geste : un de ces mouvements qui sont ce que je me rappelle le mieux d'elle : le plus infime, le plus discret. Un geste pour réduire De Mersch au néant : il ne comptait même plus.

« Lui ! s'est-elle exclamée, oh, ce n'est qu'un détail. » Je croyais sentir encore dans sa voix une intonation de pitié, comme si elle parlait à un chien qui souffre. « Il ne compte pas réellement. Pas vraiment. Il va s'effondrer et disparaître très bientôt. On ne se souviendra même pas de lui.

– Mais, ai-je insisté, vous vous promenez avec lui, comme si vous... Vous laissez dire des choses vous concernant... Tout le monde pense... » Maintenant que j'étais face à elle, l'accusation que j'étais venu porter me paraissait invraisemblable. « Je crois, ai-je ajouté avec la soudaineté de l'inspiration, je suis même certain qu'il pense que vous...

– Eh bien, qu'ils pensent ce qu'ils veulent. Ce n'est qu'une partie du jeu. Oh, je vous assure que ce n'est rien de plus. »

J'étais silencieux. Je sentais que, pour une raison ou une autre, elle souhaitait que je la croie.

« Oui, a-t-elle dit, je voudrais que vous me croyez. Cela vous épargnera bien des souffrances.

– Si vous vouliez m'épargner des souffrances, ai-je insisté, vous en auriez fini avec De Mersch... pour de bon. » J'avais l'impression que la solution me dépassait. C'était comme si des pouvoirs de contrôle flottaient là, invisibles, juste au-dessus de ma tête, juste hors de ma portée. Il y avait de toute évidence quelque chose qui vibrait – une corde, quelque part, très tendue et frémissante. Mais je ne trouvais pas de meilleure solution à proposer que : « Vous auriez dû en finir avec lui. » Il semblait également évident que cette rupture était impossible, qu'elle sortait de l'éventail des choses réalisables – mais je devais faire de mon mieux. « C'est une... c'est ignoble... ai-je ajouté. Ignoble. »

– Oh, je sais, a-t-elle dit, à vos yeux, je sais... Et j'en suis même désolée. Mais il faut que les choses suivent leur cours. C'est seulement de cette façon que De Mersch doit tomber. Il ne peut y en avoir d'autre.

– Pourquoi ? » ai-je demandé, profitant d'une légère pause qu'elle avait marquée. Je n'avais en fait aucun désir d'être éclairé.

« Ce n'est pas seulement pour Churchill, a-t-elle expliqué. Ce n'est pas seulement Churchill que De Mersch doit faire tomber avec lui. C'est tout ce que représente Churchill qu'il doit faire tomber. Vous voyez ce dont je parle : cette idée de probité, tout cet ordre ancien des choses. Et plus les moyens utilisés pour détruire De Mersch seront ignobles, plus cette affaire paraîtra ignoble en sa totalité. Les gens – ce genre de personnes – sont dans l'idée qu'un homme honnête ne peut en aucun cas se laisser atteindre par des intrigues tortueuses. Et tout cela sera… oh, très malodorant. Vous comprenez ?

– Non, je ne comprends pas, ai-je répondu. Je ne comprends rien du tout.

– Ah, mais si, vous comprenez, a-t-elle dit, vous comprenez très bien… » Elle s'est arrêtée un long moment et je suis resté silencieux. J'ai vaguement compris ce qu'elle voulait dire : si Churchill tombait au milieu du nuage de poussière d'un tel effondrement, c'en serait fini de la croyance qu'on a dans la probité des politiques… ou presque fini. Mais je ne voyais pas à quoi tout cela menait – ce que tout cela pouvait rapporter.

« Vous voyez, a-t-elle repris, je voudrais que cela vous soit le moins douloureux possible… aussi supportable que je puis vous le rendre par mes explications. Je ne peux pas ressentir ce que vous ressentez, mais je peux percevoir, assez vaguement, ce qui vous fait mal. Et donc… je le veux… je le veux vraiment.

– Mais vous refusez de faire la seule chose qui serait nécessaire, suis-je revenu à la charge en désespoir de cause.

– Je ne peux pas, a-t-elle répondu. Il faut que cela se passe ainsi, il n'y a pas d'autre moyen. Vous êtes tellement attaché à ces petites choses. Ne voyez-vous pas que De Mersch et… et toutes ces personnes… ne comptent pas vraiment ? Ils ne représentent rien du tout dans l'ordre des choses. Je pense que, même pour vous, ils ne valent pas la peine de vous en préoccuper. Ce ne sont que des accidents de l'histoire… ces accidents qui…

– Qui quoi ? ai-je demandé, même si je commençais à voir vaguement ce qu'elle voulait dire.

– Qui mènent à l'Inévitable, a-t-elle répondu. Vous ne voyez pas ? Vous ne comprenez pas ? Nous sommes l'Inévitable… et vous ne pouvez rien contre nous. Nous devons faire notre besogne et vous, vous ne pourrez que vous faire du mal en nous résistant. » Le sentiment que c'était la vérité, la seule vérité, m'assaillait. Il m'était pour le moment impossible de penser à autre chose… à quoi que ce soit d'autre au monde.

« Vous devez nous accepter et accepter tout ce que nous signifions. Il faudra que vous vous mettiez en retrait, tôt ou tard. Regardez simplement autour de vous, et vous comprendrez mieux. Vous êtes dans la maison d'un type… d'un type d'homme qui est aujourd'hui devenu impossible. Ah, c'était il y a des siècles… Et cet homme-là s'est efforcé lui aussi d'empêcher l'Inévitable, non seulement parce qu'il sentait qu'il s'effondrait, mais parce que tout ce qu'il représentait s'effondrait. Et il a dû souffrir… éprouver de la nostalgie… ce genre de souffrance. N'est-ce pas ? »

Je n'ai pas répondu ; l'exemple était d'une vérité trop criante. C'était exactement cela. Il y en avait encore beaucoup, de ces gens – tous ces légitimistes – qui ricanaient en vain, qui s'enfermaient à l'abri de la lumière dans leurs maisons lugubres et qui souffraient horriblement parce que tout ce qu'ils représentaient avait disparu.

« Mais même si je vous crois, ai-je dit, la chose est trop horrible et vos moyens sont trop méprisables. Cet homme qui vient de sortir et… et Callan… c'est cela, les armes de l'Inévitable ? Après tout, la Révolution… » Je m'efforçais de revenir à des idées tangibles… des idées qu'on peut nommer, dater, étiqueter… « La Révolution était noble dans son essence et réalisée pour le bien. Mais toute votre histoire est trop ignoble et médiocre. Vous soudoyez cet homme, ou pire encore, pour qu'il trahisse son maître. Et c'est cela que vous appelez aider l'Inévitable…

– C'est exactement ce qu'ils disaient de la Révolution. Que ses moyens n'étaient pas reluisants. Mais vous ne voyez pas ? Ce sont précisément ces gens-là qui sont tombés… Ils ne voyaient pas le bien… »

– Et je… je dois accepter cela en toute confiance, ai-je dit avec amertume.

– Vous ne parviendriez pas à voir le bien, a-t-elle répondu, ce n'est pas possible et il n'y a aucun moyen de vous l'expliquer. Nos langages sont différents, il n'y a pas de passerelle entre nous, aucune. Nous ne pouvons pas nous rencontrer… »

C'est cela qui m'a révolté. Puisqu'il n'y avait pas de passerelle et que nous ne pouvions nous rencontrer, il fallait donc que nous nous battions. C'était l'image qu'elle-même me donnait. Ou bien alors, si je ne la croyais pas, elle était simplement en train de se moquer de moi. J'ai préféré cette seconde hypothèse. Si elle se moquait de moi, elle restait accessible. Mais si les choses étaient comme elle le disait, il n'y avait pas d'espoir… absolument aucun espoir.

« Je ne vous crois pas », lui ai-je dit tout à coup. Je ne voulais pas la croire. La chose était trop abominable – trop monstrueuse pour être décrite et trop incroyable. Je luttais contre elle comme on lutte contre une folie qu'on sent en soi inévitable ; je luttais contre la pensée même de la folie.

La menace planait au-dessus de moi, stupéfiante, assourdissante. On ne pouvait la combattre qu'avec violence, crûment, par saccades, comme on lutte contre l'engourdissement du gel. C'était comme si un voile fait de pesants nuages de fumée semblait être effectivement présent dans cette pièce aux plafonds absurdement hauts : cette croyance en ce qu'elle représentait, en ce qu'elle disait qu'elle représentait.

« Je ne vous crois pas, ai-je proclamé, je ne veux pas... Vous vous moquez de moi... vous essayez de me circonvenir... pour que je vous laisse continuer avec eux... avec ces gens... C'est abominable. Pensez à ce que cela signifie pour moi, à ce qu'on dit de moi... et je suis un homme honnête. Vous ne devez pas. Comprenez-vous, il ne faut pas. C'est insupportable... et vous... vous essayez de me tromper... pour me faire taire... »

– Oh, non, a-t-elle dit. Oh non. »

L'accent de sa voix s'approchait de celui de la douleur, autant qu'il pouvait s'en approcher. Je m'en souviens maintenant, comme on se souvient de ces détails insignifiants. Mais, sur le moment, je ne m'en suis pas rendu compte. J'étais moi-même trop ému pour le remarquer autrement qu'inconsciemment, comme on remarque les choses lorsqu'on est pris dans un tourbillon. Et je tourbillonnais entre ces sentiments, dans une fureur incontrôlable au souvenir de ce que j'avais souffert et allais encore avoir à souffrir. Je parlais avec une rage intense, je lançais des mots, des idées, comme des eaux en crue projettent à travers une écluse les débris de champs autrefois bien ordonnés.

« Vous êtes, ai-je dit, vous êtes... Vous... vous traînez un nom respectable dans la poussière... Vous... »

J'ai oublié ce que j'ai dit. Mais je me rappelle ces mots : « Vous traînez un nom respectable ». Ils m'ont frappé, à l'époque, par leur caractère désespéré au milieu de cette plaidoirie que je lui adressais. C'était un point si pathétiquement minuscule, si déplacé, qu'il m'est resté à l'esprit. Je ne me souviens que de la conclusion de mon discours : À moins qu'elle ne jure… oui, qu'elle ne jure… d'en finir avec De Mersch, je la dénoncerais à ma tante à l'instant même et dans cette même maison.

Et elle m'a répondu que c'était impossible.

13

J'avais l'impression de marcher très vite – presque de prendre mon envol – dans un long couloir sombre et d'apercevoir au fond une porte qui s'ouvrait sur une pièce immense. Tout ce que je me rappelle de ce que j'ai vu alors, c'est un certain nombre de portraits au pastel d'individus falots et vaniteux, dans des cadres ovales ternes et dorés. Les têtes se détachaient des boiseries et me regardaient d'entre leurs boucles de cheveux poudrées, minaudières ou méprisantes, avec cette expression qui prévalait sans doute dans le monde d'avant la Révolution. Au loin, penchée sur le rabat d'un secrétaire jonché de livres de comptes et de chèques roses, était assise ma tante, toute petite, très grise, très absorbée par son travail.

Les gens qui ont construit de telles pièces devaient avoir une sorte de présence qui les faisait paraître immenses – si tant est qu'ils en aient jamais été vraiment capables – aux yeux de leurs domestiques et laquais. Peut-être était-ce leur sens de la propriété qui leur conférait ce prestige. Ma tante, qui n'était qu'une occupante temporaire, ne l'avait certainement en rien. Penchée attentivement sur ses comptes, scrutant à travers ses lunettes ces colonnes de chiffres, elle n'était rien qu'une vieille petite femme seule dans une pièce immense. Il semblait impossible qu'elle puisse réellement avoir une fierté familiale ou une fierté quelle qu'elle soit. Elle m'a regardé par-dessus ses lunettes, par-dessus son épaule.

« Ah… Etchingham », m'a-t-elle dit. Elle semblait essayer de se reporter par l'esprit en Angleterre – dans l'Angleterre de son régisseur foncier et de sa liste de visiteurs privilégiés. Ici, elle n'avait pas davantage de supériorité que si nous avions été sur une île déserte. Je voulais l'éclairer sur la femme qu'elle hébergeait, je le voulais très ardemment ; mais à mesure qu'elle se raidissait progressivement et gagnait en assurance, je sentais davantage la difficulté d'introduire le sujet.

« Ma chère tante, ai-je dit, la femme… » La nature extravagante du propos m'est d'un seul coup devenue intimidante. Ma tante me regardait avec une attention redoublée.

« Alors, vous avez reçu mon billet, a-t-elle répondu. Je ne pense pas que ce soit une femme qui vous l'a apporté. J'ai donné des ordres très stricts. Mais ils ont ici des idées tellement étranges ! Et *Madame**, la concierge, est une ancienne servante de M. de Luynes, je n'ai pas beaucoup d'influence sur elle. C'est absurde, mais… » La vieille dame de la loge se faisait, semble-t-il, un devoir de porter en mains propres les lettres qui arrivaient. Elle était attentive aux pourboires… et je dirais que la police avait des attentions pour elle. La police fait grand usage de ce genre de personnes dans ces quartiers de minuscules et incessantes conspirations.

« Ce n'est pas de cela que je voulais vous parler, ai-je précisé, mais de la femme qui se fait appeler ma sœur…

– Mon cher neveu, m'a-t-elle interrompu avec une tranquille autorité – comme si elle suivait une ligne fermement établie –, je ne peux pas… je ne peux absolument pas m'occuper de vos querelles avec votre sœur. Comme je vous l'ai dit dans mon billet de ce matin, lorsque vous êtes à Paris, vous devez considérer cette maison comme la vôtre. C'est presque insultant de votre part de descendre dans une auberge. On m'a dit que l'endroit où vous logez est même... tout à fait inadapté... pour un membre de notre famille. »

J'ai gardé quelques secondes un silence étonné.

« Mais, ai-je repris, l'affaire est importante. Vous devez comprendre qu'elle... »

Ma tante s'est raidie, figée. C'était comme si j'avais commis une flagrante entorse à l'étiquette.

« Si je suis satisfaite de son comportement, dit-elle, je pense que vous devriez l'être vous aussi. » Elle s'est arrêtée comme si elle était convaincue de m'avoir définitivement montré mon erreur.

« Je ne retire pas mon invitation, a-t-elle déclaré. Vous devez comprendre que je souhaite fermement que vous veniez ici. Mais ces querelles entre vous et elle doivent être réglées. À cette condition... »

Elle avait l'air de m'accorder une immense faveur, comme si elle croyait que j'avais, toute ma vie, attendu son invitation de regagner le giron familial. Quant à moi, j'éprouvais un certain soulagement d'être privé de la possibilité d'accomplir mon devoir. Je ne pouvais pas, en continuant d'en parler à ma tante, rompre les ponts de manière définitive. Quelque chose allait probablement arriver ; l'air allait s'éclaircir comme c'est toujours le cas après une tempête ; j'allais apprendre où j'en étais. Mais j'avais peur de le savoir. Dans des lieux aussi sombres, la lumière pouvait révéler un abîme à mes pieds. Je voulais laisser les choses filer.

Ma tante était revenue à ses comptes, ces précieux rouages grâce auxquels était assurée la bonne marche des domaines d'Etchingham. Elle semblait vouloir indiquer que je ne comptais pas beaucoup dans le panorama des choses tel qu'elle le voyait.

« Je voudrais vous connaître mieux, a-t-elle dit, la tête toujours penchée sur ses comptes, il y a des raisons... » Il m'est soudain venu à l'esprit qu'elle pensait sans doute à ses dispositions testamentaires, qu'elle sentait s'approcher sa fin et que j'avais moi aussi des droits. Cela n'avait pas pour moi beaucoup d'importance, mais l'idée d'être l'héritier d'Etchingham était... eh bien, c'était une idée. Un tel héritage me rendrait certainement plus acceptable par ma pseudo-sœur. Il serait, pour ainsi dire, un point de départ et me situerait potentiellement dans le champ de son idéal. Par ailleurs, j'aurais fatalement à me trouver alors sous le même toit, près d'elle, quelquefois. Je n'en demandais pas tellement plus et il m'a semblé que ma tante avait déjà gagné presque à moitié la bataille. J'ai commencé à réfléchir à quelques phrases de remerciement et d'acceptation, et je les ai prononcées.

Je n'ai jamais bien compris la portée de cette scène – jamais su si ma tante savait vraiment que ma sœur n'était pas ma sœur. C'était une femme merveilleusement intelligente, d'un genre dénué de tout scrupule, possédant un *sang-froid** et une maîtrise de soi parfaitement calculés pour couper court à toute révélation gênante. C'était comme si elle avait une longue pratique de cet art, même si je ne peux pas dire quelle occasion elle avait pu avoir à le pratiquer – peut-être pour confondre les partisans hésitants de toute dissidence dans son terroir.

Je pensais qu'elle savait sinon tout, du moins une partie ; le poids qu'on sentait peser sur son esprit n'était sans doute rien d'autre que cela. Visiblement, elle s'affaiblissait et se consumait de jour en jour, et je n'en voyais aucune autre raison. Elle avait l'air d'être désintégrée, comme un minéral sous un poids immense – disons, du quartz dans un broyeur. D'être insensibilisée et engourdie comme si elle était sous l'influence de stupéfiants.

Il n'est pas très étonnant qu'elle ait emporté cet impondérable secret avec elle. Je la regardais parfois et je me demandais si elle avait vu, elle aussi, l'arrivée de l'Inévitable. Elle était relativement limitée dans ses idées, mais pas stupide au point de l'accepter sans réaction s'il se présentait. En réalité, les gens de ces milieux-là ont en permanence ce genre d'idées assez sinistres devant eux.

Ce devait être ce secret qui chaque jour, alourdissait un peu plus ses paupières et approfondissait les rides frémissantes de son visage impénétrable. Elle avait une certaine grandeur solitaire, le pathos qui s'attache au dernier d'une race, d'un type d'êtres. Cet air d'attendre le déluge, d'entendre un son inexorable... le fracas des eaux se précipitant à votre rencontre.

Le temps que j'ai passé dans cette maison a été une période bizarre – bien plus qu'étrange : étouffante. Elle a eu sur moi un effet extraordinaire – un effet que ma sœur avait peut-être soigneusement calculé. C'est ce qu'elle semble avoir affirmé plus tard. Elle m'avait forcé, prétendait-elle, à accomplir la tâche qui m'était assignée et à faire advenir l'Inévitable.

Je n'ai jamais rencontré nulle part une solitude aussi intense que celle qui régnait là-bas, une solitude qui vous repliait si absolument sur vous-même et en vous-même. J'avais l'habitude de travailler assis dans une de ces grandes pièces lambrissées jusque très haut en l'air. J'écrivais une série d'articles pour le *Bi-Monthly* de Polehampton. Je devais, vous vous en souvenez, capter l'atmosphère de Paris. C'était assez extraordinaire, ce processus. Dans ma salle de travail, j'avais l'impression d'être aussi isolé de Paris que si j'avais été… disons, à Hampton Court. Il m'était presque impossible d'écrire. J'avais trop de choses en tête : préoccupations, jalousies. Il était vrai qu'il me fallait gagner ma vie, mais cette activité-là semblait avoir perdu son caractère d'urgence, ou tout au moins l'avoir un temps suspendue.

Les boiseries de la salle semblaient faire office de caisse de résonance, comme le ventre d'un énorme violoncelle. Il n'y avait jamais aucun bruit dans la maison, seulement des murmures venant d'une immense distance – comme lorsqu'on fait tomber des pierres dans un puits insondable et qu'on entend, des siècles après, un faible clapotis dans l'eau. Quand je repense à cette époque, je me représente toujours assis, la plume levée, attendant un mot qui ne venait pas et que je ne me souciais guère de trouver. Les boiseries de la pièce craquaient en sympathie avec l'ouverture de la porte d'entrée de la maison, d'un très discret craquement. Les gens traversaient l'immense salle jusqu'à la pièce où avaient lieu leurs conspirations ; ils la traversaient tranquillement, avec des rires et des bruissements d'étoffes qui parvenaient à mes oreilles, au bout d'un long moment, à la manière de chuchotements. J'avais alors des accès de folle jalousie. Je voulais faire partie de la vie de ma sœur, mais je ne supportais pas ce salon de mystérieux comploteurs. Que pouvais-je faire ? Me lever pour les observer, sachant qu'ils baissaient tous instinctivement la voix lorsque je m'approchais d'eux ?

Telle était la tonalité générale de cette période, mais, bien sûr, il n'en était pas toujours ainsi. J'avais l'habitude de sortir de temps en temps pour prendre le petit-déjeuner avec ma tante ou parfois un repas avec elles deux. J'étais leur chevalier servant à tour de rôle ; avec ma tante je faisais des visites déprimantes chez les gens du Faubourg... des gens sans autre personnalité qu'une sorte de total dessèchement : l'apparence et la pensée ratatinées d'une vieille pomme de reinette. Pour se venger, ils avaient des noms qui surprenaient et rappelaient les généraux et les *flâneurs** d'une époque incroyablement lointaine ; des noms qui semblaient n'avoir jamais eu d'autre existence que dans les lettres de Madame de Sévigné et dont les porteurs n'auraient jamais rien pu accomplir de plus héroïque que de se refléter dans les miroirs de la *Galerie des Glaces**. J'étais si absolument déprimé, si absolument léthargique que je semblais me conformer exactement à ce que ma tante attendait de moi lorsque je l'accompagnais à ces réceptions. Je me tenais debout derrière les chaises et devisais sagement, en jeune homme de bonne famille, avec la brochette de *Pères** et d'*Abbés** généralement présents.

Je rentrais ensuite chez moi et essayais de rendre l'atmosphère de ces gens. Je dois y être parvenu d'une manière affreusement convaincante, car les lettres qui m'apportaient les chèques de Polehampton étaient accompagnées des bravos de ce monsieur et des assurances que miss Polehampton aimait mon travail – qu'elle l'aimait énormément.

Je suppose que je devais jouer le rôle de l'homme qui sait, de celui qui peut vous initier à une ou deux choses. Après tout, n'importe qui aurait pu écrire sur les bals du Quartier latin et sur les lacs du Bois de Boulogne, mais pour écrire sur l'intérieur des maisons qui se cachent derrière les lourdes grilles de la rue de l'Université, il fallait quelqu'un de « bien introduit ».

J'assistais aussi avec ma sœur aux divertissements les plus spectaculaires. J'étais maintenant tellement habitué à ce qu'on l'appelle ma sœur que l'épithète avait maintenant la qualité d'un nom. Elle était *Mademoiselle votre sœur**, comme elle aurait pu être Mademoiselle Patience ou Mademoiselle Espérance, sans rien posséder vraiment de la qualité nommée. Ce qu'elle allait faire à tous ces spectacles, à ces bazars caritatifs, à ces soirées sinistres, à ces concerts incroyablement mauvais, je n'en ai aucune idée. Elle devait avoir un but, car elle ne faisait rien gratuitement. Je m'abaissais moi-même à remplir les fonctions d'un chaperon rudimentairement éduqué – fonctions d'une importance similaire à celles que revêtent les yeux d'une taupe. J'avais les accès de jalousie les plus fous lorsqu'elle parlait à un homme – je parle des hommes de ce milieu – ou dansait avec quelqu'un. Je stimulais alors sans cesse mon courage avant de le sentir défaillir. Nous circulions en coupé, moyen de transport qui nous tenait inexorablement enfermés l'un avec l'autre, mais détruisait également toute possibilité de ce qu'on appelle « faire sa cour ». Dans les allées le mouvement était trop lissé, sur le pavé il crépitait trop abominablement. J'avais envie de lui faire la cour… oh, énormément, mais je ne me sentais jamais d'humeur, ou l'occasion ne s'en présentait jamais. J'avais sans cesse les plus cruels accès d'exaspération – non pas de rage ni de dépression, mais de simple irritation face au continuel retour de ces menus obstacles. Je ne pouvais pas lire, je n'arrivais pas à me concentrer. Je m'asseyais et regardais avec hébétude les journaux anglais – n'importe lequel sauf *The Hour*.

De Mersch avait, pour le moment, disparu. Il y avait des troubles dans son grand-duché électif : il avait réussi à se rendre impopulaire jusqu'auprès de ses électeurs, excessivement impopulaire. J'ai lu des articles piquants sur cet imbroglio dans un journal américain qui se consacrait à ce genre de sujets. Toutes sortes de difficultés internationales allaient surgir si De Mersch était expulsé. Il y avait un autre prince obscur d'une maison rivale, prussienne ou russe, qui aspirait à cette dignité royale qui pesait si lourdement sur la tête de De Mersch. Je crois qu'il y avait, en fait, deux princes rivaux, chacun attendant avec des valises prêtes et des manifestes plein les poches pour franchir les frontières du grand-duché.

Selon la *Paris-American Gazette,* les griefs de ses sujets étaient intimement liés à des questions financières, car les finances personnelles de De Mersch et celles de son grand-duché étaient inextricablement mêlées aux projets grandioses par lesquels il cherchait à amasser une fortune assez considérable pour pouvoir ensuite se moquer allègrement de son grand-duché comme d'une demi-douzaine d'autres. En fait, on disait que ses propres valises étaient déjà prêtes en prévision du jour où le soutien du gouvernement britannique à ses projets groenlandais lui permettrait enfin d'envoyer balader sa Diète acariâtre.

La chose m'intéressait si peu que je n'en ai jamais bien maîtrisé les détails. Je ne souhaitais rien de bon à cet homme, mais tant qu'il restait à l'écart de mon chemin, je n'avais nulle envie de le haïr activement. Finalement, les affaires de Holstein-Launewitz ont cessé de faire les titres des journaux : l'affaire a été réglée, les princes russes et prussiens ont défait leurs valises et, je suppose, jeté leurs manifestes aux flammes – ou les ont adaptés aux besoins d'autres principautés. Dans la presse, les affaires de De Mersch ont cédé la place au problème des taux d'intérêt. Quelqu'un, quelque part, disait-on, préparait quelque chose. J'essayais de lire les articles, d'en maîtriser les détails, parce que je n'aimais pas me retrouver face à un domaine de la pensée dont je ne connaissais absolument rien. Je m'évertuais à lire des articles sur les grandes maisons de crédit et d'autres sujets qui ne m'évoquaient strictement rien. Je comprenais seulement que lesdites grandes maisons traversaient une très mauvaise passe et que toutes les autres vivaient une situation pire encore.

Et, en effet, un jour est venu où l'affaire m'a touché personnellement lorsque j'ai reçu de Polehampton des lettres de change au lieu de mes chèques habituels. J'ai eu beaucoup de peine à les encaisser ; en réalité, les banques semblaient les regarder avec méfiance. J'ai consulté ma tante à ce sujet au petit-déjeuner. C'était le genre de choses qui pouvaient intéresser en elle la femme d'affaires, or nous manquions toujours de sujets de conversation.

Nous prenions le petit-déjeuner dans une salle assez petite, si l'on peut qualifier ainsi les pièces de cette maison ; ma tante était assise en bout de table, avec cet air qu'elle avait le matin d'aimer à se trouver *en famille** et qu'on ne lui voyait à aucun autre moment de la journée. Ce n'était pas une question de vêtements, car elle n'était pas femme à porter un *peignoir** ; il s'agissait plutôt, je crois, de son maintien, qui ne commençait à se congeler que lorsque plusieurs heures de la journée s'étaient déjà écoulées.

Je lui ai remis les lettres de change de Polehampton en lui expliquant que je n'arrivais pas à les faire escompter et que je ne me faisais qu'une idée très floue de ce qu'elles représentaient. Tenant en main les malheureux papiers, elle a commencé à me sermonner : il était de mon devoir d'acquérir un minimum de connaissance de ce qu'elle appelait « le monde des affaires ».

« Bien sûr, vous n'avez pas besoin d'en maîtriser les détails de manière approfondie, m'a-t-elle dit, mais j'ai toujours considéré que c'était un des devoirs d'un… »

Elle s'est interrompue lorsque ma sœur est entrée dans la pièce ; elle l'a regardée, puis lui a tendu les papiers qu'elle tenait à la main. Les papiers tremblaient légèrement ; la main devait trembler elle aussi.

« Vous allez chez Halderschrodt ? l'a questionnée ma tante. Vous pourriez lui demander de négocier cela pour Etchingham ? »

Miss Granger a nonchalamment regardé les papiers.

« J'y vais cet après-midi, a-t-elle répondu. Etchingham peut venir… » Elle s'est soudain tournée vers moi : « Alors ton ami Polehampton est dans l'embarras, a-t-elle dit.

– C'est ce que cela signifie ? ai-je demandé. J'ai entendu dire qu'il a déjà fait la même chose auparavant.

– C'est qu'il a déjà dû se trouver dans l'embarras, a-t-elle continué, mais je suis sûr qu'Halderschrodt…

– Oh, cela ne vaut pas la peine de le déranger pour une si petite somme », l'ai-je interrompue. À cette époque-là, le seul nom d'Halderschrodt suggérait des montants de transactions supérieurs à un million.

– Mon cher Etchingham, a interrompu ma tante d'un ton offensé, cela vaut assurément la peine pour lui de nous être agréable…

– Je ne savais pas », ai-je dit.

Cet après-midi-là, nous nous sommes rendus au bureau particulier de Halderschrodt, une suite somptueuse – c'est le *mot juste** – située au premier étage de la maison voisine du *Sans Souci** du duc de Mersch. J'étais confortablement installé dans un fauteuil doré, tandis que ma pseudo-sœur faisait ses affaires dans une pièce voisine – très semblable à celle où De Mersch s'était caché pendant que la dame me mettait en garde contre lui. Un employé est venu au bout d'un moment, m'a emmené dans un petit bureau où ma lettre de change a été escomptée par une autre personne, puis m'a reconduit vers mon fauteuil moelleux. Je n'ai pas eu le temps de m'y asseoir. Un Alsacien maigre et très grand tenait la porte grand ouverte pour laisser passer ma sœur. Il ne lui a rien dit, mais est resté légèrement incliné lorsqu'elle est passée devant lui. J'ai aperçu un long visage rouge, des yeux très fatigués et des cheveux d'une blancheur presque saisissante… les cheveux blancs d'un homme relativement jeune, sans aucun éclat d'aucune sorte. Un blanc éteint, comme celui de la neige. Je me souviens de ces cheveux blancs avec un sentiment d'horreur, alors que j'ai presque totalement oublié les traits du prestigieux *baron de Halderschrodt**.

Alors que nous descendions le tapis rouge des larges escaliers de marbre blanc, j'étais encore sous l'impression d'avoir été en contact avec une personnalité de la plus haute importance. La silhouette d'un homme parfaitement habillé et parfaitement soigné se tenait debout, un pied posé sur la marche la plus basse, et nous regardait descendre. Je pensais si peu au duc de Mersch que la vue de son visage ne m'a pas suggéré la moindre émotion. Il s'est éclairé d'une expression de plaisir.

« Vous ici ! » m'a-t-il dit.

Ma « sœur » l'a regardé du haut de deux marches, avec un dédain provocant.

« Vous prenez donc l'escalier du public, a-t-elle ironisé, on aurait cru que vous accédiez à ces gens-là par une porte privée. » Il a ri d'un air gêné, en me regardant d'un œil suspicieux.

« Oh, je… » a-t-il marmonné.

Elle s’est écartée un peu dans sa descente pour le contourner.

« Alors, *là-bas**, les choses se sont arrangées d’elles-mêmes ? a-t-elle observé, en faisant allusion, je suppose, au grand-duché électif.

– Oh, cela a été comme un miracle, a-t-il répondu, et je dois beaucoup, beaucoup, à vos suggestions…

– Il faut que vous me racontiez tout cela ce soir », a-t-elle dit.

Le visage de De Mersch avait une étonnante particularité qu’il me semblait remarquer également dans tous les visages qui se trouvaient autour de moi : une certaine teinte de la chair qui semblait perdre toute luminosité, mais aussi des yeux qui avaient tendance à chercher toujours le sol et à éviter le regard des autres. Lorsque le visage de De Mersch s’est éclairé pour répondre à ma « sœur », cela a été comme avec effort. On aurait dit qu’un poids pesait sur l’esprit du monde entier – une préoccupation que je partageais moi aussi sans la comprendre. Elle-même, tout en semblant un peu absente, était apparemment la seule à n’en pas être du tout affectée.

Alors que nous étions assis côte à côte dans la petite voiture, elle m’a dit tout à coup : « Ils sont au bout du rouleau, voyez-vous. » Je me suis un peu éloigné d’elle… Je ne *voyais* pas et je ne voulais pas voir. Je le lui ai dit. J’avais même l’impression que De Mersch, ayant surmonté ses problèmes *là-bas**, prenait un nouveau souffle.

« J’ai pensé, ai-je dit, il y a quelque temps, que… »

Les roues du coupé se sont mises soudain à cogner terriblement sur les pavés d’une rue étroite. Il était impossible de se parler et je me suis trouvé renvoyé à moi-même. J’ai découvert que j'étais de mauvaise humeur – d'une humeur exécrable. La vue soudaine de cet homme, la façon qu'elle avait eue de le saluer, l'intimité que révélait la scène… tout cela m'avait bouleversé. Ces derniers temps, en l'absence d'alarme et sans qu'il y ait eu de raison particulière, j'avais eu l'impression de faire partie intégrante de sa vie. Ce n'était pas une pensée logique, mais seulement un état d'esprit qui s'était développé dans le désarroi de ma solitude.

Nous sommes passés sur un boulevard plus large et le coupé s'est mis à rouler silencieusement.

« … que De Mersch allait s'effondrer, a-t-elle dit soudain, complétant ma phrase inachevée. Oh, ce n'était qu'un craquement… prémonitoire. Mais, à présent, cela ne va plus durer longtemps. J'ai donné un nouveau tour de vis. Halderschrodt va… Je suppose qu'il va se suicider dans un jour ou deux. C'est alors que les… les réjouissances pourront commencer. »

Je n'ai pas répondu. La nouvelle ne m'a produit aucune impression… absolument aucune impression mentale.

14

Cet après-midi-là, nous avons eu une scène, et tard dans la nuit, une autre. Le souvenir de la première s'est un peu effacé. Les choses ont commencé à évoluer si rapidement que, malgré tous mes efforts pour organiser leur séquence dans mon esprit, je n'y parviens pas. Je ne me souviens même pas très distinctement de ce qu'elle m'a dit lors de notre première explication. J'ai dû l'attaquer violemment… au sujet de De Mersch, à ma manière habituelle ; j'ai dû lui dire que je ne lui permettrais pas, dans l'intérêt de son nom, de revoir cet homme. Elle m'a raconté également des choses assez abominables sur la manière dont elle avait établi son emprise sur Halderschrodt et faisait pression sur lui. Halderschrodt était le banquier de référence de De Mersch ; sa chute entraînerait celle de l'entrepreneur, et ainsi de suite. Le « ainsi de suite » dans ce cas signifiait bien plus. Halderschrodt – ou plus précisément, l'ensemble des sociétés que Halderschrodt représentait – semblait être ce « quelqu'un sur le point de » dont parlait le journal américain. Je ne me souviens pas des détails. Ils étaient trop énormes et trop incongrus, et j'étais trop préoccupé par ma propre part d'humanité. Mais, en résumé, il semblait que la chute de Halderschrodt signifierait une sorte de Lundi Noir à une échelle incroyable – un événement effroyable dans l'état actuel de la confiance du public, mais qui ne signifiait pas grand-chose pour moi. J'ai oublié comment elle a dit qu'elle avait réussi à lui mettre la pression.

Halderschrodt, comme vous devez vous en souvenir, était le troisième de ce nom colossal, un homme sans grand génie et conscient d'en manquer, obsédé par l'idée d'opérer un énorme coup financier, comme le fondateur de sa dynastie – le genre de coup où la capacité d'anticiper les événements internationaux joue évidemment un rôle capital. Cette obsession était le défaut de sa cuirasse, le point faible de son esprit, et elle en avait joué. J'oublie les détails, je l'ai dit, si jamais j'en ai été au courant ; ils avaient trait à une révolution dynastique quelque part, une révolution qui devait provoquer une crise dans le monde entier et qui avait été fomentée dans notre salon. Et c'est elle qui avait fait échouer cette révolution – en la trahissant, je suppose. Ses conséquences ne s'étaient pas produites et Halderschrodt et tous les autres avaient été laissés pour compte.

Tout cela était une affaire de courants sous-marins qui ne remontaient jamais à la surface, une affaire de sables mouvants d'où seuls ceux qui avaient l'esprit le plus clair pouvaient se sortir.

« Et nous… nous avons l'esprit clair », a-t-elle déclaré. Il était impossible de l'écouter sans frémir. Pour moi, s'il représentait quelque chose, Halderschrodt représentait la stabilité. Il y avait le nom formidable, et il y avait aussi cette personne que je venais de voir : un état d'esprit proche de celui d'un roi lui avait conféré une prestance qui avait un peu de ce caractère divin qui protège les souverains. Il semblait simplement effrayant d'imaginer son lamentable effondrement – aussi effrayant que si la jeune femme avait montré un solide gaillard au corps splendide et déclaré : « Cet homme sera mort dans cinq minutes. » Car c'est ce qu'elle avait dit de Halderschrodt... L'homme l'avait saluée et s'était avancé vers la mort ; l'inclination austère à laquelle j'avais insisté avait été la salutation d'un condamné.

J'étais tellement ému par ces diverses choses que j'ai à peine remarqué que Gurnard était entré dans la pièce. Je ne l'avais pas revu depuis le soir où il avait dîné chez Churchill avec le duc de Mersch, mais il semblait tellement impliqué dans l'émotion, dans l'état d'esprit, qu'il s'est glissé sans bruit dans la scène et ne m'a guère surpris. On m'a appelé hors de la pièce – quelqu'un voulait me voir – et je me suis retrouvé, sans aucune transition, en présence d'un parfait inconnu. Un homme qui reste pour moi une voix. Il a commencé à me parler de l'état de santé de ma tante. Il m'a dit qu'elle était en train de mourir ; qu'il me suppliait respectueusement d'user de mon influence pour la ramener à Londres consulter Sir James. Peut-être que moi, vivant dans la maison et n'ayant pas connu ma tante depuis très longtemps, je ne pouvais pas m'en apercevoir, mais lui... C'était le notaire de ma tante. Il avait tout à fait raison ; ma tante allait vers sa fin, elle avait visiblement décliné au cours des quelques heures où j'avais été loin d'elle. Elle avait parlé affaires avec cet homme, elle avait modifié son testament, elle avait vu Mr. Gurnard et, d'une manière ou d'une autre, elle avait reçu un choc qui semblait l'avoir privée de toute volonté. Elle était assise, la tête penchée en arrière, les yeux fermés, et les rides de son visage semblaient toutes descendantes.

« Il me paraît évident que vous devez prendre des dispositions pour votre retour en Angleterre, a déclaré le notaire, quels que soient les engagements que Miss Granger ou Mr. Etchingham Granger ou même Mr. Gurnard ont pu prendre. »

Je me suis vaguement demandé ce que diable Mr. Gurnard pouvait avoir à dire en la matière, puis miss Granger est elle-même entrée dans la pièce.

« Ils veulent… a dit ma tante à voix basse, ils m'ont persuadée… de retourner… à Etchingham. Je pense que c'est ce que tu as dit, Meredith. »

J'ai pris conscience que je voulais moi aussi retourner en Angleterre, que je le voulais vraiment, que je voulais me mettre en dehors de tout cela ; arriver à un endroit où il y avait de la stabilité et des choses que l'on pouvait comprendre. Ici, tout semblait enveloppé de brouillard et le sol tremblait sous les pieds.

« Eh bien… a été le verdict de miss Granger, nous pouvons partir quand vous le voudrez. Demain. »

Selon ces perspectives très inattendues, les événements ont immédiatement commencé à se dessiner et une sorte de fièvre de départ est apparue dans l'air. J'ai été chargé de reconduire le notaire jusqu'à la loge de la concierge – cela a été une interminable traversée. Il a passé tout le temps du trajet à s'excuser de devoir rentrer précipitamment à Londres.

« J'aurais pu être utile… Dans ces départs précipités, il y a généralement des choses importantes à faire. Mais, vous l'aurez compris, Mr… Mr. Etchingham, dans un moment comme celui-ci, j'ai tout juste pu trouver le temps qu'il fallait pour venir. Vous seriez étonné de voir combien le mal s'est répandu et combien de travail supplémentaire cela représente. Les gens semblent être devenus fous. Même moi, je suis étonné.

– Je n'en avais aucune idée, ai-je dit.

– Bien sûr que non, bien sûr que non… personne n'en a conscience. Mais, à moins de me tromper beaucoup… beaucoup… il faudra faire une enquête, et bienheureux ceux qui ne s'y trouveront pas impliqués… »

J'ai compris que les choses allaient mal, à Londres comme ici ; qu'il y avait partout des scandales et une immense exigence de purification dans les plus hauts lieux. J'ai vu l'homme monter dans son fiacre et j'ai retraversé la cour assez lentement, en réfléchissant au rôle que je devais jouer dans ce retour et en me demandant dans quelle mesure les événements m'avaient désormais associé aux affaires de famille.

J'ai découvert que la fonction qui m'était implicitement reconnue était celle d'infirmier superviseur, un genre de fonction où la tendresse personnelle permettait de suppléer le manque de compassion des personnes dûment rémunérées. Il m'incombait pour rôle de veiller à disposer la couverture d'une manière un peu plus confortable que ne l'aurait fait la femme de chambre qui couchait dans le compartiment – et, en quelque sorte, d'y apporter la touche finale.

Il est étonnant de voir à quel point l'affaire – je veux dire le déménagement – a été rondement menée. Plus encore que la panique de son notaire, cette efficacité a rehaussé mon idée de la femme qu'avait été ma tante. Le départ s'est déroulé aussi prestement que la disparition d'une caravane de bohémiens après une nuit de campement dans une lande couverte d'ajoncs. Le soir même, nous nous sommes rendus à une invitation comme si notre maisonnée avait ses racines profondément arrimées dans le roc, et le lendemain matin nous avions disparu.

Cette dernière soirée a été effectivement comme la touche finale : à la fois la conclusion des manœuvres de ma sœur et la limite ultime de ma patience. J'ai passé une nuit terriblement éprouvante, une de ces nuits qui n'ont pas de fin et restent intactes et tremblantes dans la mémoire. J'avais l'impression de vivre dans un éclat de lumière et de les observer tous deux à travers un écran changeant de robes chatoyantes, le duc de Mersch et elle. Je ne sais pas si la chose était vraiment perceptible, mais il me semblait que tout le monde le remarquait – ou aurait dû le remarquer. Je croyais avoir surpris des femmes chuchotant des remarques ponctuées de sourires à l'abri de leurs éventails et des hommes qui leur répondaient de manière inaudible, les yeux discrètement fixés au sol. C'était une assemblée composite. Quelqu'un l'avait convoquée pour liquider ses obligations sociales, et il y avait un grouillement de ce genre de personnes qui affectionnent les ragots. Ce n'était pas essentiellement leur goût du spectacle que je détestais, mais le fait que leur relation si ouvertement affichée m'excluait totalement du jeu. Il suffisait de les regarder pour confirmer mes craintes. Je me suis incrusté dans les coins de la salle, jetant des regards noirs, et j'ai été moi-même, je le crains, assez peu discret.

La situation a atteint un degré critique plus tard dans la soirée. Il y avait une sorte de jardin d'hiver dans lequel les gens allaient se promener, parmi des palmiers géants qui étendaient une ombre épaisse. Je rôdais sous les grandes feuilles métallisées, jurant à voix basse au plus fort de mes accès d'énervement et frémissant comme un cheval que martyrise un cocher maladroit et cruel. Je me suis arrêté un moment dans le sentier le plus étroit, sentant sur ma main et sur mon visage le contact des feuilles épineuses. Devant moi se trouvait la perspective éblouissante d'une des allées les plus longues. De Mersch s'avançait avec elle à son bras, un grand ruban bleu en travers de la poitrine. Lui-même ne se remarquait guère. Il émanait de lui une sorte de lueur, dont l'effet était bien pâle comparé à l'éclat de ménade qui la nimbait. Il y avait quelque chose d'irrésistible dans la physionomie de cette femme, dans le feu de ses yeux, dans les reflets de sa chevelure, dans le port de sa tête. Elle portait un genre de robe du début du XIXe siècle, qui descendait de la taille avec un plissé si délicat et une candeur si virginale qu'on en ressentait une émotion d'une intensité presque poignante. Et sous cette longue robe, elle marchait avec la légèreté et le pas ample d'une Diane triomphante.

Pour moi, c'était plus que douloureux de rester planté là, brûlant de ce désir sombre et désemparé ; j'éprouvais en même temps un peu de la veulerie de celui qui écoute à une porte et toute la bassesse de celui à qui rien ne réussit.

S'approchant insensiblement au long de la longue allée lumineuse, Gurnard est alors apparu au loin, sinistre figure dont l'avancée silencieuse évoquait le vol immobile d'un vautour. Il les a rejoints en un endroit qui se trouvait nettement dans mon champ de vision et, sans aucune salutation préliminaire – ce qui semblait indiquer une très grande intimité –, a commencé de marcher à leurs côtés. Je suis resté debout quelques instants – quelques minutes –, puis je me suis précipité derrière eux. Je devais faire quelque chose. Au bout d'un moment, j'ai trouvé De Mersch et Gurnard debout face à face dans l'embrasure d'une porte de la maison : Gurnard, petite colonne sombre et impassible, et De Mersch, volumineux, imposant, fleuri, campé sur ses jambes bien écartées, parlant d'une voix forte et faisant quantité de gestes. Je me suis approché d'eux par le côté, m'agrippant au coude de De Mersch avec une certaine insistance.

« J'ai besoin… ai-je dit, je serais extrêmement heureux, *Monsieur**, que vous m'accordiez une minute. » J'avais conscience de parler avec une voix tremblante et une sorte d'ardeur rauque. Je ne savais pas dans quelle direction j'allais, mais j'avais confiance en mon calme et ma maîtrise de moi-même… je serais à la hauteur de la tâche. Tous deux ont marqué leur surprise par une pause de silence. Gurnard s'est retourné et m'a fixé à travers ses lunettes d'un œil scrutateur. J'ai attiré De Mersch un peu à l'écart, dans un petit bosquet de palmiers, et j'ai commencé à parler avant qu'il ne me demande ce que je désirais.

« Vous devez comprendre que je ne serais pas intervenu s'il n'y avait eu de telles provocations, ai-je expliqué, mais il m'a soudain interrompu de sa voix épaisse et joviale :

– Oh, nous comprenons bien, mon bon Granger, et puis…

– Il s'agit de ma sœur, ai-je dit, vous… vous allez trop loin. Je suis dans l'obligation de vous demander, en tant que gentleman, de cesser de la poursuivre.

– Diable ! s'est-il exclamé. Et si je ne le fais pas… ? »

Il était évident par sa voix et ses manières que l'homme était… disons, un peu *gris**.

« Si vous ne le faites pas, ai-je répondu, je lui interdirai de vous revoir et je…

– Oh, oh ! s'est-il écrié avec l'intonation d'un fêtard devant une bonne farce. Voilà où nous en sommes : nous jouons les frères protecteurs. » Il a marqué une pause et ajouté : « Eh bien, allez au diable, vous et vos interdictions. » Il s'exprimait sur un ton d'excellente humeur.

« Je suis sérieux, ai-je insisté, je vous parle très sérieusement. C'est allé trop loin, et même pour votre propre bien, vous feriez mieux… »

– Ah, ah ! a-t-il dit sur le même ton que son « Oh, oh ! » précédent.

– Ne croyez pas qu'elle soit votre amie, ai-je continué, elle se joue de vous pour servir ses propres projets ; vous serez… »

Il a un peu chancelé sur ses jambes : « Bravo… bravissimo, a-t-il dit. On n'arrive pas à interdire, et donc on essaie de faire peur. Continuez, mon bon ami… » Puis : « Allez, continuez… »

J'ai regardé sa grande stature. Il m'est vaguement venu à l'esprit que j'aurais eu envie qu'il me frappe, afin de me fournir un prétexte – n'importe lequel – pour terminer la scène violemment, avec des coups de poing et des éclats de voix.

« Vous refusez absolument de prêter attention à ce que je vous dis ? ai-je déclaré.

– Oh, absolument, a-t-il répondu.

– Vous savez que je peux agir contre vous… je peux vous démasquer. » J'avais une vague idée que je le pouvais. La masse de petits éléments que j'avais pour le discréditer et le bloc de ma haine pouvaient être soudés ensemble en un tout accablant. Il a eu un rire aigu, hystérique. L'aube commençait à diffuser sur nous sa pâleur et luisait tristement à travers les vitres de la palmeraie. Les gens commençaient à passer, emmitouflés, pour quitter la maison.

« Vous pouvez y aller… a-t-il commencé. Mais l'expression de son visage avait changé. Miss Granger, emmitouflée comme tout le monde, est sortie par la porte intérieure.

« Nous avons eu une charmante... a-t-il commencé à lui dire, mais elle m'a touché doucement le bras.

– Venez, Arthur », m'a-t-elle soufflé. Puis elle s'est tournée vers lui : « Vous avez entendu la nouvelle ? »

Il l'a regardée d'un air assez vague.

« Le baron Halderschrodt s'est suicidé, a-t-elle déclaré. Venez, Arthur. »

Nous avons avancé lentement, mais De Mersch nous a suivis.

« Vous... vous n'êtes pas sérieuse ? » a-t-il dit en lui saisissant le bras pour que nous nous retournions et lui faisions face. Il y avait dans ses yeux une sorte de supplication folle, comme s'il espérait qu'en démentant la nouvelle elle puisse empêcher un désastre irrémédiable. Il ne restait plus rien de lui que des yeux affolés et suppliants.

« Monsieur de Sabran vient de me l'apprendre, a-t-elle répondu ; il revenait juste de faire le constat. Mais vous n'avez qu'à écouter... »

Des groupes que nous croisions, on entendait des demi-phrases parvenir à nos oreilles. Un très vieil homme, dont le nez touchait presque ses lèvres épaisses, a dit à un autre du même genre :

« Il s'est tiré une balle... dans la tempe gauche... *Mon Dieu** ! »

De Mersch s'est lentement éloigné de nous au long couloir. Il y avait une raideur extraordinaire dans sa démarche, comme s'il essayait d'imiter le pas de l'oie des jours qu'il avait passés dans la Garde prussienne. Ma compagne l'a suivi du regard comme si elle voulait jauger l'étendue de son désespoir.

« Vous diriez *"Habet[6]"*, n'est-ce pas ? » m'a-t-elle demandé.

Je pensais que nous en avions fini avec lui, mais au lever du soleil, alors que nous attendions l'ouverture des portes de la cour, un furieux bruit de sabots s'est fait entendre dans la longue rue et une voiture est arrivée au niveau de la nôtre. Un instant après, De Mersch frappait à notre fenêtre.

« Vous allez... vous allez... a-t-il bégayé, parler... à Mr. Gurnard. C'est notre dernière chance... à présent. » Sa voix arrivait mêlée à l'air froid du matin. J'ai frissonné. « Vous avez tellement de pouvoir... auprès de lui et...

– Oh, je... a-t-elle répondu.

– Il faut que la chose se fasse, a-t-il répété, ou bien... »

Il a marqué une pause. Devant nous, les grandes portes s'ouvraient sans bruit, on voyait la cour. La lumière devenait plus forte. Elle n'a pas répondu.

« Je vous le dis, a-t-il martelé avec insistance, si le gouvernement britannique abandonne mon chemin de fer, tous nos projets...

– Oh, le gouvernement ne va pas l'*abandonner* », a-t-elle dit en insistant un peu sur le verbe. Il s'est éloigné hors de portée des roues, nous nous sommes retournés et l'avons laissé là.

Dans la grande salle habituellement réservée aux conspirateurs politiques se trouvait une table couverte de victuailles et éclairée par une paire de bougies fixées sur un haut candélabre d'argent. J'avais la conscience à la fois d'une faim furieuse et d'une excitation féroce qui renvoyaient désormais toute idée de sommeil dans un passé fantomatique. J'ai

6. Les spectateurs des jeux du cirque criaient *« Habet, hoc habet ! »* lorsqu'un gladiateur tombait au combat.

commencé à manger machinalement, en faisant les cent pas. Elle était debout à côté de la table, dans le cercle translucide de la lumière. Des lignes bleu pâle apparaissaient au travers des longues fenêtres. Il faisait très froid et il était affreusement tard ; c'étaient ces petites heures interminables où le pouls se ralentit, où le battement de l'horloge s'éternise, où le temps s'efface.

« Vous voyez ? a-t-elle dit soudain.

– Oh, je vois, ai-je répondu, et… et maintenant ?

– Maintenant, nous en avons presque fini tous les deux », a-t-elle répondu.

J'ai senti un soudain effondrement mental. Je n'avais jamais regardé les choses de cette façon, je n'avais jamais vraiment regardé les choses en face. Je m'étais tellement installé dans l'idée qu'elle allait partager le reste de ma vie, je m'étais tellement habitué au sentiment que je faisais partie intégrante de sa vie… « Mais je… ai-je marmonné. Que vais-je devenir ? »

Elle est restée longtemps à regarder le sol. Enfin, elle a dit d'une voix basse et monotone :

« Oh, il faut que vous essayiez d'oublier. »

Une nouvelle idée m'a frappé – lumineuse, irrésistible. Je suis devenu imprudent. « Voilà que vous devenez… attentionnée, l'ai-je taquinée. Vous n'êtes plus aussi sûre de vous, aussi froide. J'ai remarqué chez vous un changement. Je vous assure… »

Ses yeux se sont soudain dilatés et refermés tout aussi soudainement. Elle n'a rien dit. J'ai pris conscience d'une douleur insupportable… la douleur du retour à la vie. Elle était sur le départ. J'allais devoir rester seul. L'avenir recommençait à exister, surgissant comme un vaisseau à travers une épaisse brume... silencieux, fantomatique, écrasant. Un avenir hideux fait de remords incoercibles, de solitude et de désir.

« Vous retournez travailler avec Churchill, a-t-elle dit subitement.

– Comment le savez-vous ? » lui ai-je demandé à bout de souffle. C'était mon désespoir qui s'exprimait par la violence de cette question un peu abstraite.

« Vous laissez traîner vos lettres, a-t-elle dit, et... Ce sera mieux pour vous.

– Je n'y retournerai pas, ai-je déclaré avec amertume. Rien ne pourrait plus jamais être pareil. Je ne veux pas revoir Churchill. Je veux....

– Que voulez-vous ? a-t-elle demandé d'une voix basse et monotone.

– Vous », ai-je répondu.

Elle s'est mise enfin à parler, très lentement :

« Moi... oh, je vais épouser Gurnard. »

Je ne sais pas exactement ce que j'ai dit à ce moment-là. Je me souviens que je me suis retrouvé à répéter encore et encore les mêmes phrases qui revenaient par vagues dans mon esprit : « Vous ne pouvez pas épouser Gurnard, vous ne savez pas l'homme qu'il est... Vous ne pouvez pas épouser Gurnard, vous ne savez pas l'homme qu'il est. » Je crois que je ne savais pas la moindre chose qui pût discréditer Gurnard, mais c'est ainsi que je voyais le personnage à ce moment-là et j'étais convaincu de ce que je disais – bien plus que je n'aurais pu l'être de n'importe quel fait concret.

« Ah... l'homme qu'il est... a-t-elle dit avant de faire une pause. Je sais... » Et tout à coup elle s'est mise à parler très vite.

« Ne comprenez-vous pas ?... N'arrivez-vous pas à comprendre ?... Je n'épouse pas Gurnard pour ce qu'il est dans ce sens-là, mais pour ce qu'il est dans l'autre. Ce n'est pas du tout un mariage au sens que vous entendez. Et... et ça ne vous porte préjudice en rien... Ne comprenez-vous pas ? Nous devons en finir l'un avec l'autre, parce que... parce que... »

J'ai eu une inspiration.

« Je crois, ai-je dit très lentement, je crois que... vous tenez à moi... »

Elle n'a rien dit.

« Vous tenez à moi », ai-je répété.

Elle a parlé alors avec une énergie qui avait quelque chose de menaçant. « Pensez-vous que je voudrais ? Pensez-vous que je pourrais ?... que j'oserais ? Ne comprenez-vous pas ? » Elle a hésité : « Mais en même temps... » a-t-elle ajouté, et elle est restée silencieuse un long instant. Je sentais mille pulsations palpiter dans ma tête, dans mes tempes. « Oui, je tiens à vous, a-t-elle dit lentement, mais cela... cela ne fait qu'empirer la situation. Eh bien, oui, je tiens à vous... oui, c'est vrai. Cela m'est douloureux de vous voir. Je pourrais... Cela m'éloignerait. J'ai un destin à accomplir. Et vous... ne voyez-vous pas, vous m'influenceriez. Vous seriez... vous êtes... une maladie... pour moi.

– Mais, ai-je dit, je pourrais... je ferais... n'importe quoi. »

Je n'avais qu'une très vague idée de ce que je pourrais faire... pour elle.

« Ah non, a-t-elle dit, vous ne devez pas dire cela. Vous ne comprenez pas... Même cela, cela signifierait pour vous du malheur... et moi... je ne pourrais pas le supporter. Ne voyez-vous pas ? Même maintenant, avant que vous ayez fini d'accomplir la part qui est la vôtre, j'ai envie… ah, j'aurais envie… de vous laisser partir… Mais je ne dois pas ; je ne dois pas. Vous devez continuer… supporter cela encore quelque temps… et ensuite… »

Il y avait une tension quelque part : une corde tendue quelque part que je sentais vibrer. J'étais tremblant d'une excitation qui dominait mes capacités de parole, qui dépassait mon entendement.

« Ne voyez-vous pas… a-t-elle demandé à nouveau, vous êtes le passé… le passage. Nous ne pourrions jamais nous rencontrer. Vous n'êtes… pour moi… que le portrait d'un homme… d'un homme mort… oh, mort depuis longtemps. Et moi, je ne suis pour vous qu'une possibilité… une image… Vous travaillez à préparer ma venue… à me rendre possible.

– Mais… » ai-je protesté. L'idée était terriblement difficile à saisir. « Je le ferai… il doit y avoir un moyen…

– Non, a-t-elle répondu, il n'y a aucun moyen… Vous devez rentrer ; vous devez essayer. Il y aura Churchill et ce qu'il représente… Il ne mourra pas, il ne sera même pas très affecté d'avoir perdu la partie… pas très… Et vous devrez m'oublier. Il n'y a pas d'autre moyen… pas de passerelle. Il ne faut plus que nous nous voyions, vous et moi… »

Ces mots m'ont rendu furieux. J'ai commencé à marcher rageusement de long en large. Je voulais lui dire que j'abandonnerais tout pour elle, que je m'effacerais, que je ne serais plus qu'un instrument sans vie, que je ferais n'importe quoi. Mais je ne pouvais arracher aucun mot au bloc de pierre dans lequel je me sentais enfermé.

« Vous pouvez même lui annoncer, si vous le souhaitez, ce que Gurnard et moi allons faire. Cela ne fera pour lui aucune différence. Il va tomber. Mais vous aimeriez qu'il... qu'il puisse au moins livrer un combat loyal, n'est-ce pas ? C'est tout ce que je peux faire... par égard pour vous. »

J'ai commencé à parler – comme si je n'avais pas parlé depuis des années. La maison semblait reprendre vie ; il y avait des bruits de portes qui s'ouvraient, des voix dehors.

« Je crois que vous tenez assez à moi, ai-je dit, pour abandonner tout cela. Je crois que vous le ferez. J'ai besoin de vous. » J'ai continué de faire les cent pas. Les bruits du jour qui se levait devenaient plus forts, terriblement violents. C'était comme si je devais me dépêcher de dire ce que j'avais à dire, comme si je devais élever la voix pour la faire entendre au milieu de la clameur d'un monde qui s'éveillait à la vie.

« Je crois que vous le ferez... Je crois que vous le ferez... ai-je répété encore et encore. J'ai besoin de vous. » Ma voix montait de plus en plus haut. Elle se tenait immobile, silhouette blanche impénétrable – comme une statue grecque silencieuse, rien qu'une délicate harmonie de plis tombant en un drapé parfaitement immobile.

« J'ai besoin de vous, ai-je dit, j'ai besoin de vous, j'ai besoin de vous, j'ai besoin de vous. » La situation m'était insoutenable.

« Oh, taisez-vous, m'a-t-elle dit enfin. Taisez-vous ! Si vous aviez eu besoin de moi, j'étais là. À présent, c'est trop tard. Tous ces jours, tous ces...

– Mais... » ai-je dit.

Du dehors, quelqu'un a ouvert en grand les volets des fenêtres et la lumière du monde extérieur a fait irruption sur nous.

15

Nous nous sommes quittés à Londres le lendemain. Je ne sais plus bien où. Elle semblait tellement faire partie de mon être. Elle était pour moi si peu différente d'une force intellectuelle, elle était si peu réductible à sa personnalité physique, que je ne me souviens plus où mes yeux l'ont perdue de vue.

J'avais fait, le cœur désolé, la traversée d'une rive à l'autre de la Manche. J'avais raccompagné ma tante jusqu'à sa grande maison située sur l'une des places lugubres d'un certain quartier de Londres, puis nous nous étions séparés. Même après, c'était comme si la jeune femme était encore à mes côtés, comme si je n'avais qu'à regarder alentour pour trouver son regard fixé sur moi. Elle restait la force motrice, et moi je n'étais qu'une barque lancée sur un étang et avançant de plus en plus lentement. Je vivais depuis si longtemps dans l'ombre de cette grande maison, enfermé dans son obscurité, que toute cette lumière, ce monde flamboyant – c'était un jour de juin à Londres – me paraissait impossible et odieux. Là-bas, il n'y avait que la disparition très lente des minutes. Ici, il y avait un passé, un avenir. C'était comme si je me tenais entre eux dans une fissure entre des rochers infranchissables.

Je me déplaçais machinalement, je faisais des aménagements dans mon logement ; avec une sorte de stupeur, j'allais et venais dans les pièces de l'immense mausolée de ce Club qui était ma seule maison. Soudain, je me suis ressouvenu d'avoir pensé à quelque chose : elle avait parlé de Churchill. J'avais reçu une lettre de lui le matin précédent. En la lisant, Churchill et son *Cromwell* étaient apparus à mon esprit comme des fantômes absurdes : aussi irréels l'un que l'autre, aussi étrangers. Il me semblait avoir passé loin d'eux des millions d'années. L'un et l'autre appartenaient à un passé aussi absolument révolu que l'année écoulée. Leur souvenir n'entraînait pas les sensations subtilement désagréables qui accompagnent généralement les pensées d'un *temps jadis** trop récent : c'était plutôt comme une nuance de rose dans le gris d'une soirée. J'avais survolé sa lettre ; je l'avais laissée tomber à moitié lue dans le monceau de paperasse de toutes les autres. Puis il m'était apparu qu'il y avait là pour moi un port où trouver refuge.

Il fallait maintenant que je reprenne les lettres, toutes les lettres ; que je me mette au travail, tristement, pour renouer les fils du passé ; et que je le ramène à la vie comme on fait de choses à moitié noyées. Je m'y suis mis avec apathie. De cette époque, il me restait à accomplir une commission pour ma tante, une commission qui me mènerait à Etchingham, quelque chose en rapport avec son régisseur. Je pense que la vieille dame avait l'idée de me faire assumer un rôle dont, sans que nous en ayons jamais parlé, il était à ses yeux établi qu'il devait être le mien. Je devais y aller, inspecter certaines modifications en cours et prendre des dispositions pour le retour de ma tante. J'étais si fatigué, si épuisé, et la journée avait encore tant d'heures fatigantes à courir, que j'ai reconnu instinctivement que si je voulais m'en sortir sain d'esprit, il fallait que je me fatigue davantage encore. Je devais continuer… jusqu'au point de m'effondrer. Ce soir-là, je suis descendu à Etchingham. J'ai envoyé un messager au cottage de Churchill, j'ai attendu la réponse me confirmant qu'il était chez lui, puis j'ai dormi, encore et encore.

Je me suis réveillé au monde dans un petit univers qui contenait le régisseur et le manoir. J'ai éprouvé en les voyant un sentiment de puissance retrouvée : les étendues de gazon sous le soleil, la pierre douce et dorée de la longue rangée de bâtiments, les cloches dont le carillon retentissait avec une merveilleuse douceur sur la tendre étendue d'herbe toute proche. Cette plénitude ne me venait pas du sentiment d'en être un jour propriétaire, mais de la conscience aiguë de ce que ces choses représentaient. Je ne le percevais pas alors, je ne l'ai compris que plus tard ; il me suffisait pour le moment d'avoir à nouveau la force de poser le pied par terre et de marcher. Dans les rues de la petite ville régnait une ambiance de fête, pas assez prononcée pour exiger des drapeaux, mais suffisamment pour donner l'idée qu'un événement se préparait.

À la fin d'une tournée des propriétés, le régisseur m'a expliqué qu'il allait y avoir une fête dans le voisinage – un « spectacle de coqs avec une seconde partie politique », cette dernière placée sous l'égide de miss Churchill. Le grand homme devait lui-même s'exprimer ; il était possible qu'il fasse une importante déclaration. À mon auberge, j'ai retrouvé des journalistes de Londres, des hommes que je connaissais un petit peu. À ma vue, ils ont exprimé un plaisir mitigé ; autour de la table du déjeuner, ils m'ont fait savoir « ce qu'on racontait » : ce qu'on disait de l'extérieur d'événements que je ne connaissais que trop bien de l'intérieur. La plupart d'entre eux avaient le même air que le notaire de ma tante lorsqu'il avait déclaré : « Même moi, je ne m'en rendais pas compte... » Leur métier de journalistes les dispensait d'avoir à dissimuler leur surprise. « On ne peut pas tout savoir. » Ils tâtonnaient de manière assez comique quant aux causes – sur lesquelles ils différaient sensiblement les uns des autres –, mais ils étaient étonnamment unanimes quant aux effets à attendre : panique politique et appel à la purification. Il était également assez sidérant de constater à quel point l'ombre de De Mersch se profilait dans leur horizon. C'était comme si le monde entier tournait autour de lui, comme s'il personnifiait cet esprit moderne qu'il fallait purifier par le feu avant que les choses puissent revenir à leur état normal. Je savais ce qu'il représentait en fait... mais les choses étaient ainsi.

Assister à l'exposition de volailles faisait partie de mon programme. Je devais retourner au cottage avec Churchill quand il aurait prononcé son discours. Cela a été assez prodigieux, toutes ces sensations de mon nouveau rôle. Je suis arrivé assez tard, avec le reporter de *The Hour*, qui a tenu à me faire la faveur de me faire entrer gratuitement : c'était sa manière de se rendre agréable et, bien sûr, j'avais la réputation de connaître des célébrités. C'était assez extraordinaire de se retrouver au milieu de ce genre de choses. De marcher sur une pelouse verte et bondée, entourée de grands arbres et parsemée de ces espèces de tentes aux rayures gaies qu'on appelle « chapiteaux ». Et l'aspect des visages, le style des vêtements ! Avant-hier, cela m'aurait semblé invraisemblable.

Il y avait là toutes les grandes dames de la bande de miss Churchill, des filles en mousseline froufroutante, toutes bonnes à marier, un gazouillis continu de voix et une pincée de paysans, tout habillés de brun grisâtre et frappés de mutisme.

À travers des lunettes en écaille de tortue fixées au bout d'une longue tige, une des grandes dames m'a observé attentivement alors que je me tenais au centre d'un espace ouvert, puis m'a fait signe de la rejoindre.

« Vous êtes seul ? » m'a-t-elle demandé. Elle avait la prétention d'être la voix du comté, tout comme ma tante, sans aucun doute, en dictait les règles de conduite, décidant qui était fréquentable ou non, et comme miss Churchill en donnait le ton politique. « Vous allez donc pouvoir me tenir compagnie, a-t-elle continué. Ma fille est avec son petit ami. C'est comme ça qu'on dit, n'est-ce pas ? »

C'était une grande femme, qui mesurait près de 1,80 m et qu'on aurait – si on l'avait osé – qualifiée de plantureuse. « J'ai une réclamation à faire, a-t-elle continué. Il faut que j'en parle à quelqu'un. Venez avec moi. Voilà… » Elle m'a montré du bout de ses lunettes un enclos de volailles noires et luisantes. « … Vous les voyez !… Eh bien, elles n'ont même pas reçu une mention honorable !… Et je vous assure pourtant que je me suis donné pour elles un mal incroyable, avec la seule idée de donner l'exemple à nos métayers. Et c'est à un de nos propres métayers qu'a été donné le prix… Ce qui revient à faire croire à cet homme qu'il serait pour moi un exemple ! On s'étonne ensuite que le pays tombe en ruines. Je peux vous assurer que moi, après le petit-déjeuner, je faisais ramasser les restes des assiettes – selon la méthode recommandée par les meilleurs ouvrages sur l'élevage des volailles – et que je les distribuais de mes propres mains. »

Ce genre de choses passaient pour de l'humour dans le comté. Prononcées avec grâce et un petit air de complainte irlandaise, elles passaient assez bien.

« Cela me rappelle, a-t-elle poursuivi… Je veux dire, le fait que le pays tombe en ruines, comme le dit mon mari… Au fait, vous ne l'auriez pas vu quelque part ? Il fait partie du jury et je veux lui parler de mes orpingtons [7]… Oui, comme le dit mon mari chaque matin après avoir consulté son journal… Ah, vous étiez à Paris, avec votre tante n'est-ce pas ? Alors, bien sûr, vous avez vu ce fameux duc de Mersch ? »

Elle me regardait avec humour à travers ses lunettes. « Je vais vous tirer les vers du nez, vous savez, a-t-elle dit, c'est la mission qu'on attend de moi. Je suis chargée de parler au nom d'un pays entier de femmes qui ont perdu leur langue. Alors, parlez-moi de lui… Est-ce vrai qu'il est à l'origine de toutes ces calamités ? Est-ce à cause de lui que cet homme s'est suicidé ? C'est ce qu'on dit. Il a été mêlé à ce complot royaliste, n'est-ce pas ?… Et ces gens qui ont fait faillite un peu partout sont mêlés à ses affaires, n'est-ce pas ?

– Je… je ne sais vraiment pas, ai-je répondu. Si vous le dites…

– Oh, je vous assure que je sais très bien ce que dis, a-t-elle répondu. Les Churchill… – je sais que vous êtes de leurs amis… – les Churchill n'ont pas de plus fidèle alliée que moi et je ne serais que trop heureuse de pouvoir aller contre ce qu'on dit. Mais c'est tellement difficile. Je vous assure que je me donne beaucoup de mal ; je parle aux personnes les plus infréquentables, je démens formellement qu'on puisse même envisager que Mr. Churchill soit impliqué d'une quelconque manière… On sait que c'est impossible, mais que faire ? Je l'ai répété maintes et maintes fois… à des personnes comme des

7. Originaire du village d'Orpington dans le Kent, et développée par William Cook en 1886, l'orpington est une poule active et docile, reconnue pour la tendreté de sa chair et sa ponte d'hiver. Elle figure parmi les 108 races de poule reconnues du British Poultry Standard.

femmes d'épiciers, et même, d'ailleurs, à des épiciers… Mr. Churchill est un homme d'État, et s'il insiste pour que le chemin de fer de cet homme odieux puisse se faire, c'est qu'il est dans l'intérêt du pays que cela se fasse. Je leur ai dit… »

Elle s'est arrêtée une minute pour reprendre haleine, puis elle a repris : « Ce matin encore, j'ai parlé à un homme de ce milieu, plutôt intelligent et tout à fait sympathique. Je lui ai dit : "Ne voyez-vous pas, mon cher Mr. Tull, que c'est une question de politique internationale. Si le grand-duc n'obtient pas l'argent pour son chemin de fer, le grand-duc sera expulsé de sa… qu'est-ce que c'est déjà ? Une principauté ?… Et ce serait très dangereux, dans l'état actuel des choses là-bas, et d'ailleurs…" L'homme m'a écoutée avec beaucoup de respect, mais je voyais bien qu'il n'était pas convaincu. J'ai essayé à nouveau… "Et puis, lui ai-je dit, il y a la question du Groenland lui-même. Nous, les Anglais, nous devons reprendre le Groenland… tôt ou tard. Cela vous concerne vous aussi. Vous avez un fils qui est majeur, qui n'aime pas la vie à la campagne, et vous voulez l'envoyer à l'étranger, avec un petit capital. Eh bien, le Groenland est pour lui l'endroit idéal." L'homme m'a regardée, il a approché sa tête de mon visage, jusqu'à presque le toucher : "Si vous voulez bien m'excuser, chère Madame, m'a-t-il dit, je pense autrement. Mr. Churchill est un homme au-dessus de ces tours de passe-passe. J'ai été en relation avec lui et je le sais très bien. Mais… eh bien, en résumé, chère Madame, vous ne pouvez pas toucher le fumier sans vous salir – ou, du moins, les gens penseront forcément que vous l'êtes, ceux qui ne vous connaissent pas. Fort bien pour les nations étrangères, et pour le grand-duché… et pour prendre possession du Groenland. Moi, ce qui me touche, c'est ceci : mon voisin Slingsby avait un peu d'argent. Il a reçu un prospectus. Cela avait l'air très bien... très bien... Il me l'a apporté. Je n'ai rien à voir avec ça, mais Slingsby, oui. Eh bien, maintenant, il y a que Slingsby est sur la paille, avec sa femme, qui était une lady, ou presque. Je me serais peut-être fait attraper de la même manière, s'il n'y avait eu... disons, la grâce de Dieu. Eh bien, Slingsby est un homme bon, et il a travaillé dur... toute sa vie... et on nous dit maintenant que ce prospectus est le résultat des manœuvres de cet individu, De Mersch. Tous ces "projets grandioses", comme ils les appellent dans le journal que je lis. Et il y a un certain nombre de ces journaux qui ont été lancés par De Mersch ou ses agents. Et pourquoi cela ? Pour que De Mersch puisse devenir l'homme le plus riche du monde et un grand philanthrope. Alors, qu'est-ce qui est arrivé à Slingsby, si tout ça, c'est de la philanthropie ? Sur ce, Mr. Churchill arrive et il nous dit, manière de parler : "C'est très bien, mais ce Mr. De Mersch est aussi le grand-duc de quelque part, et nous devons le soutenir dans son royaume, sinon il y aura des ennuis avec les grandes puissances. 'Les puissances'... qu'est-ce que ça veut dire pour moi, les puissances ?... Ou le Groenland ?... Quand Slingsby est à l'hospice, un homme avec qui j'ai fumé la pipe tous les soirs de marché de ma vie ? Et il y a des centaines de Slingsby à travers le pays." Cet homme travaille, et Slingsby est sans doute un brave homme. Cela m'a choquée, même une personne comme moi. Bien sûr, chacun sait ce qu'il se passe dans son propre village. Et il est bien vrai qu'il y a des centaines de Slingsby à travers le pays... Je ne vous ennuie pas, j'espère ? »

Je n'ai pas répondu tout de suite.

« Je... je n'en avais aucune idée, ai-je dit, je suis resté si longtemps éloigné de tout cela, et là-bas on ne réalise pas... l'émotion.

– Vous vous en êtes bien sorti, a-t-elle répondu. On a dû en supporter, je vous l'assure. » Je pensais qu'en effet elle avait dû supporter bien des choses. Il avait dû falloir beaucoup de temps pour que cette dame en vienne à s'exprimer ainsi. Elle a penché son large visage et fait descendre son regard jusqu'à la frange du parasol qui touchait le gazon. Nous étions assis sur des sièges de jardin, sous d'immenses ormes dont l'ombre était tachetée de points lumineux.

On entendait à peine parvenir de l'autre côté du terrain les sons de la bruyante fanfare des paysans. On voyait pointer le rouge de leurs uniformes à travers les brèches mouvantes d'une foule de robes blanches.

« Mais ce n'était pas encore le pire, m'a-t-elle dit soudain en levant les yeux et en détournant le regard entre les troncs des arbres. Cet homme a lu les journaux et il m'a permis de profiter de ses réflexions. "Quelqu'un doit être puni pour cela", m'a-t-il dit. Il faut leur montrer qu'on ne peut pas travailler main dans la main avec ce genre d'escrocs, sans avoir un jour à payer. Je ne dis pas, remarquez, que Mr. Churchill est ce genre de personne, ou qu'il l'a jamais été. Je le connais et je lui fais confiance. Mais il n'y a pas que moi en ce monde, et tous ne peuvent pas le connaître. Eh bien, il y a des journaux qui disent, ou qui ne disent pas, mais qui laissent entendre… ce qui, d'une certaine manière, est pire encore… qu'il est certainement dans la main de De Mersch, sinon il ne le défendrait pas. On dit que cet homme se comporte partout comme une véritable canaille… au Groenland aussi… et qu'il a fait assassiner les Noirs. Churchill dit que les Noirs doivent être 'protégés', c'est son mot. Eh bien, c'est sans doute vrai… Slingsby aurait dû l'être aussi, mais ça ne l'a pas aidé. Non, chère madame, nous devons d'abord mettre de l'ordre dans notre propre maison, avant de penser aux puissances ou à des endroits comme le Groenland. À quoi sert cette 'politique de la raison' dont nous parle Mr. Churchill, si vous devez essayer de vivre de votre capital et que vous ne pouvez confier votre argent à personne ? Si vous ne parvenez pas à dormir la nuit en pensant que vous serez peut-être demain à l'hospice, comme Slingsby ? Le premier devoir des hommes dans la position de Mr. Churchill… à mon avis… est de veiller à ce que nous soyons sûrs de l'honnêteté des contrats. C'est ça que nous voulons, pas le Groenland. C'est ce que nous ressentons tous, et vous le savez aussi, sinon vous, une grande dame, vous ne vous resteriez pas là à parler à un pauvre homme comme moi. Et, remarquez, je suis un vrai conservateur, je l'ai toujours été et je le serai toujours. Et s'il s'agissait d'aller voter demain, je donnerais sans hésiter ma voix à Mr. Churchill. Mais il y en a beaucoup d'autres qui ne le feraient pas, et beaucoup d'autres aussi qui croient aux rumeurs." »

La dame s'est arrêtée et a soupiré de sa large poitrine : « Que pouvais-je lui répondre ? a-t-elle continué. Je connais Mr. Churchill et je l'aime beaucoup, et tous ceux qui le connaissent l'aiment beaucoup. Je fais partie de ses fidèles, soyez-en sûr. Je ne suis pas prête à céder aux clameurs populaires ; je suis moi aussi pour une "politique de la raison", comme Churchill. Mais, comme l'a dit cet homme-là : "Il y en a beaucoup qui croient aux rumeurs." Et je souhaiterais presque que Churchill… Mais vous comprenez ce que je voulais dire quand je rappelais que nous avions dû supporter bien des difficultés. »

– Ah, oui, je comprends », ai-je dit. En effet, je commençais à comprendre. « Et Churchill ? lui ai-je demandé. Il ne donne aucun signe de vouloir céder ?

– Voudriez-vous qu'il cède ? a-t-elle demandé brusquement. Le feriez-vous céder si vous le pouviez ? » Elle avait un air de défi. « Je suis pour une "politique de la raison", quoi qu'il en coûte. S'il faut aller en ce sens, son devoir est de se sacrifier.

– Je suis d'accord avec vous, ai-je répondu… de tout cœur. » Son enthousiasme était aussi contagieux qu'inutile.

« Oh, il va tenir bon, a-t-elle repris après avoir brièvement consulté la frange du parasol. Vous allez l'entendre dans une minute. Aujourd'hui, c'est une épreuve de vérité. Vous allez manquer l'essentiel si vous restez ici avec moi. Moi, je le fais exprès : j'attends qu'ils aient fini. Ils tremblent tous… tous. Mon mari sera sur l'estrade, tremblant lui aussi. Il est l'un des officiels. Toute la journée et même la nuit, à des heures invraisemblables, je lui parle… je parle plus fort que lui, je lui impose silence. Comment sent-il l'état du sentiment populaire ? Lui, il est de la campagne, pas de la ville, il n'a rien à voir avec ce genre d'affaires. C'est une question qui doit être réglée par les juifs de la *City*. Mais voilà : la nuit, il comprend les choses et, dès le lendemain matin les journaux viennent annuler tout mon travail. Il commence à me parler de son siège… ce siège que je lui ai fait gagner. Cela fait maintenant des années que je suis la "voix du comté". Eh bien, ce sera bientôt une voix sans comté… Que se passe-t-il ? "L'ordre ancien change [8]." Je me suis donc organisée pour attendre que les gros bonnets tremblants aient fini de bégayer leurs discours : à ce moment-là, je remonterai l'allée centrale pour écouter Churchill en faisant des gestes bien

8. "The old order changeth, yielding place to new, / And God fulfils Himself in many ways" : « L'ordre ancien s'efface, laissant place à un ordre nouveau,/ car Dieu a bien des manières de s'accomplir » vers d'Alfred Tennyson (1809-1892) extrait de "The Passing of Arthur" (« La mort d'Arthur », 1857, in *The Idylls of the King*, 1859-1885).

visibles d'approbation. Cela n'aura peut-être pas beaucoup d'effet aujourd'hui, mais il fut un temps où cela aurait changé le cours d'une élection… Ah, voici le petit ami d'Effie. Il est l'heure !… »

Elle s'est levée et s'est avancée à travers la pelouse déserte, avec l'air de marcher à l'ultime sacrifice, vers un jeune homme qui passait sous les banderoles de l'entrée.

« Tout va bien, Willoughby, lui a-t-elle murmuré lorsque nous sommes arrivés à son niveau. J'ai trouvé quelqu'un qui va pouvoir faire face à la situation avec moi ; tu peux retourner voir Effie. »

Un jeune homme bronzé et reconnaissant m'a murmuré des remerciements. « C'est un formidable soulagement, Granger, m'a-t-il dit, je ne sais pas comment vous allez faire. Moi, je suis coincé, mais vous…

– C'est le meilleur homme qui soit », a dit en se retournant sa belle-mère putative. Elle a remonté lentement l'allée à côté de moi, figure presque héroïque de matrone. « Le moment est magnifiquement choisi, n'est-ce pas, a-t-elle dit, vous voyez l'embarras de mon mari ? »

C'était splendide de revoir Churchill, debout là sans aucune pose, avec la timidité d'un adolescent sous le tumulte des applaudissements. J'ai soudain compris pourquoi je l'aimais tant, ce grand homme gris aux manières délicates, presque grotesques. Il me séduisait par sa simple puissance pittoresque, comme l'aurait fait une ville médiévale oubliée. J'étais inquiet pour lui comme pour un lieu en extinction, haut perché au-dessus des plaines. Je tenais à ce qu'il ne perde rien de sa gloire, de sa renommée. Devant tous ces gens assemblés, il a plaidé pour sa « politique de la raison » ; il s'est levé et a parlé doucement, de manière convaincante, sans aucune marque d'émotion, sans autre mouvement qu'un battement intermittent des lunettes qu'il tenait à la main. On ne se serait jamais aperçu qu'il s'agissait d'un discours de combat sans le frisson qui, par moments, secouait son auditoire. Eux ne pensaient qu'à leurs Slingsby ; lui, sans se laisser troubler, s'efforçait de les traiter comme des gens rationnels.

C'était extraordinaire d'être assis là, prisonnier de cette muraille de personnes toutes animées d'un même sentiment, d'une même idée : revenir en arrière. Pénétrées de la même conviction qu'une force, dont ils ne savaient rien, était en train de les entraîner par-delà le bord du glacier, au fond d'une crevasse. Ils voulaient revenir en arrière, ils luttaient, haletants – comme une nation peut être haletante – pour revenir à leur propre manière d'être – celle qu'ils connaissaient et comprenaient. Ils tiraient, tiraient désespérément, sur la corde puissante qui les propulsait vers l'avant. Churchill se tenait là et répétait : « Ma politique est la seule voie, c'est la politique de la raison », et ses paroles parcouraient tout le pays pour tomber dans les oreilles insensibles de gens pris de panique, qui ne comprenaient pas même l'utilité du sang-froid, et moins encore de la légèreté, face au danger et s'en méfiaient comme on se méfie d'une chose qu'on n'a pas. À la fin, il m'a invité à le rejoindre près d'une petite porte à l'arrière du bâtiment. Son discours semblait lui être sorti de l'esprit bien davantage que du mien.

« Vous êtes donc venu, m'a-t-il dit. C'est bien, et alors… Faisons quelques pas… pour sortir d'ici. Ma tante viendra nous chercher sur la route. » Il m'a pris par le bras et rapidement propulsé dans la rue large et lumineuse. « Je suis désolé que vous soyez venu pour ça, mais… ce sont des choses qu'il faut faire. »

Sa voix semblait lutter contre une sorte d'engourdissement, un manque de ressort. Mon cœur se serrait un peu.

C'était comme si j'étais à côté d'un malade qui ne connaissait pas, et ne devait pas connaître, son état ; comme si j'avais promis de ne rien remarquer. À l'air libre, le changement m'a frappé comme un coup de massue ; dans la lumière crue qui faisait ressortir sans pitié chaque détail, sa grisaille, son tremblement, son isolement par rapport aux choses qui l'entouraient me donnaient comme un pincement au cœur.

« Vous avez l'air un peu épuisé, ai-je dit, peut-être ne devrions-nous pas parler de travail. » Ses pensées semblaient revenir de très loin, oh, d'une distance infinie par-delà l'horizon des douces collines de ce riche pays. « Vous avez besoin de repos, ai-je ajouté.

– Moi… oh non, a-t-il répondu, ce n'est pas possible… pas avant la fin de la session. Mais je suis habitué. »

Il a commencé à parler avec vivacité de son *Cromwell* ; après un travail infini, les épreuves étaient maintenant disponibles et allaient nous demander beaucoup d'attention. Il y aurait d'innombrables problèmes à voir, des choses à recopier pour les annexes et des révisions à faire. Il m'était impossible de garder l'attention concentrée sur ces travaux.

Il m'est soudain apparu que c'était là, en fait, le monde auquel j'appartenais vraiment. J'y étais de retour comme au sortir de mondes souterrains et je lui devais à présent toute ma loyauté. Ma sœur l'avait compris ; elle-même m'avait chargé d'annoncer à Churchill ce qui se préparait contre lui. C'était mon devoir, car il était mon ami. Face à lui pourtant, la tâche m'apparaissait presque impossible. Je n'arrivais pas même à traduire tout cela en mots. Les idées elles-mêmes semblaient déjà intraduisibles, elles avaient quelque chose de délirant. Je me trouvais dans la situation même que la jeune femme avait dû affronter au début de nos relations : celle de devoir expliquer, disons, à un Persan, les principes de fonctionnement du télégraphe. Je n'étais pas à la hauteur de la tâche. En même temps, il me fallait agir. Il le fallait. Ce serait abominable de devoir garder toute ma vie la conscience d'avoir commis cette trahison en me taisant. Mais comment pouvais-je lui expliquer même toute la partie de l'histoire qui était compréhensible ? Par quel genre de phrase commencer ? En faisant jouer les cordes du regret, sans aucun prélude… ou comment ? J'ai pris conscience que je devais me dépêcher ; il cherchait des yeux, derrière lui sur la longue route blanche, la voiture qui devait venir nous chercher.

« Mon cher ami… » ai-je commencé. Il a dû remarquer mon changement de ton et m'a regardé en levant subitement les sourcils. « Vous savez que ma sœur va épouser Mr. Gurnard.

– Eh bien, non, a-t-il répondu, c'est… J'ai appris… » Il a commencé à me présenter ses félicitations.

« Non, non, l'ai-je interrompu en toute hâte, ce n'est pas cela. Mais il se trouve que je suis au courant de ce que Gurnard a en tête… Il va rompre avec vous au gouvernement. » Une expression de consternation s'est dessinée sur son visage.

« Mon cher ami, a-t-il commencé.

– Oh, non, ce n'est pas l'effet de l'alcool, lui ai-je dit avec amertume. Je suis dans les coulisses depuis longtemps, et je ne pouvais pas… je ne pouvais pas laisser les choses continuer ainsi sans vous en dire un mot. »

Il s'est arrêté sur la route et m'a regardé.

« Oui, oui, a-t-il répondu, je dirais… Mais à quoi tout cela nous mène-t-il ?… Même si je pouvais vous écouter… je ne peux pas entrer dans les coulisses. Mr. Gurnard peut différer de moi sur certains points, mais ne voyez-vous pas ?… » Il avançait lentement, puis s'est arrêté à nouveau. « Nous ferions mieux de laisser ces questions de côté. Bien sûr, vous n'êtes pas ivre ; mais dans ce genre d'affaires, on est toujours ligoté… »

Il parlait très doucement, comme s'il craignait de m'offenser en fermant ainsi la porte. Il a paru soudain devenir très vieux, très gris. Dans la haie poussiéreuse, il y avait une petite barrière, vers laquelle il s'est dirigé en méditant. Au bout d'un moment, il s'est retourné et m'a regardé : « J'avais oublié, a-t-il dit. Je voulais vous suggérer que nous attendions ici… Je suis un peu fatigué. » Il s'est assis sur la barre supérieure et s'est absorbé dans la contemplation du cordon de ses lunettes. Je suis allé vers lui.

« Je savais, ai-je dit, que vous ne voudriez pas écouter… ce genre de choses. Mais j'avais mes raisons. Je me suis senti obligé. Vous me pardonnerez. » Il m'a regardé en sursautant comme s'il avait oublié ma présence.

« Oui, oui, a-t-il dit, j'ai un certain… Je ne trouve pas le mot juste… disons respect… pour votre jugement et… et vos motivations… Mais vous voyez, il y a, par exemple, mes collègues. Je ne pourrais pas aller vers eux… » Il avait perdu le fil de son idée.

« À vrai dire, ai-je répondu avec un soudain élan de franchise, ce n'est pas l'aspect politique de la question, mais l'aspect personnel. Je vous ai parlé parce qu'il me semblait envisageable que je puisse vous rendre service… à titre personnel… et parce que j'aimerais que vous… vous puissiez vous battre à la loyale pour cela. » J'avais emprunté ses propres mots.

Il m'a regardé et a souri. « Merci, a-t-il dit. Je crois que vous pensez que c'est une partie perdue », a-t-il ajouté, avec une touche d'humour mélancolique qui ressemblait à un beau moment ensoleillé dans une journée d'hiver. Je n'ai pas répondu. Un peu plus loin, la voiture de miss Churchill est apparue, étincelante dans le soleil et soulevant un nuage de poussière qui se dissipait comme une fumée à travers les églantiers de la haie.

« Vous n'avez donc pas beaucoup d'estime pour moi en tant que politicien, en a déduit soudain Churchill en souriant. Vous feriez mieux de ne pas dire cela à ma tante. »

Le même soir, je suis reparti pour Londres avec Churchill. Rien ne m'y attendait, mais je ne voulais pas avoir à penser. Je voulais me retrouver au milieu des hommes, dans la foule de mes semblables ; je voulais être étourdi, abruti, ne plus entendre parler du fracas de la vie ; simplement être aveuglé par l'éclat des lumières.

Il y avait beaucoup de monde dans le wagon de Churchill ; un militaire et un député local se trouvaient juste à côté de moi. Leurs pensées étaient pleines des scandales financiers en cours et ils m'ont chacun à leur tour déversé leurs opinions personnelles. Je les ai assurés que je ne savais rien de la question, et ils se sont mis en devoir de tout m'expliquer.

« Tout cela vient du fait qu'il y a trop d'œufs dans le même panier, a résumé le député local. Les petites entreprises à l'ancienne mode avaient leurs inconvénients, mais, voyez, ces trusts gigantesques… Vous n'êtes pas d'accord, Général ?

– Oh, je suis tout à fait d'accord avec vous, a aboyé le général. En même temps… » Leurs voix résonnaient, entremêlées, indiscernables, apaisantes même. J'avais l'impression d'écouter le bourdonnement d'une batteuse : une suite de sons retentissant sur une même note, une autre suite un demi-ton plus haut, et ainsi de suite. De plus en plus floues, les choses visibles se fondaient l'une dans l'autre.

16

Nous sommes arrivés à Londres assez tard dans la soirée, par un beau crépuscule de jour d'été. La hâte et le tumulte de l'arrivée ont changé la teneur de mes pensées et subitement interrompu leur cours. Alors que je restais pensif devant la portière de la voiture, j'ai senti la pression amicale d'une main sur mon épaule.

« Vous y veillerez, m'a dit la voix de Churchill à mon oreille. Vous ferez travailler les copistes.

– J'irai au Musée dès demain », ai-je répondu. Il y avait certains extraits à recopier pour la *Vie de Cromwell* – des extraits d'opuscules auxquels nous n'avions pas eu accès comme il l'aurait fallu. Il a hoché la tête et s'est rapidement dirigé vers son coupé. Il en a ouvert la porte et s'y est engouffré.

Je me rappelle avec une grande précision cette dernière fois que je l'ai vu : sa longue silhouette mince, penchée vers l'intérieur du véhicule, affreusement solitaire, affreusement pesante. Je me rappelle parfaitement le reflet de la lumière trouble de la gare londonienne sur les fenêtres de la voiture ; l'attitude du cocher retenant fermement le cheval ; la main fine qui s'est tendue, avec une pâle lueur, pour tourner la poignée brillante. Il y avait dans le mouvement de cette main, dans son extension hésitante, dans sa façon douce, comme persuasive – presque abstraite – de saisir la poignée, quelque chose qui révélait l'homme en ce qu'il avait de plus intime. Le plaisir d'une dernière pression amicale sur mon épaule m'a aidé à traverser ces quelques minutes de solitude, son poids allégeant d'une certaine façon celui, bien plus lourd, qui pesait sur mon esprit. J'avais craint que ma vaine confidence ait refroidi l'estime qu'il avait pour moi. Il n'avait rien dit, son attitude ne m'avait rien indiqué, mais j'avais eu peur. Dans le wagon, il était assis loin de moi, plongé dans ses papiers. Mais ce contact sur mon épaule a suffi à me remettre d'aplomb, même s'il ne m'a pas fourni l'occasion que j'aurais souhaitée d'improviser quelques mots. Cela me montrait au moins qu'il ne m'en voulait pas, sinon il ne m'aurait certainement pas touché ainsi. Peut-être même m'était-il reconnaissant, non pas pour mon offre de service, mais pour ma bonne volonté, même inutile. Quoi que j'aie tenté de lire dans son attitude, c'était la dernière fois qu'il me parlait et la dernière fois qu'il me touchait. Et je l'aimais beaucoup. Après cela, les choses sont allées très vite.

Dans un état d'esprit modérément rasséréné, j'ai parcouru les quelques mètres qui me séparaient de mon Club pour y aller dîner. Soucieux de fuir la solitude, je me suis assis à une table où était déjà assis un petit Anglo-Indien au crâne chauve et aux fausses dents, un homme qui m'avait toujours ennuyé au point de me donner de véritables crises de nerfs. Je ne sais de quelle manière il se trouvait être un de mes oncles très lointains. D'habitude je l'évitais, mais ce soir-là, j'ai dîné avec lui. C'était un homme plein de souvenirs interminables et incroyablement inexacts. Sa longue résidence dans des zones marécageuses où l'on cultivait l'indigotier avait affecté sa mémoire, qui n'était plus soutenue que par les rares visites qu'il effectuait en Angleterre.

Il m'a raconté des histoires sur mon pauvre père et sur ma pauvre chère mère, ainsi que sur Mr. Brompton et Mrs. Kenward qui figuraient sur la liste de leurs relations dans les années 60.

« Votre pauvre cher père était alors dans une mauvaise passe, m'a-t-il dit ; il lui a fallu se battre beaucoup. Moi aussi, j'ai connu une sale période ; les vers se sont infiltrés dans toutes mes plantations et je n'ai pas pu l'aider, le malheureux. Remarquez, je pense que Kenny Granger a très mal agi. Il aurait pu faire quelque chose pour lui... Il avait de l'influence. C'est sûr, Kenny en avait beaucoup. »

Kenny était mon oncle, le chef de la famille, le mari de ma tante.

« Ils n'étaient pas en bons termes, ai-je observé.

– Oh, je sais, je sais, a marmonné le vieil homme, mais quand même, c'était son frère unique... Mais vous, vous vous en êtes joliment bien sorti. Vous êtes en train de faire votre pelote, n'est-ce pas ? Quelqu'un m'a dit l'autre jour... je ne me souviens plus qui c'était... que vous faites partie des hommes qui montent... vous êtes aujourd'hui un de ceux qui comptent.

– C'est très gentil de sa part, ai-je répondu.

– Et je vois maintenant, a-t-il continué en soulevant un exemplaire d'un journal du matin sur lequel je l'avais trouvé mastiquant sa tranche de saumon, je vois maintenant que votre sœur va épouser un ministre. Ah ! a-t-il soupiré en secouant sa pauvre tête confuse, brûlée par le soleil, je me souviens de vous deux quand vous étiez encore de tout petits êtres minuscules.

– Eh bien, lui ai-je dit, elle aurait difficilement pu être née à cette époque-là.

– Mais si ! a-t-il affirmé, c'est quand je suis revenu en 78. Elle se souvient très bien, elle aussi, que je lui avais apporté une poupée en ivoire… elle s'en souvient.

– Vous l'avez vue ? ai-je demandé.

– Oh, je lui ai rendu visite il y a deux ou trois semaines… ou mois. C'est tout le portrait de votre pauvre chère mère, a-t-il ajouté, quand elle avait son âge. J'en ai fait la remarque à votre tante, mais, bien entendu, elle ne s'en souvenait pas. Ils ne se sont mariés qu'après la dispute. »

Une soudaine inquiétude m'a fait abandonner le reste de mon dîner tiède. Avec mon retour à la surface du monde et le retour de ma volonté, une sorte de désespoir m'avait repris. J'étais à nouveau devant le problème… la nécessité… de conquérir la soi-disant miss Granger. Une fois que j'avais perdu le contact avec elle, son image avait progressivement perdu en importance. Elle avait cessé à présent d'être une idée pour redevenir une personne… Il était donc redevenu possible de la conquérir. Il y avait deux manières. Soit je lui faisais la cour comme on courtise une personne inaccessible : il fallait alors que je la force à s'enfuir, à tout quitter, à tout rejeter. Soit j'allais la voir en tant que prétendant légitime en faisant état de tous les hectares d'Etchingham et des possibilités d'avenir qui s'offraient sur cette base. Avec ses bribes de souvenirs, ce vieil homme un peu délirant venait malheureusement de m'ouvrir les yeux. Tôt ou tard, il faut se remettre en mémoire qu'une personnalité en vue du comté ne peut décemment pas épouser sa propre sœur. Et j'avais pourtant une terrible envie d'elle.

Elle me faisait l'effet d'un incroyable stimulant. Lorsque j'étais loin d'elle, je ressemblais à un ivrogne privé d'alcool, à un drogué à court d'opium. J'existais à peine. J'avais de la peine même à penser.

J'avais une visite à faire à ma tante – un message à lui transmettre et des nouvelles à prendre d'elle. Mais je voulais aussi la voir pour obtenir certaines informations. Je voulais explorer le pays et sonder ses intentions. Il y avait un changement dans l'aspect de la maison : une sorte d'éclat surajouté témoignait du retour de la famille à meilleure fortune. J'ai eu l'impression que la maison était vide et que la grande porte se refermait sinistrement derrière moi. Ma sœur n'était pas à la maison. Il me semblait affreux qu'elle puisse être ailleurs, parler avec n'importe qui et exister sans moi. L'esprit maussade, j'ai suivi l'allée jusqu'à la clôture de la propriété. En sortant dans la rue, j'ai brusquement tourné la tête, sans le vouloir. Par-dessus mon épaule, j'ai regardé la façade de la maison en cherchant à y reconnaître la fenêtre de sa chambre.

« Comme un simple gamin amoureux, un pauvre idiot d'amoureux ! » ai-je grogné. Mon sens de l'humour me revenait. J'ai alors commencé un pèlerinage en quête de joyeuse compagnie.

Londres était un lieu bien plus solitaire que je n'aurais jamais pu me l'imaginer. Par ces lumineuses soirées d'été, les rues sont bondées, vivantes, animées d'un tohu-bohu de pas, de voix et de rires.

Il est impossible de marcher normalement, on ne peut avancer que sur la pointe des pieds. On se trouve presque aveuglé par l'incessant défilé des visages. On est comme au beau milieu d'un champ de blé, les yeux au niveau d'innombrables épis qu'on n'arrive pas à distinguer. On est seul, animé d'un intense mépris pour tous ces visages – ces faces bouffies de satisfaction. On les domine des hauteurs de notre intelligence, perdu dans l'empyrée d'un air raréfié. Et en bas, ils s'amusent. Nous avons une meilleure compréhension de ce qu'est la vie. Mais eux savent mieux comment vivre... C'est cela qui m'a frappé, juste à ce moment-là... sur Oxford Street. Il y avait une bonne humeur intense. Une indifférence absolue pour les petites gênes et les menus inconvénients de la foule, pour la honte que c'est de faire partie de la foule. Il y avait cette poésie intense de la douceur de la lumière, de la fraîcheur des nuits d'été : eux savaient comment en profiter. J'ai tourné dans une vieille cour près de Bedford Row.

« Bon sang, me suis-je dit, je veux en profiter moi aussi... » Et c'est ce que j'ai fait. La poésie de ces vieux quartiers déserts m'est redevenue sensible tout à coup, toutes les petites pensées triviales, les banales associations d'idées que peut suggérer le Londres georgien. J'en avais terminé pour le moment avec le sens des choses.

Je cherchais Lea, il n'était pas chez lui. Le quartier était comme une ruche remplie d'habitations de ces gens qu'on connaît, qu'on a l'habitude de rencontrer – tous ces excellents jeunes gens qui écrivent pour les journaux, travaillent dans des rédactions, dessinent des affiches et qui sont tous exactement pareils. On les oublie pendant un an ou deux, on les retrouve et ils sont toujours pareils... toujours à écrire pour les mêmes journaux, toujours secrétaires de rédaction, toujours à dessiner les mêmes affiches. J'avais envie de les retrouver dans l'intimité de leur foyer, avec leurs excellentes épouses mettant au net les mêmes manuscrits, avec la même gaîté puisée aux mêmes whiskies anonymes, bruns ou pâles ou suspects – dans de lourdes carafes carrées aux bouchons en verre taillé – et avec le même tabac anonyme de Virginie soigneusement conservé toujours au même niveau dans les mêmes pots de terre.

Je me sentais l'envie de cette stabilité, de cet excellent article de ménage que constitue une telle vision de la vie et de la littérature. J'avais besoin de revoir cela, d'entendre comment de jour en jour cela pouvait remplir de manière invariable les colonnes réservées de tant de journaux quotidiens, hebdomadaires ou mensuels. J'avais besoin de respirer à nouveau cette douce atmosphère où n'existent plus l'espoir ni la peur… Mais hélas !

J'ai actionné une sonnette après l'autre dans ce sombre quartier du centre de Londres. Vous savez ce qui se passe. On appuie sur le bouton sous le nom de la personne qu'on cherche… Trois fois, peut-être quatre… toujours en vain. On sonne le concierge : la sonnerie résonne, le son devient de plus en plus faible, avant d'être bientôt étouffé par une atmosphère de caverne souterraine. Au bout d'un siècle, une tête apparaît par la porte qui s'ouvre, une tête d'un désespérant anachronisme, la tête d'une veuve du début de l'époque victorienne, ou d'un orphelin incroyablement âgé. On demande Untel ?… – Il est sorti. – Williams ?… – Il attend un heureux événement dans sa famille, il est parti à la campagne avec Madame… – Et Waring ?… – Oh, il est parti on ne sait pas où ! – Et Johnson, qui vivait au n° 44 ? … – À présent il ne vient plus en ville que le mardi.

J'ai épuisé toutes les ressources de cette partie de Bloomsbury, toutes les possibilités dans la gamme des concierges. Le reste de Londres s'est de soi-même divisé en secteurs et en zones. Entre ici et Kensington, les gens que je connais ne peuvent pas être dérangés après le dîner ; ceux qui vivent à Chiswick et au-delà habitent le Grand Nord – on est tributaire des exigences horaires. Il était 10 h tandis que je réfléchissais devant une porte – la porte de Johnson. Il fallait absolument que je voie quelqu'un, que je parle à quelqu'un avant d'aller me coucher dans ma triste chambre du Club. Je pourrais toujours y trouver, bien sûr, un pilier de la politique dans le fumoir… mais c'était vraiment un dernier recours, un *pis-aller** désespéré et honteux.

Il y avait Fox : je pourrais le retrouver au bureau. Mais il me fallait changer d'état d'esprit avant de pouvoir envisager sereinement d'affronter cet individu. Car je m'étais mis dans l'idée de rencontrer de jeunes hommes tous d'une excellente éthique, et Fox était loin d'exceller dans le domaine de l'éthique – loin d'être jeune également, rubicond, méfiant… un soldat de fortune du génie littéraire. J'ai pratiqué l'adaptation nécessaire de mon état d'esprit et l'ai fait revenir sur terre.

Le salon Watteau était encore animé grâce à un canapé moelleux écarlate, de grand style, qu'on y avait installé. À ses deux bouts se trouvaient des lampes électriques. Le vert violent de leur lumière donnait aux couleurs des boiseries une apparence presque surnaturelle et projetait sur les lambris des ombres irréelles. Autour du canapé se trouvaient des chaises sur lesquelles étaient soigneusement disposées des piles de documents ; tout autour, il y avait d'autres papiers qui gisaient sur le sol comme ces feuilles d'automne qu'on a tant chantées. Sur le canapé était étendu Fox, enveloppé dans un châle de Shetland… un très bon châle qui était la seule œuvre d'honnête artisanat dans tout ce faste de pacotille. Fox était toujours aussi rubicond, mais ses traits étaient visiblement amaigris et il montrait sous les yeux de lourdes rides – profonds sillons que soulignait fortement la lumière dans laquelle il lisait. Je suis entré sans prévenir et j'ai été accueilli par un coup d'œil indifférent qui s'est transformé cependant en un regard proche de quelque chose comme du plaisir lorsqu'il a distingué mes traits dans la pénombre.

« Holà, vieille branche ! s'est-il écrié avec une joviale excitation. Je suis particulièrement heureux de vous voir. » Il a terminé brusquement sa phrase, en reprenant difficilement son souffle : « J'ai presque terminé, a-t-il indiqué. Toujours la même chose… cette sciatique. Cela m'a pris juste après mon arrivée ici cet après-midi ; j'ai envoyé un des garçons de courses m'acheter un canapé, et depuis, je suis bloqué là. Eh bien, qu'est-ce qui vous amène ? Ne répondez pas, je sais tout. Je dois continuer à parler jusqu'à ce que cette crise-là soit passée, sinon je vais me mettre à crier et à perturber Soane qui est en train de rédiger son éditorial. Eh bien, maintenant que vous êtes là, vous allez rester pour m'aider à mettre au point *The Hour*, n'est-ce pas ? Et vous pourrez ensuite me mettre au lit.

Il continuait à parler sous haute tension, exagérant ses expressions, soulignant ses traits d'humour de ponctuations de rires un peu frénétiques. Finalement, il s'est arrêté sur un « Ah ! » à moitié étouffé et une longue respiration.

« C'est passé, a-t-il dit. Donnez-moi une goutte de brandy… C'est bien le meilleur des compagnons. » Je lui ai donné sa gorgée. Puis je lui ai expliqué que je ne pouvais pas travailler pour *The Hour*, que je n'étais pas en bons termes avec De Mersch.

« Il vous a fait perdre de l'argent ? » m'a-t-il demandé en riant. J'en ai dit un peu plus : il y avait une femme.

« Ah, c'est ça, a déclaré Fox. Cet homme est un imbécile… Mais de toute façon, De Mersch ne compte plus beaucoup dans cette baraque. Il n'a même pas un sou, vous pouvez donc mettre votre fierté dans votre poche, ou partout où vous souhaitez la garder. Tout est en ordre. Le seul petit changement, c'est de son côté.

– Mais, ai-je répondu, tout le monde dit… vous disiez vous-même que…

– C'est sûr, a-t-il répondu. Mais vous ne pensez pas que je vais jouer les sous-fifres avec un sauteur de cette espèce. Pas vraiment ? »

Il m'a regardé avec un certain sérieux. Je me suis souvenu, comme je me l'étais déjà rappelé une fois précédente, que Fox était un personnage… une puissance. Je n'avais jamais réalisé jusqu'alors à quel point il était complètement – fondamentalement – différent de tous les autres hommes que je connaissais. Il était suffisamment surprenant pour appartenir à une autre race. Il m'a regardé, non pas comme s'il tenait à savoir si je rendais ou non justice à sa supériorité, mais comme s'il était étonné de mon manque de perspicacité. Il a laissé sa tête, enveloppée dans le châle, retomber sur les coussins moelleux. « Vous pourriez l'envoyer balader d'un bon coup de pied jusqu'au Groenland, a-t-il dit, je ne le pleurerais pas. Cela me convient très bien de le soutenir, et un bon coup de pied aux fesses pourrait le remettre d'aplomb. Il me fatigue, je le lui ai dit. Je savais qu'il y avait une femme. Mais ne vous inquiétez pas ; ici, l'homme, c'est moi.

– Si les choses sont ainsi… ai-je dit.

– Elles le sont, a-t-il répondu. »

Je l'ai aidé à mettre au point le journal ; je l'ai soulagé d'une partie du travail. Tout cela faisait partie du retour à la vie : il me fallait remettre l'armure rouillée, et je voulais que la nuit se passe. Je n'étais pas surpris du cours des événements. Fox avait eu plusieurs de ces crises au cours de l'année, et durant la plupart d'entre elles, j'avais passé toute la nuit à l'aider. Une ou deux fois sur trois. Une fois, j'avais dû prendre le contrôle de l'ensemble pendant cinq nuits. Mais les deux ou trois heures bizarres que j'ai passées cette nuit-là auprès de Fox ont changé l'idée que je me faisais de son état. C'était comme si je ne l'avais jamais vu auparavant. Les douleurs sont devenues plus virulentes à mesure que la nuit avançait. Il gémissait, il délirait, il disait des choses… ah, les choses les plus effarantes, dans un charabia qui hérissait les nerfs et tout l'être. Au plus fort des crises, il chantait des hymnes, puis, à mesure que le mal passait, il revenait à une incroyable lucidité. Cela m'a donné, dis-je, une nouvelle idée de Fox. C'était comme si, depuis tout le temps que je le connaissais, il avait joué un rôle, et maintenant seulement, dans le délire de cette souffrance, dans la folie dans laquelle il sombrait, des fragments de l'homme réel émergeaient à la surface. J'ai fini par avoir presque peur de me trouver seul avec lui dans ces heures désertes du petit matin, et par souhaiter ardemment le moment où je pourrais aller me coucher dans le décor fastidieux des meubles couronnés de marbre de mon Club.

17

Le lendemain midi, j'ai rendu visite à Fox dans son appartement privé. Il était étendu sur un divan ; il était évident que j'allais devoir, dans toute la mesure du possible, prendre en charge ses fonctions. Il m'a accueilli avec des mots dans ce sens.

« N'allez pas remplir le journal des productions de vos génies faméliques, m'a-t-il gentiment conseillé, et ne vous surchargez pas de travail. Il n'y a vraiment rien à faire, mais votre présence empêchera ce crétin d'Evans de trop jouer les petits coqs. Il aimerait carrément me mettre dehors ; il pense qu'on s'en sortirait aussi bien sans moi. »

J'ai exprimé à ma manière le mépris général qui était ressenti pour Evans et j'ai pris congé.

« Oh, et… » Fox m'a appelé, je me suis retourné. « Le courrier du Groenland devrait arriver aujourd'hui. Si Callan a enfin réussi à ouvrir ses vannes, faites imprimer son article, c'est un bon gars. C'est une vedette et tout le reste, vous savez.

– Je suppose que Soane doit y jeter un œil, ai-je demandé.

– Oh, oui, a-t-il répondu, mais dites-lui de s'en tenir strictement au texte du vieux Cal… Faites-le-lui bien comprendre. S'il allait se saouler et intégrer quelques-uns de ses mots d'esprit, ce serait gênant. Les gens attendent le texte de Cal. Je vous dis le truc : vous n'avez qu'à l'emmener déjeuner, hein ? Vous gardez un œil sur les bouteilles et vous lui faites comprendre qu'il doit s'en tenir à l'argumentation de Cal.

– Soane est donc toujours aussi mauvais ? ai-je demandé.

– Oh, a répondu Fox, tout ira bien si vous lui faites bien entrer l'idée dans la tête. » Il a été saisi d'une douleur aiguë et prolongée. J'ai été chercher son brandy et l'ai laissé se reposer.

En arrivant au bureau de *The Hour*, on m'a remis une épreuve du manuscrit de Callan. C'est Evans, l'homme de derrière la cloison, qui me l'a remis.

« Je suppose qu'il faut le publier, alors je l'ai fait composer, a-t-il déclaré.

– Ah, bien sûr qu'il faut le publier, ai-je répondu. Mais il faut d'abord qu'il aille au bureau de Soane.

– Soane n'est pas encore là », a-t-il glissé. J'ai remarqué la note de plaisir un peu acide dans sa voix. Evans aurait aimé que cela produise un pataquès.

« Oh, eh bien, ai-je répondu d'un ton indifférent, nous avons tout le temps. Vous laissez la place pour caser le texte dans toute sa longueur. Je vais envoyer chercher Soane. »

Je sentais que je devais donner le meilleur de moi. Je ne m'intéressais pas beaucoup au journal, mais je n'avais aucune envie de me laisser rouler par Evans… un Gallois enragé, terriblement entêté. Je savais ce qui allait se passer ; je savais qu'Evans allait simuler une insondable stupidité, ce genre de stupidité noire dont disposent les individus de cette race primitive. J'étais parti pour une journée d'épouvantables soucis. Dans la situation présente, c'était une chose dont je devais être reconnaissant ; cela détournait mon esprit de problèmes plus vastes. On n'a pas de temps pour les idées noires quand il faut conduire un cheval qui regimbe.

Evans avait l'obscure conscience que j'étais relativement ignorant des détails techniques ; il a passé son temps à me les étaler sous les yeux durant toute la journée.

À mes moments libres, j'ai essayé de lire l'article de Callan. Il était invraisemblable. Il s'ouvrait sur une description des conditions de vie indignes des Groenlandais et contenait des tableaux de couleur locale d'un style clinquant.

Je devinais ce qui allait suivre. On avait là une description des habitants du Groenland « pré-merschien », mise en scène par Callan, le Commissaire spécial, pour mieux faire ressortir ensuite la gloire et la vertu de l'œuvre de régénération. Dans un flot de superlatifs, l'œuvre elle-même serait alors décrite. Je savais très bien ce qui allait suivre et j'étais, par tempérament, incapable d'en lire plus que les dix premières lignes.

Tout allait mal. Les typographes donnaient libre cours à une de leurs soudaines manies, celle de poser des questions idiotes. Leurs représentants s'adressaient à Evans, Evans les renvoyait à moi de l'autre côté de la cloison en pitchpin. « Mr. Jackson veut savoir… »

Le quatrième des émissaires que j'avais envoyés à Soane est revenu avec la nouvelle que Soane n'arriverait qu'à 9 h 30. J'ai envoyé quelqu'un me chercher le café le plus fort de la ville. Soane est arrivé. Il avait été malade, me disait-il, gravement malade. Il avait besoin de se tonifier avec du champagne. Je lui ai offert le café.

Soane était fils d'un pair irlandais. Il avait des traits magnifiques – un peu estompés à présent – et un reste de manières grandioses. Son nez était une merveille de facture classique, mais les flots du temps l'avaient rougi et tacheté, non pas d'une manière offensante, mais ironique. Ses cheveux grisonnaient, ses yeux étaient injectés de sang, sa lourde moustache plutôt mal taillée. Il inspirait le respect que l'on éprouve pour un homme qui a vécu et reste indifférent à la malédiction qui pèse sur lui. Il avait un étrange génie intermittent qui justifiait, pour Fox, d'avoir à supporter ses erreurs et ses brutales rebuffades.

Je lui ai offert le café et lui ai montré le canapé de la veille.

« Bon sang, a-t-il dit, je suis malade, je vous le dis ; j'ai besoin…

– Exactement ! l'ai-je interrompu. Vous avez besoin de repos, mon vieux. Voici l'article de Cal. Nous voulons quelque chose de spécial à ce sujet. Si vous ne vous sentez pas à la hauteur, je l'enverrai à Jenkins.

– Au diable Jenkins ! a-t-il dit, je serai à la hauteur.

– Vous comprenez, ai-je dit, vous devez écrire en suivant strictement la ligne de Callan. N'insérez aucune information provenant d'autres sources. Faites-le aussi tranchant que vous le souhaitez… mais en restant sur cette ligne. »

Il a grogné en signe d'acquiescement. Je l'ai laissé allongé sur le canapé, en train de boire le café. J'avais soigneusement arrangé pour lui les lumières comme Fox l'avait fait la nuit précédente. Au moment de sortir pour aller déjeuner, j'ai ressenti plutôt avec plaisir sa présence : il tenait les feuillets tout près de ses yeux brouillés et maudissait avec philosophie la nature des choses.

À mon retour, Soane, depuis son canapé, a dit quelque chose que je n'ai pas compris : quelque chose à propos de Callan et de son article.

« Ah, pour l'amour de Dieu, lui ai-je répondu, ne venez pas m'ennuyer. Prenez encore un peu de café et tenez-vous-en à l'argumentation de Cal. C'est ce que Fox a demandé. Ce n'est pas moi le responsable.

– C'est sacrément bizarre », a marmonné Soane. Il a commencé à gribouiller avec un crayon. Au ton de sa voix, je savais qu'il avait atteint le stade précis où l'on pouvait s'attendre de sa part à quelque chose de remarquable, un texte vraiment bon en son genre.

Soane a terminé son éditorial très tard. Il a levé les yeux en écrivant le dernier mot.

« Voilà, a-t-il soupiré, je l'ai écrit. Mais… dites-moi, qu'est-ce qui se passe ? Toute cette histoire, on dirait une grande horloge dont le principal ressort se serait cassé. »

J'ai sonné pour que quelqu'un vienne prendre la copie.

« Votre métaphore est trop subtile pour moi, Soane, lui ai-je dit.

– Elle est pourtant tout à fait appropriée, a-t-il soutenu, si vous voulez bien me voir comme le ressort de cette horloge. On m'a remonté à bloc pour écrire en faveur du vieux De Mersch et de son Groenland – et ces temps derniers, ce n'a pas été facile, je vous le dis. Et puis, d'un seul coup… »

Un garçon est apparu et a emporté la copie.

« D'un seul coup, a repris Soane, voilà que quelque chose cède – je suppose que c'est cela, on entend un vrombissement… rrr… rrr… et les mains se tournent dans l'autre sens et le vieux De Mersch et le vieux Groenland se retrouvent tout en bas, comme des contrepoids. »

Le bruit des grandes presses faisait trembler les châssis des fenêtres. Soane s'est levé et dirigé vers l'un des placards.

« Voilà qui donne soif, a-t-il dit ; mais ma comparaison est juste, n'est-ce pas ? »

J'ai fait un pas rapide vers le bouton de sonnette à côté du bureau. Le manuscrit de l'article de Callan, sur lequel Soane avait écrit, reposait sur le bois brun du bureau de Fox comme une banderole blanche toute froissée. Je me suis dirigé vers lui. Tandis que je tendais la main, la solution de l'énigme m'est soudain apparue, sans plus de bruit que le tir d'une balle : elle m'a frappé de toute sa violence et s'est installée en moi comme une douleur. Je me suis souvenu du matin, là-bas à Paris, où elle m'avait raconté qu'elle avait invité un des lieutenants de De Mersch à le trahir en ne dissimulant pas à Callan les véritables horreurs du *Système groenlandais* * : les indigènes fouettés, massacrés, misérables, et les famines, les vices, les maladies, les crimes. Soudain, j'ai eu sous les yeux la grande et étroite pièce de la maison de ma tante, la porte qui s'ouvrait et son entrée, suivie de celle du malheureux gouverneur de province, l'homme qui devait montrer les choses à Callan, avec son grinçant *« C'est entendu**... »*

Je me souvenais distinctement de la scène : ses paroles, son apparence, ma totale incrédulité. Je me souvenais aussi que je n'avais pas pu m'empêcher d'avoir un moment de révolte contre cette trahison froidement organisée : c'était une étape de plus dans leur folle entreprise pour devenir les héritiers du monde. J'avais même refusé d'y croire, et voilà que la preuve en était devant moi et que je me retrouvais confronté à ce que cela signifiait et à toutes ses conséquences. Callan avait vu des choses qu'il n'était pas censé voir et il avait écrit la vérité telle qu'il l'avait vue. Son article était peu de chose en soi, mais il avait été envoyé là-bas avec les formidables concerts de trompettes de De Mersch. Callan était l'homme en qui on pouvait avoir confiance. Les partisans de De Mersch avaient pratiquement déclaré : « S'il nous condamne, nous serons définitivement jugés. » Et maintenant que la condamnation était venue, cela signifiait la ruine, me semblait-il, pour tous ceux que j'avais vus ou connus, tous ceux pour lesquels j'avais travaillé ou dont j'avais entendu parler au cours de cette année de ma vie qui venait de s'écouler. C'était la ruine pour Fox, pour Churchill, pour tous ces ministres et ces gens qui font des discours dans les trains, pour les boutiquiers comme pour le gouvernement ; et c'était aussi une menace pour toutes ces institutions qui nous reliaient au passé et qui garantissaient notre avenir. La sécurité même de tout ce que l'on respectait, de tout ce en quoi on croyait était mise en cause par la révélation de cette abominable fraude, et cette révélation était entre mes mains. Cette nuit-là, le pouvoir de la presse était en ma possession. Les gens attendaient cette déclaration. Car la dernière carte de De Mersch était sa philanthropie, son État-modèle et le bonheur de ses indigènes.

Le grondement des presses faisait frémir le sol sous mes pieds, le bâtiment entier vibrait comme si la terre elle-même avait tremblé. J'étais seul avec mon secret. Le savait-elle ? Avait-elle délibérément mis ce pouvoir entre mes mains ? J'étais seul et j'étais libre.

J'ai pris l'épreuve et j'ai commencé à lire, en inclinant la page vers la source de lumière. C'était un réquisitoire frénétique mais, sous la rhétorique dérisoire de l'homme, se cachaient une véritable indignation et une authentique douleur. Il y avait des faits d'une cruauté révoltante envers les malheureux, les démunis, les sans-défense ; il y avait cette cupidité et cet égoïsme brutalement mis à nu ; mais le plus choquant de ce qui était ainsi démasqué, c'était ce mensonge dissimulé sous des mots qui, depuis des siècles, incitaient les hommes à de nobles actions, au sacrifice de soi, à l'héroïsme.

Ce qui était épouvantable, c'était la perception soudaine que tous les idéaux traditionnels d'honneur, de gloire et de conscience avaient été compromis pour le succès d'une fraude gigantesque et sordide. Le mensonge s'était propagé furtivement, avait rongé le cœur même des croyances et des convictions sur lesquelles nous trouvions appui pour assurer notre passage entre le passé et le futur. L'ancien ordre des choses devait vivre ou périr avec ce mensonge. J'ai perçu tout cela avec la clarté et l'intensité d'une révélation ; je l'ai vu comme si j'avais dormi pendant toute une année de travail et de rêves et m'étais soudain éveillé à la vérité. J'ai vu tout cela, et j'ai compris le but que poursuivait cette femme. Que devais-je faire ?

Sans l'avoir sentie venir, j'étais étreint par l'émotion. Les doigts qui retenaient les feuillets étendus sous mes yeux se serraient l'un contre l'autre à travers l'infime épaisseur du papier.

« Il y a du lourd là-dedans ! », s'est exclamé Soane. Il me regardait depuis la porte du placard qu'il avait ouvert. « Je l'ai parcouru moi aussi… Demain, il y a des têtes qui vont tomber. » Son visage s'est glissé dans le placard et sa voix s'est mise à sonner creux. Il en a sorti une grande bouteille au col doré.

« Ça va secouer le cocotier, demain, hein ? a-t-il dit très fort, qu'en pensez-vous ? »

Sa voix a agi sur moi comme une légère secousse sur une fiole emplie de produits chimiques instables ; elle les a cristallisés sur le coup avec un petit bruit sec. Pour moi, tout est soudain devenu très clair. J'ai soudain compris que toute cette intrigue tortueuse dépendait de ce que j'allais faire dans les minutes à venir. Il ne me restait plus qu'à tendre la main vers ce bouton dans le mur, ou à laisser le monde entier –

« La… la probité… ce genre de choses », avait-elle dit – tomber en morceaux. Le grondement des presses continuait à se faire entendre comme le frémissement d'une émotion refoulée. Je pouvais les arrêter, ou pas. Cela ne dépendait que de moi.

Tous ces hommes étaient entre mes mains ; ils n'étaient que de toutes petites choses. Si je laissais les choses continuer, ils seraient complètement finis et une nouvelle ère commencerait.

Soane avait mis la main sur quelques grands verres à pied. Ils tintaient l'un contre l'autre pendant qu'il cherchait quelque chose dans le placard.

« Eh bien, qu'en dites-vous ? a-t-il dit. C'est sacrément costaud, n'est-ce pas ? Ça devrait secouer pas mal des supporters de De Mersch, hein ? Le projet de loi arrive demain… c'est fait pour, je pense. » Il avait terriblement besoin d'un tire-bouchon.

C'était précisément le point… cela allait « secouer pas mal de supporters » et cela donnerait à Gurnard un bon prétexte. Churchill, je le savais, s'en tiendrait à sa ligne, la « politique de la raison ». Mais bon nombre des hommes qui étaient restés fidèles à Churchill allaient maintenant reprendre leurs billes, et Gurnard, bien sûr, les conduirait à son propre triomphe.

C'était un verdict de procès criminel. Callan jouait le rôle du commissaire – avec force bruits de tambour. Et son rapport, c'était cela, un cri. S'il devait retentir sur tous les toits des maisons – si je le permettais –, alors c'en était fini de la « politique de la raison » et de Churchill. Que la politique de Churchill soit ou non la plus sensée, cela n'avait plus aucune importance, car il n'y avait plus personne d'assez sensé dans le pays pour s'en apercevoir. On réclamait de la

« pureté » dans les hautes sphères, et on se retrouvait face à une terrible accusation criminelle contre De Mersch. Politique ou non, De Mersch allait au-devant d'une sorte de lynchage.

C'est ce qu'elle voulait, et sur toute la face de la terre, il n'y avait rien de désirable qu'elle.

Si je la contrecarrais, elle… que ferait-elle alors ? J'ai regardé Soane.

« Que se passerait-il si je stoppais les presses ? lui ai-je demandé. Soane tournait son tire-bouchon dans la capsule métallique de la bouteille de champagne.

C'était comme une fatalité. Je ne voyais rien d'autre qu'elle sur toute la terre. Qu'y avait-il d'autre au monde ? Le vin ? La lumière du soleil ? Le vent dans la bruyère ? L'honneur ! Mon Dieu, qu'avais-je à faire de l'honneur puisque je ne voyais rien d'autre qu'elle sur la terre ? L'honneur, le vin, le soleil ou le vent me donneraient-ils un jour ce qu'elle pouvait me donner ? Allons, laissons tomber tout cela.

« Que se passerait-il si quoi ?… a grommelé Soane … Ah, ce p… de fil de fer !

– Oh, je pensais seulement à quelque chose », ai-je répondu. Le muselet a cédé avec un petit claquement et Soane a commencé à dégager le bouchon. Devais-je laisser la lumière se faire… par loyauté envers Fox, par exemple, qui me faisait confiance ? Allons, laissons tomber Fox aussi. Mais Churchill et ce que Churchill représentait : la probité, la grandeur, cet esprit ancien d'où était issue ma conscience comme celle aussi des millions de personnes qui dormaient à cette heure autour de moi… la femme à l'exposition de volailles, et tous ses fermiers, et tous ses boutiquiers… Laissons-les tomber eux aussi.

Soane m'a mis dans la main un des verres qu'il avait remplis. Le bonhomme me semblait surgir de l'infini – une silhouette d'autrefois. Je me suis assis au bureau en face de lui.

« Oui, quelle bonne idée ce serait, a-t-il dit soudain, d'arrêter ces maudites presses et de jouer ce tour au vieux Fox. C'est lui qui est derrière toute cette machination. Et, bon sang, j'aimerais bien lui enfoncer mon couteau dans le ventre, bon sang, je le ferais avec plaisir. Et puis tout envoyer promener… partir pour les îles Sandwich. J'en ai assez de cette vie, cette vie de chien… On aurait pu se faire un pactole si on avait su que cette déconfiture allait arriver. Mais on ne peut pas entrer dans le secret des choses… Pas cette chance, hein… pas cette chance ! » Je l'ai regardé bêtement ; j'ai remarqué ses yeux injectés de sang, ses cheveux grisonnants ébouriffés. Je me suis demandé qui il était. *« Il s'agissait de *…? »* J'avais l'impression d'être de retour à Paris, je ne savais plus à quoi je pensais. J'ai bu le verre de champagne, il m'en a rempli un autre. Je l'ai bu aussi.

Eh oui… l'affaire n'était toujours pas réglée, même si j'avais compris maintenant que Fox et les autres ne comptaient pour rien… Ce qui me restait à faire, c'était de prouver à ma soi-disant sœur que je n'étais pas un simple accessoire, un simple pion dans le jeu. J'étais au cœur même de l'affaire. Après tout, c'était le hasard qui m'avait mis là, le hasard aveugle de toutes ces choses infimes qui conduisent à l'Inévitable, au futur. Si maintenant je contrecarrais ses projets, elle pourrait… eh bien, que pourrait-elle faire ? Elle aurait tout à recommencer. Elle n'essaierait pas de se venger ;

non, elle n'était pas revancharde. Mais que ferais-je si elle décidait de ne plus jamais me voir ?

La chose s'était réduite à une simple question de politique. Ou bien était-ce de la passion ?

Le bruit des roues d'énormes chariots et des sabots de lourds chevaux sur le granit me frappait comme des coups de marteau dans les oreilles, ils venaient du fond de la cour en contrebas. Soane a fini sa bouteille et s'est dirigé vers le placard. Il s'est arrêté à la fenêtre et a regardé en bas.

« Sacrés gaillards, ces porteurs, a-t-il dit. Je n'arriverais jamais à soulever un tel poids de papier… Et encore moins avec cet éditorial dedans… sans parler du texte de Callan ! On peut être sûr que ça ferait écrouler les chariots. »

J'ai compris qu'ils allaient charger les chariots pour l'expédition des journaux. Il était encore temps de les arrêter. En vitesse, je me suis levé et dirigé vers la fenêtre. J'allais les appeler pour arrêter le chargement. J'ai ouvert le battant.

Bien sûr, je ne les ai pas arrêtés. La solution s'est imposée à moi en sentant le souffle de l'air vif. C'était ridiculement simple. Si je la contrecarrais, bien sûr, elle me respecterait. Mais la grande affaire de sa vie, c'était de compter parmi les héritiers du monde. Quel que soit le respect qu'elle me donnerait alors – et, en réalité, à mesure même de ce respect –, elle reconnaîtrait en moi une force capable de la faire dévier de sa ligne de conduite. « Vous êtes pour moi une maladie », m'avait-elle dit.

« Ce que je dois faire, me suis-je dit, c'est de lui montrer que… que je tenais sa réussite entre mes mains et que j'ai loyalement coopéré. »

La chose était si simple que je me suis senti d'un seul coup exulter de triomphe : j'exultais en ressentant pleinement la chaleur du vin et j'exultais en regardant cette cour obscure où les lanternes dansaient sous les rayons d'une grande lampe à arc. Les lettres dorées égrenées au-dessus des fenêtres faisaient apparaître les marques des innombrables entreprises de Fox. Certes… il avait été une puissance, mais, à présent, c'est moi qui triomphais. J'avais coopéré loyalement avec les puissances de l'avenir, même si je n'avais jamais ambitionné aucune part dans l'héritage du monde. Seulement, j'allais résolument vers l'avenir. Un des grands chariots s'est mis en mouvement au milieu d'une averse de bruits qui tournoyait dans le fond de la cour. Lorsqu'il est passé sous la voûte à mes pieds, sa grande bâche noire se balançait comme les épaules d'un éléphant. Le chariot a disparu, apportant lui aussi sa contribution. D'ici à quelques heures, les gens qui se trouvaient à l'autre bout du pays, à l'autre bout du monde, allaient baisser le pouce. Oh, oui, ce chariot coopérait loyalement.

J'ai fermé la fenêtre. Soane avait une nouvelle bouteille de champagne à la main. De l'autre main, il tenait un coupe-papier de Fox… un objet en métal, un poignard japonais ou un couteau du Deccan[9]. Il a sabré le goulot de la bouteille.

« Je pensais que vous alliez vous jeter par la fenêtre, a-t-il ironisé. Je ne vous aurais pas arrêté. J'en ai assez… assez de tout ça… Regardez ça… ce soir encore… ce tour de cochon de Fox… Et j'y ai contribué moi aussi… Et pour quoi faire ?… Allons, il faut que j'aille manger quelque chose… »

Il a marqué une pause : « … et boire !… a-t-il ajouté. Mais, cette petite manœuvre, c'est la famine pour une quantité incalculable d'imbéciles. Quelques-uns vont y perdre

9. Les dagues du Deccan, souvent recourbées et à double tranchant, étaient particulièrement réputées en Inde depuis la grande époque des empereurs Moghols (XVI-XVIIe siècles).

aussi leur réputation… Moi, je m'en fiche, je m'en vais… Au revoir… Pourquoi fait-il tout ça ? L'argent ? La trouille ?… Vous devez savoir. Vous devez tremper là-dedans vous aussi. Ce n'est pas la faim pour vous. C'est merveilleux ce que les gens peuvent faire pour soigner leurs petits vices… Hein ? » Il a légèrement titubé. « Vous, vous ne buvez pas… votre vice à vous, c'est quoi ? »

Il m'a regardé avec défi, en serrant le goulot de la bouteille vide. Son regard d'ivrogne arrogant semblait vouloir m'imposer une sorte de complicité dans le sordide marché qu'il avait conclu avec la vie et dont la récompense était une liberté tout aussi sordide. À mes yeux, il était pitoyable et odieux ; à un moment donné, il m'est même apparu un peu menaçant.

« Vous ne pourrez pas m'effrayer, ai-je dit en réaction à l'espèce de peur qu'il m'avait inspirée. À présent, personne ne peut plus m'effrayer. » Ce sentiment d'inaccessibilité était le premier avant-goût de mon triomphe. J'en avais fini avec la peur. Ce pauvre diable devant moi me paraissait infiniment lointain. Il était perdu. Il n'était qu'un de tous ceux qui étaient perdus eux aussi et que je voyais déjà submergés par les eaux qui déferlaient des vannes ouvertes par ma main. C'est en bonne compagnie qu'il allait être détruit et balayé hors de ma vue, avec le passé que tous ces gens avaient connu et l'avenir qu'ils avaient un temps espéré. Mais il était odieux. « J'en ai fini avec vous », lui ai-je dit.

« Que se passe-t-il donc ?… Qui veut vous effrayer ?… Je voulais seulement savoir votre petit vice favori… Vous ne voulez pas me le dire ? Vous pouvez le faire sans risque… Je m'en vais… Non ?… Vous voulez que je vous dise les miens ?… Pas le temps… Je m'en vais… Demandez au policier… ou au balayeur, il fera l'affaire… Je pars.

– Il va falloir, ai-je répondu.

– Quoi ?… Vous me renvoyez ?… Vous jetez par-dessus bord l'indispensable Soane comme un citron pressé ?… C'est ce que vous voulez ?… Que dirait Fox ?… Hein ? Mais vous ne pouvez pas, mon garçon, pas vous. Je vais vous le dire… vous dire… vous ne pouvez pas… D'abord, avec vous… J'en ai assez… je m'en vais… vers les îles, pour les îles des Bienheureux… Je vais être un… pas un ange comme Fox… un… disons, un ramasseur d'épaves. M'allonger sur le sable blanc, au soleil… le ciel bleu et les palmiers, hein ?… S.S. Waikato [10]. Je pars… Allez, venez aussi… prenez le large… Laissez tomber tout ça… Du sable chaud, bien chaud, dites-moi, ça ne vous tente pas ?… » Il avait une expression blessée. « Eh bien, moi, je mets les voiles !… Rejoignez-moi dans le taxi, mon vieux, vous êtes un brave type après tout… pas un de ces gars qui iraient vendre leur meilleur ami… pour un peu de fric… ou pour une femme. Allez, venez me dire un dernier au revoir… »

Je ne croyais pas un instant qu'il atteindrait les mers du Sud, mais je suis descendu avec lui et l'ai regardé longer la rue en titubant légèrement dans l'aube livide. Je suppose que c'est le froid persistant de la nuit qui m'a fait frissonner. J'éprouvais une confiance illimitée en l'avenir, il n'y avait plus rien entre cette femme et moi. L'écho de mes pas sur les dalles m'accompagnait et emplissait la terre vide de la clameur de mon avancée.

10. Le S.S. Waikato était un navire frigorifique néo-zélandais. En 1899, par suite d'une importante avarie de moteurs au large du cap de Bonne-Espérance, il dériva dans l'océan Indien durant quatre mois. Après avoir été poussé par les courants sur plus de 4000 km, le navire fut remorqué dans le port australien de Freemantle.

18

J'ai marché jusqu'à mon Club et suis monté paisiblement dans ma chambre. Un sentiment de totale tranquillité m'avait envahi. Je pouvais enfin me reposer au terme d'un conflit qui avait débouché sur une victoire totale, dont la signification était trop vaste pour que je puisse la comprendre et la savourer à la fois. Je savais seulement qu'elle devait être magnifique, car elle semblait ne rien laisser d'inaccompli. En moi tout était en repos... ma conscience, ma mémoire, tout reposait comme dans la mort. Je m'étais élevé au-delà de l'une comme de l'autre, et mes pensées se déplaçaient sereinement comme sous un jour nouveau, comme les hommes marchent au soleil parmi les tombes de morts oubliés. Je me sentais comme un homme au début de longues vacances – à l'orée d'un espace indéfini d'oisiveté et de merveilleuse félicité... une félicité trop grande pour les mots, trop grande pour la joie. Tout était délicieux et vague ; il n'y avait plus ni formes, ni personnes. Des noms me traversaient l'esprit : Fox, Churchill, ma tante. Ce n'étaient que des êtres vivants que je voyais de très haut flotter dans le crépuscule, sans aucune individualité – des êtres qui se mouvaient tout en bas, au-dessous de moi, au fond d'une vallée d'où j'étais sorti. J'ai dû imaginer tout cela en rêve.

Je sais que j'ai rêvé d'elle. Elle seule se distinguait parmi ces formes. Elle me paraissait éblouissante, elle resplendissait d'un calme admirable, et je me préparais au choc de l'amour. De cet amour que j'avais connu, que tous les hommes avaient connu… mais bien plus grand, un amour transcendantal, presque terrible, qui n'était que la juste récompense du sacrifice de tout un passé. Soudain, elle a parlé. J'ai entendu une rumeur comme le bruissement du vent à travers les arbres ; j'ai ressenti le choc d'une émotion inconnue faite de peur et d'enthousiasme, comme si elle n'avait pas été vraiment une femme, mais seulement une voix. Et cette voix criait des mots étranges et inconnus, sur des tons pleins d'exaltation, de promesses et de cruauté, sans aucune sorte d'amour ou de haine. J'ai écouté. C'était comme le vent dans les arbres d'un bosquet. Pas de haine… pas d'amour. Pas d'amour. Il y a eu un fracas comme celui d'un temple qui s'effondrait. J'ai été plaqué à terre, écrasé, accablé par une immensité de ruines et de chagrin. J'ai ouvert les yeux et j'ai vu le soleil briller à travers les stores.

Je crois me rappeler que j'en ai été surpris, mais je ne sais plus pourquoi. Peut-être était-ce la présence persistante de ces ruines dans mon rêve, qui avaient elles-mêmes appelé celle du soleil lui-même. Néanmoins cette vision m'a plu et je suis resté allongé un moment pour apprécier – comment dire ? – le caractère parfaitement banal de ce moment. Le soleil d'hier… le soleil de demain… J'ai soudain pensé que la matinée devait être déjà très avancée, et je me suis levé brusquement, comme on bondit pour aller au bureau. Mais dès que j'ai été debout, j'ai eu l'impression d'avoir déjà trop travaillé. En réalité, il n'y avait rien à faire. Tous mes muscles étaient contractés par la fatigue. J'avais éprouvé une fois cette même sensation après avoir nagé désespérément pendant une heure pour ne pas me laisser emporter au large par la marée descendante.

Non, il n'y avait rien à faire. J'ai descendu l'escalier et un profond sentiment d'inutilité m'a poussé au-dehors au travers des larges portes de l'immeuble qui se sont refermées sans bruit derrière moi. Je me suis dirigé vers le fleuve et, au long de ses larges quais, le soleil m'a enveloppé de sa douce chaleur familière comme l'affection d'un vieil ami. Une péniche noire et muette dérivait, incertaine et vide, et l'homme solitaire qui s'y trouvait luttait avec le lourd gouvernail ; à chaque effort qu'il faisait, il tendait les bras et levait la tête vers le ciel. Il savait ce qu'il avait à faire, même si c'était le fleuve qui agissait pour lui.

La peine qu'il prenait m'a transmis l'impression que j'avais moi aussi quelque chose à faire. Certainement. Il y a toujours quelque chose à faire. Mais, d'une manière ou d'une autre, je ne me rappelais pas quoi. C'était intolérable, et même alarmant, ce vide – le vide de ces heures interminables jusqu'au retour de la nuit… Soudain, il m'est revenu à l'esprit que je devais aller au British Museum recopier quelques extraits de textes pour notre *Cromwell*. Notre Cromwell… Mais non, il n'y avait pas de Cromwell. Cromwell avait vécu, il avait travaillé pour l'avenir, et maintenant il avait cessé d'exister. Son avenir – qui était notre passé – avait tout simplement pris fin. La barge avec l'homme qui continuait de s'échiner à ramer avait disparu sous l'arche du pont comme à travers une porte ouverte sur un autre monde. Un étrange sentiment de solitude m'a envahi et j'ai tourné le dos à ce fleuve aussi vide que ma journée. Des fiacres et des coupés s'écoulaient avec un roulement sourd et continu de roues et un bruit de sabots. Un gros camion a surgi avec un grondement de tonnerre et un cliquetis de chaînes. Je me sentais étrangement incapable de comprendre quel but continuait de les maintenir en mouvement. Le passé qui les avait créés avait pris fin et leur avenir avait été dévoré par une vision nouvelle. Qu'était devenu Churchill ? Lui aussi avait travaillé pour l'avenir ; il allait continuer de vivre, mais il avait déjà cessé d'exister. Je le voyais s'avancer, dans cette méditation poignante, et il n'était pas seul. Un long cortège l'accompagnait de tous ceux qui avaient été vaincus dans cette lutte discrète et invisible pour un enjeu immense – cette lutte dont j'étais l'un des vainqueurs. Tous convergeaient vers moi. Je voyais Fox, Polehampton, De Mersch et des foules de personnages anonymes – des femmes dont je m'étais cru amoureux, des hommes dont j'avais serré la main –, ainsi que le bon visage plein de reproches et d'ironie de Lea. Ils étaient tout près de moi, assez proches pour que je puisse les toucher, plus près encore. Je ne les voyais pas seulement, je ressentais de tout mon être leur présence. Leurs mouvements confus et silencieux semblaient soulever un tumulte dans ma poitrine.

Brusquement, je me suis levé : une sensation que j'avais déjà connue et qui ne m'était donc pas entièrement nouvelle – une sorte de terreur dont je me souvenais – m'a saisi. Une voix que j'avais elle aussi déjà entendue prononçait distinctement des mots incompréhensibles, des mots qui autrefois m'avaient ému. Les façades verticales des énormes bâtiments voisins semblaient s'effondrer comme des falaises lors d'un tremblement de terre et, durant un instant, mes yeux ont aperçu au-delà de ces édifices des profondeurs inconnues que j'avais dans le passé déjà entrevues. C'était comme si, au-dessous du soleil, l'ombre de l'anéantissement était passée sur eux. Puis ils ont retrouvé le repos – immobiles, mais métamorphosés.

« C'est trop stupide, me suis-je dit. Je ne vais pas bien. » J'étais certainement inapte à tout type de travail. « Mais il faut bien que je passe la journée d'une manière ou d'une autre. » Demain… demain… J'avais une vision floue du visage de la jeune femme tel qu'il m'était apparu dans le coucher du soleil la première fois que je l'avais rencontrée.

Je suis retourné à mon Club – pour déjeuner, bien sûr. Je n'avais pas d'appétit, mais j'étais tourmenté par l'idée d'avoir devant moi un après-midi interminable. Je suis resté longtemps assis à ne rien faire. Derrière mon dos, deux hommes parlaient.

« Churchill… oh, il ne vaut pas mieux que les autres. Il fallait seulement lui faire abattre son jeu. Si j'ai un peu de flair dans ce genre d'affaires, il y a quelque chose dans l'air. C'est absurde d'entendre qu'il n'en savait rien… Vous avez vu *The Hour* ? » Alors que je me levais pour partir, je me suis soudain retrouvé debout près de leur table.

« Vous êtes injuste », ai-je dit. Ils m'ont regardé tous deux avec une vive surprise. Je ne les connaissais pas et je suis parti. Mais j'ai entendu l'un des deux demander :

« Qui est ce type ?…

– Oh… Etchingham Granger…

– Il a perdu la tête ? » a diagnostiqué l'autre.

J'ai descendu lentement le grand escalier. Un groupe d'hommes était rassemblé autour du télégraphe. D'autres arrivaient, au trot ou au pas, et tentaient de voir quelque chose regarder par-dessus les têtes ou par-dessous les bras.

« Que se passe-t-il ? ai-je demandé à l'un d'eux.

– Oh, c'est Grogram », m'a-t-il répondu en filant.

Un de ceux qui étaient placés dans un bon point d'observation, lisait à haute voix : « Le leader de la Chambre

(Sir C. Grogram, Devonport) a déclaré que... » Les mots parvenaient à mes oreilles par saccades à mesure que la voix de l'homme suivait les secousses du petit instrument : « ... le gouvernement ne peut évidemment pas... modifier sa politique à la dernière minute... sous la dictée d'une personne tout à fait irresponsable dans l'un... des journaux... du matin. »

Je me demandais si c'était Soane ou Callan qui était la « personne tout à fait irresponsable » désignée par le pauvre vieux Grogram, lorsque j'ai entendu soudain le nom de Gurnard. Je me suis détourné avec irritation. Je ne voulais pas entendre cet imbécile lire les mots de ce... C'était comme le croassement funèbre d'un corbeau dans une vieille ballade.

J'ai commencé à me traîner vers le fumoir. Dans les ténèbres cimmériennes de l'escalier, la voix d'un poursuivant m'a salué.

« Eh, Granger ! Granger ! »

J'ai regardé en arrière. C'était un plumitif du plus bas journalisme – trapu, rubicond, asthmatique. Une masse de chair qui, pour le plus grand bénéfice de son pays et de lui-même, aurait pu servir de soldat dans la cavalerie. Il a soufflé bruyamment dans ma direction.

« Eh ! Eh !... » Sa respiration était rauque et sifflante. « Qu'est-ce qu'il se passe à *The Hour* ? »

– Je n'en sais fichtrement rien, ai-je répondu sèchement.

– On dit que c'est vous qui dirigiez la rédaction hier soir. Vous avez joué un sale coup, non ? Mais je suppose que vous n'étiez pas maître du jeu ?

– Oh, je n'ai jamais été maître du jeu, ai-je répondu.

– Bien sûr, je ne voudrais pas être intrusif… » a-t-il insisté. Dans l'obscurité, je commençais à discerner les rouages d'une face apoplectique et torturée. « … Mais, dites donc, quel est ce petit jeu que mène De Mersch ?

– Vous feriez mieux de le lui demander », ai-je répondu. Dans la pénombre, ce masque de satyre était affreusement désagréable à voir.

« Il n'est pas à Londres, a-t-il répondu avec un clin d'œil. Mais, j'ai l'impression, dites-moi, Fox et De Mersch ne se seraient pas disputés, hein ? »

Je n'ai pas répondu. La chose était tristement odieuse, et ce n'était qu'un début. Des centaines d'autres allaient me poser la même question dans un instant.

La tête de l'homme remuait sur la montagne de ses épaules.

« Ça m'a l'air louche », a-t-il déclaré. J'ai pris conscience que, pour m'obliger à parler, il était sur le point d'exercer une sorte de chantage. Une autre voix a commencé à me héler du haut des escaliers :

« Eh, Granger ! Eh, Granger… »

J'ai poussé les portes pliantes et lentement traversé l'obscurité de la pièce. J'ai entendu à nouveau des portes s'ouvrir et des pas marteler les tapis derrière moi. Je ne me suis pas retourné ; l'homme m'a dépassé pour regarder mon visage. C'était Polehampton. Il avait les larmes aux yeux.

« Eh bien, a-t-il dit, eh bien ! Qu'est-ce que ça veut dire ?… Qu'est-ce que ça veut dire ? » Il m'était très pénible de le regarder. « Je vous le demande… » a-t-il recommencé. Il avait l'air arrogant d'un petit bonhomme complètement désespéré… un homme effrayé par un coup venu on ne sait d'où. « Je vous le demande… » a-t-il recommencé.

« Mais qu'est-ce que j'ai à voir là-dedans ? ai-je rétorqué avec rudesse.

– Oh, mais vous ... vous m'avez conseillé d'acheter. » Il était devenu suppliant. « C'est bien vous, non ?... Vous m'avez conseillé... Vous m'avez dit, vous vous souvenez... que... » Je n'ai pas répondu à l'homme. Que pouvais-je lui dire ? Il restait là à me regarder fixement, comme s'il était pour lui de la plus haute importance que je reconnaisse et avoue ma faute... comme si cela avait pu enlever de ses épaules un immense fardeau. Je ne pouvais rien lui dire. Je le haïssais.

« C'est bien vous, n'est-ce pas ? » a-t-il attaqué bille en tête. « Vous ne m'avez pas conseillé d'acheter ces obligations de De Mersch ? » Je n'ai pas répondu.

« Qu'est-ce que tout cela veut dire ? » a-t-il ajouté. « Si ce projet de loi n'est pas adopté, je vous le dis, je serai ruiné. Et on dit que Mr. Gurnard va le démolir. Là-haut tout le monde le dit ; et que c'est vous... vous à *The Hour*... qui êtes... qui êtes responsable. » Il a sorti un mouchoir et a commencé à se moucher. Je n'ai pas dit un seul mot.

« Mais que peut-on faire ? a-t-il recommencé, que peut-on faire... Je vous le demande... Ma fille, vous savez, elle est très courageuse, elle m'a dit ce matin qu'elle irait travailler. Mais elle ne peut pas, vous savez bien ; elle n'a pas été élevée pour ce genre de choses... même pas pour taper à la machine... et donc... nous sommes tous ruinés... tous, les uns comme les autres. Et j'ai plus de 50 employés, en comptant Mr. Lea, et ils vont tous devoir partir. C'est horrible... Je vous ai fait confiance, Granger, vous savez ; je vous ai fait confiance, et on dit là-haut que vous... » Je me suis détourné de lui. Je ne pouvais supporter de voir dans ses yeux cette peur bestiale. « Beaucoup d'entre nous, a-t-il recommencé, tous ceux que je connais… je leur ai dit d'acheter et… Mais vous auriez dû nous le faire savoir, Granger, vous auriez dû. Pensez à ma pauvre fille. »

Je voulais dire quelque chose à cet homme, je le voulais terriblement ; mais je n'avais rien à lui dire, pas un seul mot. J'étais désolé. J'ai pris un papier étalé sur l'un des poufs violets. J'ai tourné le dos à l'homme hagard et j'ai fait semblant de lire.

J'ai remarqué avec incrédulité que je vacillais sur mes jambes. J'ai regardé autour de moi. Deux vieux dormaient dans des fauteuils, sous les fenêtres sombres. L'un avait la tête renversée, l'autre était replié sur lui-même ; sa main frêle et blanche touchait à peine le sol. Un peu plus loin, deux jeunes hommes discutaient ; devant leurs tasses de café vides, ils arboraient des airs de conspirateurs.

J'avais conscience que Polehampton était parti, qu'il n'était plus derrière moi ; mais je crois que je n'avais plus le sens du passage du temps. Dieu sait combien de temps je suis resté là. Par moments, le visage de Polehampton me revenait devant les yeux : son regard affolé, ses cheveux ébouriffés, ses joues traversées de larmes. Il semblait me regarder à travers le papier froissé que je tenais. J'étais conscient qu'il y avait partout des visages comme le sien… Partout, des visages de petites gens affolés, qui ne comptaient pas plus que les morts dans les cimetières, juste de la matière pour remplir les cimetières, rien de plus. Des petites gens qui ne servent à rien, mais qui souffrent horriblement d'un coup venu de nulle part. Il ne m'était jamais venu à l'esprit alors que c'était leur héritage qui m'avait… qui nous avait été transmis… J'ai commencé pourtant à me demander bêtement quelle était la différence entre le moi d'aujourd'hui et le moi d'hier. Il n'y en avait pas, aucune. Seulement que moi, à présent, je n'avais plus rien à faire.

Les portes du fond de la pièce se sont ouvertes à la volée, comme soufflées par une grande clameur qui venait du dehors. Un homme est apparu en courant dans la pièce, un de ces hommes qui, de toute éternité, portent les nouvelles, captant la rumeur lointaine et la distillant dans le calme des rues. Pourquoi venait-il me déranger ? Quel besoin avais-je d'entendre ses nouvelles ? Je voulais penser à Churchill. Réfléchir à la façon dont je pourrais lui expliquer... L'homme courait dans la pièce.

« Eh... eh, vous les gars... »

Je commençais à me demander comment je parvenais à éprouver cette absolue conviction d'être seul au monde, et c'est alors, je crois, que, dans cette solitude qui s'était abattue sur mon âme, il m'a semblé apercevoir la forme d'une Némésis qui s'approchait. Il n'est permis à aucun homme de rompre avec son passé, avec le passé de son espèce, et de jeter par-dessus bord le trésor de son avenir. J'ai commencé à soupçonner que je n'avais rien gagné. J'ai commencé à comprendre qu'une telle catastrophe était hélas possible. Je me suis assis sur la chaise la plus proche, et ma peur s'est dissipée. La salle se remplissait ; elle bourdonnait de voix tout excitées. « Churchill ! ai-je entendu à nouveau, il ne vaut pas mieux que les autres. » Deux hommes avaient cessé de parler. Ils étaient d'âge moyen, un peu gris et roux. Le visage de l'un était en colère, celui de l'autre était triste.

« Il fallait seulement lui faire abattre son jeu. Quelle dégringolade dans la boue !

– Il n'empêche, a dit l'autre, cela rend un peu triste. Il représentait tout ce en quoi j'avais placé ma confiance. »

Ils se sont éloignés. Une voix insolente hurlait au loin : « La plus grande chute jamais vue d'un ministre. » Un grand et lourd journaliste en gilet blanc formait le centre d'un groupe qui tournait lentement sur lui-même et rassemblait le gros des personnes présentes. « C'est fini… il a résisté jusqu'au bout. Je l'ai vu monter dans son coupé. La police a eu bien du mal… Ç'a été une émeute là-bas… pâle comme un fantôme… Gurnard ? Gurnard magnifique, lui. Très calme, au mieux de sa forme. Il les a laissés à leur sort sans même ciller. Le discours d'une conscience outragée. Magnifique. Oui, c'est la chance de sa vie. »

… Pendant un moment, les voix et les visages ont semblé s'éloigner et s'estomper. J'avais laissé tomber mon journal et, pendant que je me baissais pour le ramasser, les voix sont revenues.

« Granger… Etchingham Granger…. Votre sœur va épouser Gurnard… »

J'ai dû me mettre à quatre pattes pour ramasser le journal, sans doute… Ce que je n'ai pas compris, c'est d'où venait l'eau… Sinon, c'était assez clair. Quelqu'un semblait faire une crise… Non, il n'était pas ivre ; regardez ses dents… Pourquoi voulaient-ils examiner ses dents ? Était-ce un cheval ?

… C'était sûrement moi qui étais en crise. Il y avait beaucoup d'hommes autour de moi, ceux du premier rang à genoux… certains me tenaient dans les bras. Un homme en habit rouge et pantalon pelucheux… un serveur… tenait un verre d'eau ; un autre avait une petite bouteille. Ils parlaient de moi à voix basse. À une extrémité du fer à cheval, quelqu'un a dit :

« C'est l'homme qui… » Puis il a essayé de capter mon regard. Il a baissé la voix, et l'affreux murmure a couru d'un visage à l'autre. Il était facile de deviner : « … l'homme qui a révélé les choses. » C'est ce que j'allais être pour le reste de ma vie. J'allais enfin être célèbre. Il m'est venu l'envie d'être en dehors de tout cela.

J'ai eu du mal à me relever.

Quelqu'un a dit : « Vous vous sentez mieux maintenant ? » J'ai répondu : « Je… oh, je dois aller voir… »

Il était assez difficile de parler distinctement ; ma langue me gênait. Mais je m'efforçais de faire croire aux imbéciles que j'avais des affaires urgentes dont je devais m'occuper – des affaires personnelles.

« Vous n'êtes pas en forme. Permettez-moi…. »

Je l'ai repoussé brutalement… en quoi cela le regardait-il ? Je suis sorti de la pièce précipitamment. Les autres sont restés. Je savais ce qu'ils allaient faire : bavarder, jacasser sur « l'homme qui… »

Ce sol en mosaïque dans le hall, la marche y est redoutable.

Quelqu'un m'a salué : « Bonjour, Granger », alors que je le traversais. Je n'ai pas réagi.

Où pouvais-je aller ? Je n'avais personne chez qui trouver de l'aide. Le monde entier s'était réduit à une grande ville solitaire aux portes closes. Je n'avais pas d'ami, pas un seul. Mais il fallait bien que j'aille quelque part, je devais me cacher, je devais parler à quelqu'un. J'ai marmonné l'adresse de Fox à un cocher. Je devais avoir à l'esprit une idée d'expiation, le désir d'aller d'une certaine manière jusqu'au bout des choses, mêlé au besoin de parler à quelqu'un, à n'importe qui.

En même temps, j'avais peur. Pas de la colère de Fox ; pas de ce qu'il pouvait faire… mais du spectacle de son désespoir. Il était devenu un personnage tragique.

Je suis arrivé à son appartement, j'ai dit : « C'est moi », une première puis une deuxième fois. Il n'a pas bougé. Il était allongé sur le canapé, sous une couverture, immobile comme un cadavre. J'ai arpenté la pièce. Je me souviens que le poil du tapis était si long qu'il était malcommode d'y marcher. Tout le reste de la pièce était conçu dans une exubérance de luxe qui avait à présent quelque chose de macabre – à présent… car auparavant c'était simplement immonde. Il y avait un grand lit dont les courbes suggéraient un confort douillet, un couvre-lit de satin jaune éclatant, vaste comme la mer. Les murs étaient recouverts de ce même satin jaune, les fenêtres drapées de voilages brodés qui devaient valoir une fortune ; la lumière était adoucie, l'air étouffé, les sons suspendus dans une sorte de somnolence. Et, au centre, ce corps immobile. Il remuait et pivotait sur un axe central caché sous la couverture ; j'étais assis en face de lui. Dans ses yeux injectés de sang, il n'y avait pas même d'interrogation. Ils se sont tournés vers moi, d'un air morne – deux topazes sur une monture rouge sang. Il n'y avait aucune expression sur ce visage suffocant.

« Que voulez-vous ? a-t-il dit d'une voix que le désespoir rendait comme grandiose.

– Je veux vous expliquer », ai-je dit. J'ignorais en fait si j'étais venu pour cela.

Il a répondu seulement : « Vous ! » On aurait dit qu'il s'adressait à une existence totalement insignifiante. Comme si je ne pouvais avoir aucune idée du véritable problème.

Avec le courage du désespoir, j'ai commencé à expliquer que ce n'était pas un accident ; que j'avais agi en toute conscience ; à mes propres fins... « À mes propres fins. » Je l'ai redit plusieurs fois. Je voulais qu'il comprenne ; j'essayais d'expliquer. Je ne lui ai rien caché : ni la venue de ma sœur, ni ses paroles, ni mes sentiments. Je m'étais comporté en toute lucidité.

Pour la première fois, Fox m'a regardé comme si j'étais un être vivant. « Ah, vous savez très bien », a-t-il dit comme privé de toute énergie.

« Ce n'est pas une honte d'avoir échoué face à elle, ai-je argumenté. Nous ne pouvions pas l'emporter. » Son désespoir semblait le lier à moi en un seul « nous ». Je voulais lui redonner du courage. Je ne sais pas pourquoi.

Il ne m'a pas regardé.

« Oh ça... a-t-il dit d'un ton morne... je... je comprends de qui vous voulez parler... Si je l'avais su avant, j'aurais peut-être fait quelque chose. Mais elle vient d'une sphère supérieure. » Il semblait parler tout seul. Le sentiment d'horreur, que j'avais à moitié oublié, revenait plus puissant encore. Je me suis souvenu qu'elle m'avait dit que Fox, tout comme elle, appartenait à une race à part, qui devait nous supplanter, les Dimensionnistes. À présent, lorsque je le regardais, il m'apparaissait avec évidence qu'il était d'une race différente de la mienne, tout comme il m'avait toujours semblé différent de tous les autres hommes. Au temps de son triomphe, il avait une manière d'être différente ; et à présent, dans le désespoir, il était tout aussi différent. Il a continué : « J'aurais sans doute pu gérer Gurnard tout seul, mais je n'ai jamais pensé qu'elle allait venir elle aussi. Vous voyez, on fait de son mieux, mais ici, d'une certaine façon, on devient assez aveugle. J'aurais dû rester auprès de Gurnard, bien sûr... ne jamais rompre avec lui. Nous aurions tous dû rester ensemble… Mais tant qu'il a été seul, j'ai rempli ma partie. »

Il a continué de parler d'une voix monotone, inexpressive – je ne sais si c'était à moi ou à lui-même. J'écoutais comme on prête l'oreille à des bruits insignifiants, comme celui d'un train lointain dans la nuit. Il regardait le sol, sa bouche remuait machinalement. À présent, il était assis, les mains sur les genoux, le dos courbé, la tête penchée en avant. C'était comme si, dans tout cet homme, il n'y avait plus de force musculaire – comme s'il était un de ces vieux qu'on voit prendre le soleil sur les bancs près des murs des hospices.

« Mais, ai-je dit avec colère, ce n'est pas fini, vous pouvez encore vous battre.

– Vous n'avez pas l'air de comprendre, a-t-il répondu, c'est fini… tout est fini. J'ai soutenu Churchill et son parti de l'honnêteté autant qu'ils le méritaient… C'est vrai, je les aimais bien, j'ai été idiot de céder à la pitié… Mais je l'ai fait… On devient faible au milieu de gens comme vous. Bien sûr, je savais que leur époque était révolue… Et maintenant, tout est terminé, a-t-il répété après une longue pause.

– Et qu'allez-vous faire ? ai-je demandé, à moitié hystérique.

– Je ne sais pas, a-t-il répondu. Aucun d'entre nous n'avait échoué jusqu'à présent. En réalité, nous n'avons jamais été assez nombreux pour nous battre jusqu'au moment où elle est arrivée. »

La mortelle tranquillité de ses manières était accablante ; il n'y avait rien à dire. J'étais en présence d'un homme qui n'était pas comme moi, dont les valeurs, à ses yeux implacables, ne pouvaient être estimées selon les miennes.

« Je suppose que je vais me trancher la gorge », a-t-il repris.

J'ai remarqué avec une sorte d'étonnement impersonnel que tout mon côté droit était couvert de la poussière du sol où j'avais été allongé. Dans mes incessantes allées et venues, je me suis retrouvé devant la cheminée. Au-dessus de son manteau de pierre étaient suspendus, dans de minuscules cadres ouvragés, un certain nombre de barbouillages d'une étonnante obscénité. L'énigme me devenait de plus en plus pénible. Quel genre d'êtres avait pu concevoir cette pièce incroyablement barbare et conserver précieusement ces dessins d'une invraisemblable grossièreté pour finir par se croiser les bras ? Je me suis retourné vers lui avec violence.

« Mais vous êtes assez riche pour profiter de la vie, ai-je dit.

– De quoi parlez-vous ? a-t-il demandé avec lassitude.

– Bon sang, me suis-je écrié, pourquoi faites-vous tout cela ? À quoi bon avoir tant intrigué et comploté si ce n'est pour pouvoir enfin profiter de la vie ? » Il a fait un petit geste indéfini d'ignorance, comme si je lui avais parlé d'un problème qu'il était incapable de résoudre – qu'il ne pensait pas valoir la peine d'être résolu.

Ce simple geste m'est apparu comme la confirmation de ce que j'avais soupçonné. Ces gens-là, qui devaient nous remplacer, ne connaissaient pas la joie. Leur clairvoyance ne leur servait qu'à semer la désolation parmi nous et à prendre notre place. Dès le début, cela avait été la manière d'être de ma sœur : elle était comme le destin, ce terrible destin qui nous désole durant toute notre vie et ne laisse de nos espoirs, de nos projets, qu'un hideux fouillis de morceaux comme des fragments de statues brisées à coups de marteau. Elle était comme le destin, cette puissance insensée, impénétrable et sans joie que nous haïssons et qui toujours et toujours nous dégrade. Elle avait été tout cela pour moi... mais aussi pour combien d'autres ?

« J'étais un homme bien, lui ai-je crié. Entendez-vous... un homme très bien. Je pouvais regarder n'importe qui droit dans les yeux. Mais vous, vous ne savez pas même ce qu'est la joie. Pour quelle finalité êtes-vous venu ici ? Quel est votre but dans la vie ? Qu'y a-t-il au bout de tout cela ?

– Ah, si je savais... » a-t-il répondu avec indifférence.

19

J'avais envie de la voir, d'en finir d'une manière ou d'une autre. Je l'ai trouvée chez ma tante, debout dans une immense chambre blanche ; elle m'attendait. Il y avait une profusion de lumière qui ne faisait apparaître absolument aucune ombre sur elle, comme une statue immaculée dans un musée, insondable.

« Je suis venu… » ai-je dit. J'allais dire : « … parce que je n'ai rien à faire sur cette terre. » Mais je ne l'ai pas fait. Au lieu de cela, je l'ai regardée.

« Vous êtes venu », a-t-elle répété. Il n'y avait aucune expression dans sa voix ni dans ses yeux. C'était comme si je n'étais rien pour elle, comme si je n'étais qu'une image d'homme. Oui, c'est cela : j'étais une image, et elle une statue. « Je suis venu, ai-je fini par dire.

– Et vous voulez ?… a-t-elle demandé.

– Vous savez bien, ai-je répondu, je veux mon… » Je n'arrivais pas à trouver le mot. C'était soit une récompense, soit un juste dû. Elle m'a regardé tout à coup. C'était comme si la Vénus de Milo avait tourné la tête vers moi. Elle s'est mise à parler comme si la statue parlait. Comme si le glas parlait et, avec un total détachement, faisait part d'une disparition.

« Vous n'avez rien fait du tout, m'a-t-elle dit. Rien.

– Et pourtant, ai-je répondu, c'est bien moi qui ai été au cœur de tout cela.

– Pas du tout, a-t-elle répété. Vous avez été au cœur, oui, mais au cœur d'une machine. » Ses paroles semblaient porter une forte conviction. Il m'est apparu soudain une immense machinerie, indifférente, sans âme, mais constituée de part en part de corps humains. Un grand moulin broyant la poussière des siècles – un grand pressoir. Elle a poursuivi son discours.

« Vous-même… vous n'êtes qu'un détail, comme tous les autres. Vous avez été placé à cet endroit parce que vous deviez agir comme vous l'avez fait. Cela faisait partie de votre rôle. Nous sommes les héritiers du monde et vous, votre histoire est finie… Vous vous souvenez de ce jour où je vous ai rencontré la première fois ? »

Je me souvenais de ce jour. C'était sur la colline, sous un ciel immense, parmi les chants d'alouettes. Elle m'avait expliqué la nature des choses. Elle avait prononcé des mots lourds de sens, sans aucune expression – comme elle me parlait maintenant. Je n'en savais toujours pas davantage sur elle, au bout de tout ce temps, après avoir pourtant renoncé pour elle à mon passé et à mon avenir.

« Vous vous souvenez de ce jour-là. Je cherchais un homme comme vous et je vous ai trouvé.

– Et vous… ai-je dit, c'est vous qui êtes la cause de tout cela ! Pensez-y !… Je n'ai plus personne… rien… nulle part au monde. Je ne peux plus regarder un seul homme en face, pas même Churchill. Je ne pourrai plus jamais retourner chez lui. » Je me suis arrêté, attendant qu'elle semble s'adoucir.

Aucun signe n'est venu en ce sens. « Je me suis coupé de mon passé et vous me dites qu'il n'y a pas d'avenir.

– Aucun », a-t-elle répété. Puis, froidement, comme un cygne descend dans l'eau, elle s'est mise à parler :

« Je sais bien, oui, je vous ai fait du mal. Vous avez souffert et, à cause de cette souffrance, vous pensez que je suis ignoble. Mais rappelez-vous que, depuis des siècles, la vertu de demain a toujours été l'ignominie d'aujourd'hui. Ce qui vous dépasse, vous l'appelez "ignoble". Ma vertu à moi, c'est d'atteindre mon but. Avoir pitié de vous aurait été un crime. Vous avez souffert. Et alors ? Qu'êtes-vous pour moi ? Je suis la même aujourd'hui que lorsque je suis arrivée parmi vous : c'est en cela que résident mon triomphe et ma vertu. J'ai réussi. Quand je suis arrivée ici, j'ai trouvé un monde peuplé… d'ombres. Que pouvaient signifier pour moi leurs passions, leurs joies, leurs craintes, leurs désespoirs, leurs cris ? Si j'avais des oreilles, ma vertu était de les fermer aux cris. Il n'y avait pas d'autre moyen. L'un d'entre nous était déjà là… je parle de votre ami Fox. Lui aussi, il était venu dans votre monde, mais il n'a pas eu la vertu de se tenir à l'écart. Il vous l'a dit : "Ici, on devient aveugle." Il a commencé à éprouver les mêmes sentiments que les gens qui l'entouraient. Il a contracté des goûts et des dégoûts. Il vous aimait… et vous l'avez trahi. C'est pourquoi il a échoué. Parce qu'ici il est devenu aveugle. Moi, je ne suis pas devenue aveugle. Je vois les choses comme je les voyais avant. J'agis comme je le faisais dans un monde où les hommes ne sont que… des images. Ils désespèrent, j'entends leurs gémissements… pour moi, ce ne sont que les gémissements d'êtres morts. Pour vous qui voyez les choses de près, c'est un amas d'intrigues tortueuses, ignobles dans leurs moindres détails. Mais prenez un peu de recul, tenez-vous auprès de moi, à quoi cela ressemble-t-il ? C'est un puissant moteur de désintégration. Il a écrasé tout un édifice politique, tout un ordre social. Il a réalisé cela. Et c'est moi qui l'ai guidé. Il m'a fallu tenir les yeux rivés sur chacun de ses petits éléments, être sans cesse aux aguets.

« Et maintenant me voici seule. Jusqu'à hier, cet édifice était tout pour vous ; il vous semblait parfaitement solide. Où en est-il aujourd'hui ? Et en quoi cela vous importe-t-il davantage qu'à moi ? Il y avait la Vertu… la Probité… toutes les choses que ces gens représentaient. Eh bien, voilà, aujourd'hui, elles ont disparu ; et même la croyance en elles a disparu. Qui pourra leur faire confiance maintenant qu'il est prouvé qu'elles se servaient de gens… comme De Mersch ? C'est moi qui ai réalisé cela. Cela aussi doit être mis au crédit de ma vertu.

« Voilà, l'héritage de ce monde est entre mes mains. Cette rose, je suis le ver qui se trouve en son cœur. Vous pensez que tout ce que j'ai gagné, c'est la main de Gurnard. Mais c'est bien plus. C'est un problème d'échecs : Gurnard est la seule pièce qui reste sur la table, et je suis la main qui le déplace. Quant à un mariage, bien sûr, c'est le mariage de deux intelligences, une union dans un but commun. Mais l'esprit qui donne la direction, c'est le mien. Quant à vous… Eh bien, vous vous êtes coupé de votre passé… et pour vous il n'y a plus d'avenir, c'est vrai. Vous n'avez nulle part où aller ; il ne vous reste plus rien, plus rien au monde. C'est vrai aussi. Mais qu'est-ce que cela peut me faire ? C'est un état de fait… Voilà, vous vous êtes coupé de votre passé et vous n'avez pas d'avenir. C'est un travail que vous aviez à faire. J'avais à vous le faire faire. Je vous ai choisi parce que je savais que vous le feriez. Rien d'autre… Je vous connaissais ; je connaissais vos replis secrets, vos faiblesses.

C'est ma puissance. Je représente l'Inévitable, l'avenir qui fait son chemin. Et vous, vous représentez le passé gisant sur le bas-côté de la route. Si j'avais dévié pour votre bien d'un seul iota de la voie qui m'était assignée, j'aurais été déloyale. Le danger s'en est présenté, une fois, un instant... Mais j'ai résisté. Qu'auriez-vous voulu que je fasse ? Que j'échoue comme Fox a échoué ? Que je parle comme lui, que je ressemble à ce qu'il est maintenant... Moi ? Eh bien, non, je ne l'ai pas fait.

« J'étais entre les mains de l'avenir. Je n'ai jamais dévié. J'ai continué mon chemin. Je devais juger les hommes comme je vous ai jugé, les corrompre comme je vous ai corrompu. J'ai flatté, soudoyé, fait miroiter des espérances ; et avec vous comme avec chacun, j'ai réussi C'est dans cette puissance que réside le secret de la grandeur qu'il y a dans la vertu. Il me fallait entreprendre une œuvre d'art – d'un art qui vous est étranger. Aussi étranger, aussi irréconciliable, que les arts de peuples disparus. Vous aussi, maintenant, vous êtes disparus ; c'est à moi qu'appartient l'art des temps à venir. Il ne vous reste plus qu'à vous croiser les bras et vous interroger, comme vous vous interrogiez devant les murs de Ninive. Mon devoir a été de sonner le glas de l'ordre ancien : vos vertus, vos honneurs, vos croyances, votre... altruisme si vous voulez. Eh bien, voilà, le glas a sonné. Sans relâche, j'ai été sur la brèche ; j'ai tout prévu, tout anticipé ; jamais je n'ai pris de repos. Et vous...

– Moi... ai-je murmuré, je ne faisais que vous aimer. »

Il y a eu un silence. Durant un instant, il m'a semblé me voir comme une chose ténue, sans corps – comme un fantôme errant dans une faille sans fond entre le passé et le futur. Et c'est que j'allais être à jamais.

« Vous ne faisiez que m'aimer, a-t-elle répété. Oui, vous m'aimiez. Mais quel droit cela vous donne-t-il sur moi ? Vous m'aimiez… Eh bien, si je vous avais aimé, cela vous aurait donné un droit… Tout votre malheur, tout votre chagrin vient de… de l'amour… votre amour pour moi, votre amour pour les choses du passé, pour tout ce qui est condamné… Vous avez aimé les autres aussi… d'une certaine manière, et vous les avez trahis, vous êtes misérable. Si vous ne les aviez pas aimés, vous ne seriez pas maintenant si malheureux. Si vous ne m'aviez pas aimé, vous ne vous seriez pas trahi… vous-même trahi. Au début, vous étiez seul, aussi solitaire que moi. Tous ces gens n'étaient rien pour vous. Je n'étais rien pour vous. Mais il a fallu, par nécessité, que vous vous mettiez à les aimer, eux et moi. Vous auriez dû les laisser jusqu'au bout n'être rien. Mais vous ne l'avez pas fait.

« Qu'étaient-ils pour vous ?… Des formes, des ombres sur un écran. Ils avaient l'air réels. Mais l'étaient-ils ?… Y en avait-il un de réel parmi eux ? Vous ne les reverrez plus jamais ; vous ne me reverrez plus ; nous ferons tous partie d'un passé confus. Si vous aviez été comme moi, vous auriez pu vous en souvenir sans émotion, vous auriez pu les oublier… Mais vous… "Vous ne faisiez que m'aimer", et vous ne trouverez plus de repos. Maintenant encore, c'est vous seul qui comptez. Parce que vous avez failli ; parce qu'au moment suprême vous avez été déloyal envers vos propres règles de vie ; parce que vous avez découvert que votre sens de l'honneur ne vous suffirait pas pour tenir le coup. Il ne s'agit pas de penser au mal que vous avez fait aux autres… Que sont-ils pour vous à présent ?… Churchill qui s'est effondré, Fox qui est mort, que sont-ils pour vous ? C'est sur vous-même que vous pleurez. Votre tragédie, c'est de ne plus pouvoir jamais retourner chez Churchill avec le même regard dans les yeux, de ne plus pouvoir jamais aller chez quelqu'un, par peur d'être méprisé... Ah, je vous connais, comme je vous connais. »

Elle me connaissait. Tout était vrai dans ce qu'elle disait.

Durant tout ce temps, j'avais gardé les yeux rivés sur le sol. À présent, je la regardais, en essayant de réaliser que je ne la reverrais plus jamais. C'était impossible. Il y avait cette beauté intense, cette absence d'ombre qui la rendait comme translucide. Et il y avait sa voix...Il m'était impossible de réaliser qu'une fois sorti de cette pièce je devrais ne plus jamais la revoir, ne plus jamais entendre sa voix.

Elle est restée longtemps silencieuse. Je n'ai rien dit non plus, pas un mot. Je l'imaginais réduite à la même extrémité que Fox, prostrée comme il l'était, sans espoir, sans vie – comme un homme qui n'attend plus que la fin du monde. Elle m'a dit enfin : « Il n'y a pas d'espoir. Nous devons suivre chacun notre chemin : vous le vôtre, moi le mien. Et puis, si vous le voulez... si vous n'arrivez pas à oublier... vous pouvez vous souvenir que j'avais de l'affection pour vous... Que, l'espace d'un instant, entre deux respirations, j'ai pensé... peut-être échouer. C'est tout ce que je peux faire... pour vous. »

Cela m'a imposé le silence. Même si j'avais eu encore quelque chose à lui dire, j'aurais désormais choisi de tenir ma langue.

Je ne l'ai pas regardée ; je suis resté debout, les yeux détournés, très conscient de sa présence devant moi. De sa magnifique beauté, de sa gloire éclatante.

Au bout d'un long moment, je suis parti. Je ne l'ai plus jamais revue. Je n'ai jamais revu aucun d'entre eux. Fox est mort ; quant à Churchill, je n'ai jamais eu le cœur de me retrouver devant lui. C'était la fin de toute cette part de ma vie. Elle a disparu et ne m'a laissé que la conscience de ma faiblesse et… des regrets.

Elle, elle est toujours là. On reconnaît sa main dans le cours des événements. Bon, ce n'est pas un monde très gai. Gurnard est, paraît-il, le symbole de notre époque – l'incarnation de son esprit. Il paraît aussi que moi, Granger d'Etchingham, je ne serais pas en bons termes avec mon beau-frère.

NOTE BIOGRAPHIQUE SUR JOSEPH CONRAD

Józef Teodor Konrad Korzeniowski est né en 1857 à Berdytchiv, en Ukraine, alors province de l'Empire russe. Issue de la noblesse polonaise, sa famille déménage en 1861 pour Varsovie. Son père, qui participe aux préparatifs de l'insurrection polonaise contre la Russie tsariste, est arrêté la même année et condamné à l'exil à Tchernihiv, au nord de Kyïv.

La mère de Joseph meurt de la tuberculose en avril 1865, puis son père en 1869. Joseph, orphelin à l'âge de 11 ans, est confié à son oncle maternel, qui demeure à Cracovie. Il lui demeurera profondément attaché.

Attiré par la carrière maritime, Joseph part en 1874 pour Marseille, où il embarque comme mousse sur un voilier. Pendant près de quatre ans, il fait ainsi son apprentissage en France avant d'entrer dans la marine marchande britannique, pour laquelle il travaillera durant plus de seize ans.

Il obtient son brevet de capitaine au long cours en 1886 et prend la même année la nationalité britannique, sous le nom de Joseph Conrad. Il parle avec une égale facilité le polonais, l'allemand, l'anglais et le français (avec un fort accent marseillais), mais c'est en anglais qu'il décide d'écrire.

En 1887, il embarque comme second pour au moins quatre voyages à Bornéo et prend l'année suivante, sur le voilier Otago, son premier et unique commandement en tant que capitaine. En 1890, recommandé auprès du capitaine Albert Thys, administrateur de la Compagnie du commerce et de l'industrie du Congo, il part travailler comme capitaine de steamer pour la Société du Haut-Congo.

Après deux autres engagements comme second qui le mènent en Australie et au Canada, Conrad revient à Londres en janvier 1894 et décide de mettre un terme à sa carrière maritime pour se consacrer entièrement au travail littéraire. *La Folie Almayer*, son premier livre, où il dépeint la perdition d'un Occidental en Malaisie, paraît en 1895, puis l'année suivante *Un paria des îles*. Presque chaque année paraîtront ainsi désormais d'autres livres, presque toujours bien reçus par la critique, mais obstinément boudés par le public.

En 1896, Conrad épouse Jessie George. Leur premier fils, Borys, naît l'année suivante et, en octobre 1898, la famille part s'installer dans la maison que lui loue Ford Madox Ford, Pent Farm, dans le Kent. C'est une période faste où paraissent de nombreux livres comme *Au cœur des ténèbres* (1899), *Lord Jim* (1900), *Les Héritiers du monde* et *L'Aventure*, tous deux écrits avec son ami Madox Ford (1901 et 1903), *Typhon* (1903) et *Nostromo* (1904). Un deuxième fils, John, naît en 1906.

En juin 1910, Conrad, qui vient de souffrir d'une grave dépression nerveuse, s'installe à Capel House, ferme isolée près d'Ashford, dans le Kent. Il y demeurera près de dix ans. En 1911 paraît *Sous les yeux de l'Occident* et en 1913, *Chance*, au nom prédestiné, lui permet enfin de connaître le succès commercial.

Obligés de quitter Capel House en 1919, les Conrad reprennent une vie itinérante. *La Flèche d'or* paraît en 1919, suivi de *La Rescousse* en 1920. Pour faciliter la rédaction de *L'Attente* (qui ne paraîtra qu'en 1925), le couple effectue en janvier 1921 un séjour en Corse. En 1923, Conrad part seul pour une longue tournée aux États-Unis.

Après une crise cardiaque en juillet 1924, Joseph Conrad meurt le 3 août à Bishopsbourne, dans le Kent, à l'âge de 66 ans. Il est enterré à Canterbury.

NOTE BIOGRAPHIQUE SUR FORD MADOX FORD

Ford Hermann Hueffer est né en 1873 à Wimbledon dans le Surrey. Son père, Francis Hueffer, né à Münster en Prusse, s'est installé à Londres en 1869 et a travaillé comme critique musical pour le *Times*. Sa mère, Catherine Madox Brown, est la fille du peintre préraphaélite Ford Madox Brown. Après s'être fait longtemps appeler Ford Madox Hueffer, il optera après la Première Guerre mondiale, en 1919, pour le nom de Ford Madox Ford.

Ford a suivi ses études à l'University College School de Londres, mais n'a jamais fréquenté l'université. En 1894, Ford s'enfuit avec une de ses condisciples, Elsie Martindale. Le couple se marie à Gloucester et aura deux enfants, Christina (1897) et Katharine (1900).

Après deux romans écrits en collaboration avec Joseph Conrad, *Les Héritiers du monde* (1901) et *L'Aventure* (1903), il publie la trilogie *La Cinquième Reine* (1906-1908).

En 1908, Ford fonde *The English Review*. Il y publie des auteurs confirmés comme Thomas Hardy, H. G. Wells, Joseph Conrad, Henry James, May Sinclair, John Galsworthy ou W. B. Yeats, mais aussi les premières œuvres d'auteurs tels que Ezra Pound, Wyndham Lewis, D. H. Lawrence ou Norman Douglas.

En 1909, Ford quitte sa femme et s'installe avec l'écrivaine anglaise Violet Hunt qui travaille avec lui pour *The English Review*. La relation avec sa femme Elsie, qui refuse de divorcer, restera longtemps très tendue.

Durant la Première Guerre mondiale, il travaille pour le Bureau de propagande aux côtés d'Arnold Bennett,

G. K. Chesterton et John Galsworthy. En 1915 paraît *Le Bon Soldat*, une de ses œuvres les plus célèbres, qui raconte la vie tragique d'expatriés de deux couples parfaits, un britannique et un américain. La même année est publié son poème *Anvers* (1915) que T. S. Eliot salue comme « le seul bon poème que j'ai rencontré sur le thème de la guerre ».

Le 30 juillet 1915, Ford, âgé de 41 ans, s'engage dans l'armée britannique qui l'envoie sur le front de France. Son travail de propagande et ses expériences de combat inspireront sa tétralogie *Fin de parade* (1924-1928).

Entre 1918 et 1927, l'écrivain vivra avec une artiste australienne, Stella Bowen, avec qui il aura une troisième fille Julia (1920).

En 1924, il fonde *The Transatlantic Review* qui aura une grande influence sur la littérature moderne. Proche de la communauté artistique du Quartier latin à Paris, Ford se lie d'amitié avec James Joyce, Ernest Hemingway, Gertrude Stein et Jean Rhys.

Lorsque éclate la guerre civile espagnole, il déclare publiquement son opposition aux nationalistes. Il essaie de contribuer à faire prendre conscience du danger des régimes de Mussolini et d'Hitler.

Ford a passé les dernières années de sa vie à enseigner au Olivet College, dans le Michigan, aux États-Unis. Il tombe malade à Honfleur, en France, en juin 1939 et meurt quelques jours après à Deauville à l'âge de 65 ans.

Anthony Burgess a désigné Ford comme le « plus grand romancier britannique » du XXe siècle. Graham Greene en était également un grand admirateur.

NOTE SUR LE PRÉSENT OUVRAGE

Le roman *The Inheritors*, sous-titré *An Extravagant Story* a d'abord été publié à Londres en 1901 par William Heinemann, puis à New York, la même année, par McClure, Phillips and Company. Il est ici traduit en français pour la première fois.

L'épigraphe du livre se réfère à l'épitaphe de Sardanapale, roi d'Assyrie, telle qu'elle nous est rapportée par Athénée de Naucratis : « À Anchiale, cité bâtie par Sardanapale, Alexandre installa son campement, au temps où il luttait contre les Perses. Non loin de cet endroit, il aperçut le tombeau de Sardanapale où était gravée une image du roi, représenté visiblement en train de faire claquer ses doigts. Dessous, étaient inscrits ces mots en caractères assyriens : "Sardanapale, fils d'Anakyndaraxès, a construit Anchiale et Tarse en un jour. Mangez, buvez, et jouissez ! Le reste importe peu !" Telle est la signification, semble-t-il, du claquement de doigts. »

Les dédicataires, Borys et Christina, sont respectivement le premier fils d'Elsie et Joseph Conrad et la première fille de Jessie et Ford Madox Ford.

*

La préface du présent ouvrage a suggéré que certains de ses personnages se référaient à des figures contemporaines des auteurs. Livrons-en ici quelques clés.

Le personnage du duc de Mersch, on l'a dit, s'inspire du roi Léopold II de Belgique (1835-1909) dont l'État indépendant du Congo était depuis 1885 la propriété privée. Il poussa son administration à commettre les pires exactions pour exploiter au maximum les ressources de cet immense territoire.

Soane est directement inspiré de Roger Casement (1864-1916) avec qui Conrad s'était lié d'amitié au Congo. Consul à Matadi, Casement exploitait alors une station de commerce et de transport pour le compte de la société où travaillait Conrad. C'est lui qui l'avait informé des actes criminels perpétrés dans l'État indépendant du Congo.

En tant que consul britannique à Boma, Casement fut chargé en 1903 d'enquêter sur ces abus. Remis au Foreign Office la même année, son rapport confirmait les atrocités systématiques commises par les agents de Léopold II. À la suite de ce rapport, le Parlement de Belgique vota en 1908 le transfert de l'État indépendant du Congo à l'État belge.

Le personnage de Lea a beaucoup de traits communs avec Edward Garnett (1868-1937), l'éditeur de Conrad. Anticipant l'insuccès commercial de nombre des romans de Conrad, Garnett l'avait encouragé à suivre ses idéaux artistiques sans se soucier des réactions du public. Aussi était-il l'un des rares correspondants en qui Conrad avait une totale confiance. Au travers du personnage de Lea, le romancier rend hommage au soutien sans faille de Garnett et exprime le regret de n'avoir pu lui manifester plus concrètement sa reconnaissance.

Polehampton se réfère, semble-t-il, à Thomas Fisher Unwin (1848-1935), fondateur des éditions du même nom. À plusieurs reprises, Unwin avait refusé des avances à Conrad. Garnett qui travaillait pour les éditions Unwin avait été tellement écœuré de cette attitude qu'il n'avait pas hésité à présenter l'écrivain à un associé des éditions Heinemann, qui devinrent de ce fait son éditeur. C'est chez Heinemann que fut publié le présent roman.

Le personnage de Callan est largement inspiré d'Henry James (1843-1916). Dans son livre sur James publié en 1914, Ford évoque la profonde admiration de Conrad pour l'écrivain américain : « James était à peu près la seule personnalité vivante écrivant en anglais que Conrad considérait comme son égal ou dont l'œuvre lui posait des problèmes techniques insolubles. »

Conrad, qui ne faisait presque jamais le premier pas, envoya à James, en octobre 1896, un exemplaire d'*Un paria des îles* avec une dédicace excessivement humble et flatteuse. Le dédicataire, agacé du procédé, avait attendu plusieurs mois pour le remercier et l'inviter à déjeuner dans son appartement londonien.

James, qui avait une très grande estime pour les premiers livres de Conrad, semble avoir éprouvé des réserves croissantes vis-à-vis de ses ouvrages ultérieurs et s'être de plus en plus inquiété de sa difficulté à écrire. Jusqu'au bout cependant, Conrad garda intacte son admiration pour l'œuvre de son grand aîné.

En mai 1916, trois mois après sa mort, Conrad écrivait à John Quinn : « Dans nos relations privées, il a toujours été plein d'une chaleureuse compréhension et d'une inaltérable bonté. J'avais pour lui une profonde affection. Il la connaissait et l'accueillait comme s'il y avait attaché du prix. »

Les Héritiers du monde,
de Joseph Conrad
et Ford Madox Ford,
est le cinquième volume de la collection
Le Rouge & le Noir.
Il a été achevé d'imprimer
par la Nouvelle Imprimerie Laballery
à Clamecy
en novembre 2024
pour le compte des Éditions Arfuyen.
Sa couverture a été réalisée
par l'atelier graphique www. lauredeschandol.com

Imprimé en France

ISBN 978-2-845-90380-7
EAN 9 782845 903807
ISSN 3038-4818
Dépôt légal : janvier 2025
N° d'impression : 410640